中国科幻基石丛书
主编：姚海军

任青 著

任青中短篇
科幻小说集

四川科学技术出版社

图书在版编目（ＣＩＰ）数据

夜行环线：任青中短篇科幻小说集 / 任青著 . --
成都 : 四川科学技术出版社 , 2024.3
（中国科幻基石丛书 / 姚海军主编）
ISBN 978-7-5727-1274-6

Ⅰ . ①夜… Ⅱ . ①任… Ⅲ . ①幻想小说－小说集－中
国－当代 Ⅳ . ① I247.7

中国国家版本馆 CIP 数据核字 (2024) 第 052471 号

中国科幻基石丛书

夜行环线：任青中短篇科幻小说集

ZHONGGUO KEHUAN JISHI CONGSHU
YEXING HUANXIAN:REN QING ZHONGDUANPIAN KEHUAN XIAOSHUOJI

丛书主编　姚海军
著　者　任　青

出 品 人　程佳月
责任编辑　兰　银　姚海军
特邀编辑　汪　旭
封面绘画　厘　鱼
封面设计　姚　佳
版面设计　姚　佳
责任出版　欧晓春
出　　版　四川科学技术出版社
　　　　　成都市锦江区三色路238号　邮政编码：610023
　　　　　官方微博：http://weibo.com/sckjcbs
　　　　　官方微信公众号：sckjcbs
　　　　　传真：028-86361756
成品尺寸　147mm × 208mm　　印　张　11.875
字　　数　296千　　　　　　插　页　2
印　　刷　成都博瑞印务有限公司
版　　次　2024年3月第1版
印　　次　2024年7月第1次印刷
定　　价　52.00元
ISBN 978-7-5727-1274-6

邮购：成都市锦江区三色路238号新华之星A座25楼　邮政编码：610023
电话：028-86361770

写在"基石"之前

■ 姚海军

"基石"是个平实的词，不够"炫"，却能够准确传达我们对构建中的中国科幻繁华巨厦的情感与信心，因此，我们用它来作为这套原创丛书的名字。

最近十年，是科幻创作飞速发展的十年。王晋康、刘慈欣、何夕、韩松等一大批科幻作家发表了大量深受读者喜爱、极具开拓与探索价值的科幻佳作。科幻文学的龙头期刊更是从一本传统的《科幻世界》，发展壮大成为涵盖各个读者层的系列刊物。与此同时，科幻文学的市场环境也有了改善，省会级城市的大型书店里终于有了属于科幻的领地。

仍然有人经常问及中国科幻与美国科幻的差距，但现在的答案已与十年前不同。在很多作品上（它们不再是那种毫无文学技巧与色彩、想象力拘谨的幼稚故事），这种比较已经变成了人家的牛排之于我们的土豆牛肉。差距是明显的——更准确地说，应该是"差别"——却已经无法再为它们排个名次。口味问题有了实

I

际意义，这正是我们的科幻走向成熟的标志。

与美国科幻的差距，实际上是市场化程度的差距。美国科幻从期刊到图书到影视再到游戏和玩具，已经形成了一条完整的产业链，动力十足；而我们的图书出版却仍然处于这样一种局面：读者的阅读需求不能满足的同时，出版者却感叹于科幻书那区区几千册的销量。结果，我们基本上只有为热爱而创作的科幻作家，鲜有为版税而创作的科幻作家。这不是有责任心的出版人所乐于看到的现状。

科幻世界作为我国最有影响力的专业科幻出版机构，一直致力于对中国科幻的全方位推动。科幻图书出版是其中的重点之一。中国科幻需要长远眼光，需要一种务实精神，需要引入更市场化的手段，因而我们着眼于远景，而着手之处则在于一块块"基石"。

需要特别说明的是，对于基石，我们并没有什么限定。因为，要建一座大厦需要各种各样的石料。

对于那样一座大厦，我们满怀期待。

目 录

消失的马戏团

我的第一份工作是在镇上的荟氏傀儡作坊当学徒。初次到店那天，阳光明媚，春天已经如熟透的樱桃一般；四处纷飞的絮状物给人神秘的安全感，在紧贴地面的小小旋风的推动下，它们落在地上，滚成一个个灰白色松散的大球，能被一脚踢得魂飞魄散。傀儡作坊是个二层小楼，没有牌匾，楼体镶嵌在大树垂下的绦绦枝叶里，外墙呈棕红色，有反复刷过漆的痕迹；楼上则是个宽敞的阳台，在显眼位置摆放着一些展览品，其中有一座巨型玩具奖杯，尺寸之大令人叹为观止，从楼下路过都能瞧见奖杯上的星星。那天，我来到门口，看到一个橙色皮肤的女人，她长发披肩，靠在阳台栏杆上露齿而笑，冲楼下机械地挥舞手臂。后来我知道，她是"芭妮"，是个傀儡样品。她之所以被调试得机械感十足，是怕过于栩栩如生会吓到居民。

但是，镇民们胆子大得很，他们已经过了害怕鬼魂和不可知事物的年纪，他们现在唯一害怕的应该是死亡。他们几乎都是老人，这里因此被唤作"老人镇"，原名已佚。

1. 荟先生

傀儡店店主荟先生，艺术硕士、力学博士。他的工作是每天制作傀儡，然后给傀儡身子配上表情各不相同的脑袋，所有的脑袋都装在分格的大盒子里。我们这些学徒帮他雕刻傀儡的头发、眉毛、胡子，给身体涂上颜色。他制作傀儡的过程从不公开，也不传授给我们。他只是走进屋，把门锁上，过十分钟出来时，手上就捧着一个或大或小的天才作品。他会制作小小的裸体的男性、裸体的女性，一切都十分完美，它们腰肢纤细，光滑的肋部似乎在隐隐起伏；他也会制作覆盖着皮毛的各类动物，小猫的眼睛随着光线变动，小羊开口咩咩欲语，而毒蛇的尖牙能把手割破，所以搬动时要格外小心；他还会制作趴下就能爬行、站起来就会跳舞的婴儿，婴儿的嘴巴是个小圈，口涎如银珠，而缓慢颠簸的舞步正好契合这座城镇的风格；他甚至能制作循环往复的太阳系，不需要任何能量驱动，八大行星就会永不停歇地运动，虚假地球的蓝色表面上泛着海洋的微光。他平时不抽烟、不喝酒、不吃刺激性的食品，他与老伴荟太太相敬如宾。

尽管学不到什么东西，我们还是愿意留在这儿，在这里每顿饭都可以吃个痛快，管理制度也很宽松。荟先生在床头放了个奇怪的装置，每天早晨，他只需冲着小喇叭吹一口气，这点气息就能穿过曲折漫长的管道，驱动楼下学徒宿舍门口的风铃发出叮叮当当的声音，召唤我们起床。等大家洗漱完毕，围在圆桌旁等待用餐时，傀儡夸妮会滑稽地从楼上走下来，端着一大盘形色各异的食物，微笑着在餐厅绕个小圈子，然后把食物稳稳地放在餐桌上。最初几天，我们会为她鼓掌，后来则免去烦琐礼节，直接狼吞虎咽地吃起来。夸妮和芭妮不同，夸妮是照着荟太太的样子制作的，皮肤采用浸过特殊液体的软羊皮制作，肤色惟妙惟肖，她还会做几种饭菜，而芭妮看起来则年轻漂亮得多。我总共只见过三次芭妮，每次她都是默默地靠在二楼阳台上挥手，关节发出咯吱咯吱的杂音，就像夜店房顶挂着的廉价招牌。在一个起风的下午，荟先生罕见的心情不佳，竟把芭妮从楼上拖到院子里，浇上油付之一炬。我们谁也没敢出去，只是躲在窗缝后面窥视这一幕，芭妮歪着身子倒在火焰中，仍然不停地挥舞着手臂，直至骨架被烈火吞噬殆尽。等傀儡烧完后，我偷偷跑出去查看剩下的东西，却发现那堆废渣里什么都没有，没有金属，没有木屑，只有一堆颜色恶心的灰烬，轻飘飘的，像重量无限接近于零的羽毛，风一吹便无影无踪。

2. 邻居

荟先生的邻居是一对怪老头。住在西面房子的是鳏夫胡历，他是个大胖子、录像爱好者、坐着睡觉的人。若干年前，他老婆在家门口被陨石击中而死，所以他吸取教训，每天足不出户，靠在家看录像消磨时光。因为见不到阳光，他的五官逐渐萎缩了，脸上布满皱褶，鼻子像蛤蟆一样大，把眼睛挤得只剩一条细缝。他喜欢看一档早已停播的娱乐节目，甚至把每集都录下来，翻来覆去地播放，边看边批评节目里出现的每位女明星。他尤其喜欢看女星菲菲·夜莺出演的两集。因为播放次数过多，那两集的带子变成了一片雪花，声音也完全听不清楚。而胡历凭借百炼成钢的记忆力，竟能一字不差地复述节目内容：谁在第几分钟讲了一句不敬的话，贵宾犬在舞台哪个位置尿了尿，菲菲·夜莺的鱼嘴高跟鞋在什么时候脱落在地。不看录像时，胡历就给电视节目评分，他挨个换台，每个频道看上五分钟，给节目打一个分数，然后换下一个台。有一次我给他送货，看见用于评分的纸高高地摞在沙发两侧，甚至高出他的头顶许多，给这个略微塌陷的沙发增添了几分威严。胡历坐在宝座中央，像个苛刻的大法官，抽烟形成的浓雾包裹着他的躯体，犹如一件饱经风霜的法袍。

如果说鳏夫胡历像个法官，那么住在东面房子里的诗人隆先生就是巫师甘道夫。隆先生的胡子很长，每天睡前都要用布细细包好；布条打结的方式非常讲究，以便清早拆开后胡子蜷曲成一个完美的弧度。他几乎没有什么爱好，除了写一首永远没有尽头的长诗。这首诗每隔七十一行换韵，目前已完成五千五百行；诗里歌颂的是现今不存在的事物，因为它们不存在，旁人无法想象，作者便获得了至高的定义权。隆先生对自己的工作十分满意，每天听着自己朗诵诗歌的录音入睡。在朗诵中，他的语调和平时不同，带有一点气浪波动的怪口音，鼻音厚重，后劲十足。当他把歌颂秋天的声音开到最大时，整个小镇都微微地颤抖起来。从这个角度来看，他是成功的，即便他终生都没有发表过一行诗，却仍是这座小镇里最有影响力的名人。

隆先生还拥有一座漂亮的花园，在里面种植了许多美丽的花草，他平时没有时间管理它们，任花草自生自灭。可那些花草却长得十分茂盛，纷纷从花园中蔓延而出，它们的种子被蜜蜂和鸟儿带走，散落在小路两侧，在日光下生长起来，成为小镇里最令人心醉的风景。

3. 旅行者

在老人镇里，时光细密而惬意，无法给人留下深刻的印象。首个春夏匆匆溜过，我每天认真地干着属于自己的活儿。在一个凉意渐起的日子，我正给一只小小的猫头鹰雕刻翅膀——先是费尽心力地摆弄左翼，把荟先生刻下的每个细节都记在脑子里，然后经过主观想象颠倒过来，慢慢刻在右翼上。不一会儿，我就开始双眼发晕，头也涨了起来。最近雕刻图案时，荟先生只做一半，让学徒们完成剩下的一半。他要求尽善尽美，最大程度保持图案的一致性，但是今天，三个学徒中一人生病、一人请假去约会，只剩我在苦哈哈地赶工，这使得我的脸进一步耷拉下来。但我不抬头的话，谁也不知道我在做什么样的表情。

门铃响了。

荟先生正在自己的书房里，荟太太去了厕所，于是我从工作室的傀儡堆里站起来，揉揉眼睛，来到客厅把门打开。一个瘦瘦的中年男人出现在门口，他穿着黄色的运动套装，背着背包，下巴上有一丛灰色胡须。

"啊哈，一个傀儡商店！"他说。

"您有何贵干？"

"我是旅行者。"他说，"我能进来吗？看看这些杰作，兴许还会买一个。"

"请进。"

我挪开身子，让他进来。他谢过我，快步走进我们的会客室兼展示厅，像信天翁那样转动脖子扫视四周，然后在桌边找到一个舒服的位置坐下。

"漂亮的地方，和当年一样。"

此时，荟先生出现在楼梯拐角处，他慢慢地走下来，用隐含责怪的目光瞥了我一眼。荟太太也来到客厅，手上还滴着水。

"先生，恕我冒昧。"荟先生说，"您说和当年一样？您曾经来过这儿？"

"是啊，好多年前的事啦。"旅行者答道，他揉揉额角，脸上露出不对称的微笑，仿佛右脸的皮肤要比左脸紧致一些。

荟太太端着一碟点心走来。"您喝茶吗？"她问。

"好的，"旅行者愉快地答道，"多谢。"他坐得更舒服了，开始从兜里往外掏东西——一张皱巴巴的铜版印刷纸、一本深褐色的证件、一块表带褪色的手表。他把它们全部面朝下扣在桌子上，就像我们这里是个洗衣店，而他要在洗外套之前把兜里的东西清空。荟太太去沏茶了。荟先生眯着眼过来，坐在旅行者斜对面。他似乎不太自在，张张嘴，又闭上，又把嘴张开——"看您的打扮，要去很远的地方？"

"很远的地方，是啊。不过店主先生，您不是更应该问我想买什么吗？"旅行者说。

"目前的存货都在这厅里，"荟先生说，"请自便。"

旅行者笑了。荟先生也露出一丝笑容，但那笑容极快地消逝了，就像嘴唇上的胡子轻轻地抖了一下。

"茶来啦。"荟太太把茶端上来。

"夸妮呢？"荟先生转头问她。

"夸妮？没看到。"

"夸妮，多好的名字。"旅行者插话道，"我不记得镇上有人叫夸妮。"

"她是个用人。"荟太太说。

"她是个傀儡。"荟先生说。

"我很怀念这里，太太。"旅行者说，"这么多年了，镇上的人怎么样？有谁不在了吗？"

"谁都好好的啊，"荟太太说，"大家过得挺舒心的。"

"太太，你该去做饭啦。"荟先生说。

荟太太咕哝了一声。

"是吗？"旅行者的声音高了起来，他看着店主夫妇，"他说该做饭了，你最好快去。当心点儿哦，不是每个人都能逃避自己的责任。"

"如果你是专程来挑衅的话，我想你该离开了。"荟先生严肃地说。我看见他的胡子又抖动了一下，我觉得眼前闪耀着一块金斑，令人目眩神迷，仿佛有种下坠的感觉，但这种感觉马上就消失了。我的眼睛痛了起来，忍不住流出一滴眼泪。

"荟先生，要我说，您是真正的大师。"旅行者说，"看这一切，多美的傀儡，多美的艺术。"

"我再说一遍，请你离开。"

"好吧。"旅行者安静下来，他把长满灰色毛发的脑袋转向我。

"现在几点了？"他敲了敲桌上的手表盘，"我的表不准了，抱歉。"

"学徒，你现在应该干什么？"荟先生严肃地、不容置疑地发出号令。

于是我低下头，一声不吭地走回内厅，远离他们像便秘一样词不达意的聊天，继续雕刻我的猫头鹰翅膀。外厅安静下来，我听见荟先生嗒嗒的上楼声，等我回头的时候，旅行者早已消失不见。

4. 马戏团

这个冬天过得特别快，我在傀儡店里饱食终日，从事无聊的手工劳动，竟不记得冬天是怎样过去的，大概是一个暖冬吧。

马戏团来到镇子那天，隆先生漫不经心的自然花卉展刚刚开幕。整个镇上有无数橘红色的巨型非洲菊在足以逆转花期的阳光下愤怒生长；钟形洋地黄拓展成蟒蛇的条纹，深色的条纹伸入大地切割田野；紫花地丁铺满了镇子里的小路；白色的络石花点缀其间。这些花卉仿佛在自发地组织上街游行，而隆先生对此不闻不问。不过，当马戏团的第一顶帐篷出现在小镇最宽的一条路上时，所有花卉立刻黯然失色，就此一败涂地，那帐篷表面交织的数百种鲜艳色彩使它们尚未盛开便垂垂老矣。其中有的颜色似曾相识，却叫不出名字，似乎来自色谱中的神秘地带。第二顶帐篷进入镇子时，篷面那远古墨一样深邃的黑色吸去了所有的生命力，风渐渐停止了，鸟儿也只在喉缝里低声吟唱。随着车队行进，黑色的篷顶在日光下逐渐变成闪耀光芒的银白，褐色的塔尖则化为坠落在雪白湖面的陨星。此时，第三顶、也是最大的一顶帐篷出现了。太阳开始在云彩后面躲躲藏藏，因为这顶最宏伟的帐篷比日头还要耀眼，篷面铺陈的纯金底色竟随着车轮的颤抖而煌煌闪烁，四围覆盖着水晶一样剔透的立体图案，好比一座神灵栖息的微观城市跃然其上。微观世界的每一个细节都由最高超的匠人雕刻，大家还没看清内容，那立体的水晶便融化了，变成火红的岩浆之心、锈黄的日落霞光。图像的纹理在不停变化，不停流动，它是水做的金属、金属的生命、生命的颜料；它喷薄而出，像日珥离开恒星表面，没有一个定式的图案，也没有一个确定的形状。如果你一直注视着它，你的魂魄一定会为之深深震颤。

马戏团恣意威严地经过，径直来到中央广场，将大帐篷支起来，挂出了牌子："午后，大树影子落在牌子上时，将为您呈现第一场演出。"

此时，镇里顽固的老人们躲在远处，偷眼望向那巨大的、漂亮的、惊心动魄的帐篷，他们在等待着，而他们自己并不知道在等待什么。终于，有一个人自告奋勇，走进去看了表演。他是个无所事事的哑巴，常被认为早已失踪了。当哑巴走进帐篷后，小镇变得像墓地一样沉寂，大家看着篷面从金色变成深蓝，又回归橘红，所有的目光和能量都积聚在不稳定的核心，等待最终的宣判。

过了好大一会儿，当哑巴兴高采烈地从帐篷里出来时，整个小镇压抑已久的古老的激情爆发了——因为哑巴竟高昂着头唱起歌来。这是他人生中第一次唱歌，就像一只有婉转歌声的鸟儿住在他的喉咙里，在不顾一切、燃烧生命般地引吭高歌，就连镇上最老的老人也没听过这么精彩的歌唱。人们一拥而上，将他团团围住，打听马戏团演出的内容。可哑巴还是说不出话来，只是在拼命歌唱，他兴奋得脸色发红，挥着手，仿佛要登上舞台尽情表演。于是焦急的人们把他抛在后面，全部拥向马戏团的大帐篷。

大帐篷已经关闭，牌子上写着一行字："在夜晚第一颗暗淡的星星升起时，下一场演出将准时呈现。"

5. 学徒

营业的头三天，马戏团用十场演出溶解了一切，整座小镇仿佛被浸入了烈酒，树梢都泛上了红晕。我之前从没有发现镇子上有这么多人，仿佛造物神这几天喝醉了，把泥浆泼得到处都是。小镇有半数居民看过了演出，他们整日沉醉在兴奋里，在镇上四处漫步，向人们热烈地推荐。他们说不清具体的节目内容，但眼神却真诚无比，你看着那憨厚而陶醉的面容便觉得心痒。没看过演出的人正源源不断地前来排队，帐篷内场地有限，大家只好耐心等待。

这几天，荟先生心情不佳，脸色阴沉，动不动就冲我们发火，还一度下令要烧掉夸妮。荟太太大哭了一场——"我们还没结婚时，夸妮就在这里了！"看到她哭，荟先生不耐烦地摆摆手，把一个茶壶扔向夸妮，那陶瓷壶在她油光闪烁的山羊皮肤上碰得粉碎。夸妮只好乖乖地去寻找扫帚，把碎片收拾掉。这几天，诗人隆先生不断来找荟先生，向他没完没了地诉苦。

"真是胡闹！"隆先生说，"这些日子，大家都在追求视觉的虚无，追求浅层的刺激。"

"别来烦我。"荟先生说。

"那马戏团吞没了整个镇子！"

"我不想招惹它。"

"就像你上次做的，烧掉傀儡，烧掉它。"

"管好你自己吧，它早晚会离开的。"

"这几天我要疯了！有个亲戚家的小男孩天天来我门前玩耍，他在花园附近颠来倒去地骑三轮车，那铃铛的响声让我失眠，我要疯掉了。"隆先生边说边揪紧自己日渐脱落的胡须，仿佛要把下巴从脸上拔下来，"那马戏团是从地狱来的！"

"我会想办法。"荟先生说，"但不能烧东西。"

"你能快点儿行动吗？"诗人说。

"闭嘴！"荟先生说，然后把阴沉的脸转向我和另一名学徒，"你们不许去看马戏。一定不许去。"

我点点头，那位学徒什么也没说。我们退回工作室，准备做完今天的收尾工作。工作室很乱，荟先生从不收拾，半成品散落了一地，我们把灯光调亮，各自捡起一个，开始雕琢起来。四下无人，我们的进展很慢。

"你知道吗，K看完马戏私奔了。"他小声对我说。K是学徒中的情种，平时爱在脑后扎一绺细细的小辫子，腰上总别着一支笛子，但从没听他吹过。

"什么时候？"

"今天一早。他跟老板请假，说喉咙不舒服，其实是跟女人私奔了，那小妖精是镇长家最年轻的用人。K不会回来了，我看到他折断了自己的长笛。"

"反正他也从来没吹过。"

"我知道，但他不会回来了。他昨晚看了马戏，半夜才返回，你们都睡了，我打开窗户让他爬进来。他一脸狂喜，告诉我他不干了，他要和镇长家的用人长相厮守、远走他乡，并当即折断了笛子。"

"等等，"我打断他，"镇长是谁？"

他愣了一下，恼火地说："不知道。我怎么会知道？"

半夜，我躺在床上辗转难眠，刚有一点睡意，就听见对面的床铺一阵窸窣。我的室友翻身下床，摸黑穿起了衣服。

"你要干什么？"

"我要去看马戏。他们预告今晚午夜时分将会有场表演。"

"老板会生气。"

"我不管，我太想看了。你去不去？"

我摇摇头，"我要睡觉，明天还要干活儿。"

"干活儿？笑话！你害怕什么，怕那个糟老头吗？这份工作有什么值得留恋的？"

我想了想，没想出什么特别的理由。

"算了，我自己去吧。"他说，"把我们的房门锁好，别让老头瞧见。"

我在黑暗中点点头，他走到窗边，打开窗户翻了出去。我躺回床上，过了很久才沉入梦乡。

第二天一早，那位学徒回来了，我松了一口气，我原以为他会像K那样消失。不过他的精神状态不太好，一直沉默不语，早餐时只顾得埋头吃喝。这一天我们工作的进展缓慢无比，荟先生对此不闻不问。他一副心事重重的样子，要么在客厅走来走去，要么坐在厨房里往窗外张望。

吃完晚饭时，隆先生急匆匆地跑进来，报告了一个新闻。

"荟……胡历……"他跑得有些气喘，"啊……"

"什么事？慢慢说。"

"胡历……鳏夫胡历竟然出了门，他下午看了马戏！"诗人喊道。

"胡历？你说我们的邻居、从不出门的胡历？"荟太太问。

"正是！"

"仔细讲讲。"荟先生说。

"就在刚才，我追赶那可怕的小男孩，他正骑着三轮车碾压村中的花草。可恶的东西。"隆先生连喘两口气，"我追他追到胡历家门口，门开着，胡历正坐在门口发笑。他看到我过来，一步就从门里跨了出来。"

"天哪，马戏团治好了他！"荟太太大叫起来。

"别插嘴！"荟先生说，"然后呢？"

"我问他：'你怎么从家里出来了？你在笑什么？有什么值得高兴的事？'

"他说：'我去看马戏啦！真是太好看了！那马戏真是天才之作，你也应该去看看！'"

"疯子。"

"然后，他就哭了起来。我不知所措，只好上前安慰他。但是他又笑了，笑着来拥抱我，弄得我胸前都是鼻涕。我拼命挣脱，赶快过来找你们。我走时他边笑边抱着肩膀，缩成一团。"

荟先生点点头，开始在屋里踱步。

"你去瞧瞧他吧。"荟太太说。

"不关我事。"

"他是你的朋友啊。"

"唉，好吧，好吧。"荟先生不耐烦地摆摆手，"隆先生，咱们去一趟，好把这事儿弄清楚。"

诗人点点头。走之前，荟先生回头指指我们，"你们两个，把剩下的活儿干了。"

　　他们离开后，荟太太摇着头回到自己的房间，我们也乖乖地去了内厅的工作室。在明亮的工作间里，我的室友捅了捅我的胳膊肘。

　　"你真的不想去看马戏？"

　　"你看过了，给我讲讲吧，都有什么节目？"

　　他摇摇头，"只能自己看，相信我。"

　　"那……他们什么时候表演？"

　　"今晚月亮升起来后，连续演三场。"

　　我看了看窗外的月亮。

　　"就是现在。"他说。

　　"可是，我还有一些活儿。"

　　"我替你干，我比你干得快。"他说，"老板一时半会儿回不来。"

　　我想了想，点点头，从小凳子上站起来。我要去看马戏了，我想，此时突然觉得神经线上迸发出畅饮美酒般解脱的快感，一种不顾一切的冒险冲动充斥着每一个细胞。

　　"快，从后门走！"他说。

6. 大马戏

　　我赶到马戏团时，月亮刚好把轻柔的光线洒在篷顶上。人们正拥挤着入场，我排到队伍后面，跟随人流涌入这块临时搭建的场地。大帐篷内的穹顶看起来很高，四壁的帐篷布上覆盖着彩虹的颜色，描绘着冰山的图案。那冰山水面之上的部分呈半透明的浅黑色，水下的部分姿态模糊，如一团巨大的阴影。

　　大家各自坐好，虽是晚上，帐篷里却暖暖和和的。片刻之后，音乐响起来，剧场的光更亮了，光柱汇聚在舞台中央。一只浣熊出现在那里。

　　那浣熊后腿站立，用前臂举起话筒，竟开始讲话了，嗓音是欢快的女腔。

　　"女士们、先生们，欢迎来到马戏团！"浣熊的嘴唇快速翕动，词汇从口中迸出，但我认为那是双簧，一定有人在给这只动物配音。

　　"你们刚刚做出了人生中最重要的选择。啊，你们这些老人们！"浣熊像人一样咂咂嘴，眨巴着眼睛，"你们是最聪明的老人！马戏团从不让你失望！请坐好！安静！安静！表演马上开始，让我们为精彩的表演欢呼吧！"

　　话音刚落，舞台的灯光全部暗下来。灯再亮时，舞台上出现两只健硕的老虎，他们像人一样围坐在一张桌子旁。这对猛兽把后腿放在地下，屁股和后背倚靠在沙发上，用肥大的前爪捧起两只大酒杯，互相敬酒、碰杯，口中发出含糊的呜呜声。其中一头老虎将杯中酒一饮而尽，打了个长长的饱嗝，观众席上发出一阵哄笑。旁边的老虎则伸出舌头舔了一下大杯子，把酒水卷到长满硬毛的嘴唇上，然后满足地仰头，发出粗重的喵的声音。观众再次笑起来。它们你一杯我一杯，正喝得痛快时，有一个萝卜样的东西从舞台上方的黑暗里掉下来。老虎们转头看去，地上竟是一截血淋淋的断臂。有观众惊呼起来。可老虎不耐烦地挥挥前爪，把头转回去，又互相谦恭地敬起酒来，聊天时喵声连连。那截断臂突然动了起来，它用手指灵活地行走，快速蠕动着靠近桌子。猛兽们低头看时，它便突然停止，但等老虎抬起头来，那手臂便继续往前爬。最终，它爬到了桌边的酒桶旁，先向观众展示了空空的手掌，然后用魔术般的手法从手心变出一根很长的火柴，那手指灵活地一翻，火柴便燃起了火苗。老虎们看到这一幕，咆哮着想要阻止，但已经晚了。断臂猛地将火柴丢进酒桶里，一声巨响，舞台中央发生了极其真实的爆炸，火焰和烟雾迅速升腾起来。观众们惊声尖叫，我感觉爆炸的冲击波扑到脸上，却像夏日暖风的抚摸，带着一阵温和的芳香。烟雾消散了，舞台上变得空空如也，桌子、老虎、手臂，一切奇幻的场景仿佛跟着焰火飘散无踪，而地上连个烧焦的痕迹都没有。

观众们兴奋地鼓起掌来。这时舞台又暗了下来，两根耀眼的光束射向视野的左上角。一架秋千正垂悬在那里，有个梳着两股长辫子的少女站在上面。

我猜，这大概是空中飞人。

果然，少女一只手抓住秋千的吊臂，一只手张开，身体侧倾，在吊绳的牵引下飞舞起来。她绕着舞台快速旋转，身后飘带飞扬，像一颗红色的彗星，在半空划出道道血痕。此时，正上方的大灯点亮，舞台中央出现一个巨大的稻草人。它有七八米高，形貌粗陋、四肢颀长，头部像一个巨大的鸟巢，嘴巴里伸出条条枝干编织成的尖利牙齿，在沉重的喘息中喷出丝丝稻草腐烂的气味。稻草人手上拿着一顶直径数米的草帽，摇摇晃晃，作势要扔给观众，前排的观众吓得大叫起来，伸出胳膊阻挡。看到此景，稻草人把拿帽子的手缩了回去，发出沉浊的笑声，将一口口草汁喷在舞台上。这时，飞舞的少女逐渐降低了高度，开始在空中围着稻草人旋转。这怪物似乎很恼火，挥舞着帽子捕捉少女，但飞人却无比灵活，她不断变换飞行路线，使稻草人无所适从。稻草人有些失望了，大吼几声，抛掉帽子，颓丧地瘫坐在地上,使整个帐篷跟着颤抖起来。少女更加活跃,她挑逗般绕着稻草人上下翻飞,丝毫不在意对手那巨大的四肢和一身枯黄的粗壮稻茎。少女离得越来越近,此时,怪物闪电般挥起巨臂,竟一把将半空中的少女攥在手里。少女花容失色,开始在巨手中激烈挣扎,可怪物根本不顾这些,在全场的尖叫声中,把孤傲的空中飞人塞进嘴里咀嚼起来,再慢慢将渗出浓浆的肉块吞咽下去。

吃完小点心,稻草人满意地点着头,伸着双臂绕场庆祝,吼叫不已。正当观众们大声叫喊、捶胸顿足之际,稻草人用沙哑的嗓音表演起歌曲来:

这是我去天堂的,

第三十年!

站在夏日正午,

下面的小镇——

满是十月的血!

此时,一个红色的身影突然从稻草人脖颈与肩膀之间钻出来,她灵巧地跳跃,三步并两步爬上稻草人的头顶——正是那位飞人少女!狂怒的稻草人摇晃着脑袋,伸手去头顶捕捉她。她一下下躲过那双巨掌,然后在震耳的欢呼中高高举起手臂,将雪白的纤手轻轻拍在稻草人的脑袋上。

"睡吧,母亲。"

轰然一声,稻草人整个燃烧起来,通体红亮,犹如一支巨大的火炬,映得剧场里如同白昼,大帐篷内星火飞舞。伴随噼啪声和爆裂的响声，稻草人跪在地上，在逐渐减弱的挣扎和咆哮中倒下，瘫作一团，不再动弹。飞人少女挎着秋千，在烈焰中飞跃而出，环绕着剧场做谢幕表演。她飞行着、舞动着，衣襟和飘带都未曾被火灼伤，美貌容颜更没有半分减损。伴随观众的高声喝彩，舞台大幕拉下，黑暗重归地面。

在黑暗里，观众的呼喊逐渐平息了，一切声响都在漆黑的原色中沉降，直至所有音节都无法寻觅。我努力倾听着，周围没有任何人呼吸的声音，只有灰尘降落的抖动撩拨着寂静的世界之弦。

"像时间轻轻滴落。"一个女声突然说。在黑暗中，只能听到女人的声音，没有出现浣熊的形体。

"雪，雪，雪。"她说。

此时，视野中央出现一个光点，如点燃的香烟，在半空中慢慢飘舞、试探。

"它的末梢颤抖着，颤抖着——"

我似乎听过这首诗，但已经记不起来了，回忆如笼上薄暮的雾气，使幻景与真实无法被区分开来。

"连灰烬都懒得弹落——"

它要飞上去吗？我想。果然，那光点直线上升。我抬起头来，视线随着它上移。

"香烟遂飞舞进火中。"

打开吧，让它飞出去。我想。

穹顶似有生命，略一迟疑，便从中心往四周裂开，露出了夜空。月亮不见了，云彩不见了，如草上野花般的星星也不见了，只有一片漆黑的夜空。光点升了上去。停下！我想着，于是光点真的停在了宇宙帷幕的中央。

此时，脑子里负责想象力的部分高速运转，我感到一阵狂喜，欲念驱动喉结，几乎喊出声来。要炸开了！我想。这一瞬间，光点发生了震天撼地的大爆炸，仿佛无数巨型焰火合而为一。耀眼的光芒覆盖了整个黑夜，繁星从焰火中心喷射出来，如钻石般被投射在黑蓝色的天幕上。数百万颗星星和数十万块星云显现在我的视野里，我的眼睛被宇宙的中心深深照亮，所有的水分都蒸发了，但马上有新的水分补充进了眼球的海洋。那是无法叙述且不能停止的泪水，浩繁无尽的群星几乎使我双目失明。

不，运动起来！我想，不要停止！

整个天空又一次活跃起来。我看到超大质量的星体在数秒内燃烧殆尽，年轻的黑洞饥不择食般地互相吞并，将无数颗星星吸引到自己身旁。目力所及之处乱流汹涌，天幕在上演一出壮阔的史诗。星系形成了，它们不断碰撞、不断膨胀，最终变成一个个蠕动的超级巨人，因肥胖而坍缩殆尽，周而复始，无始无终。地球在哪里？我想，母亲在哪里？一方角落的视野被放大了，蓝色星球忽一闪现，便隐没在星辰翻涌的海洋里。我揉揉眼睛，穹顶之上，混沌的体系快速且华丽地运转，在笼罩万物的荧幕上表演一场欢宴，而我就像坐在镜头后面无所适从的导演——下一步演什么？膨胀、收缩还是冻结？我没有想好，这场马戏也没有给我答案。但这伟大的表演让我感到害怕了，我的责任已超出了自己的认知，我不知道该如何推进棋局的下一步。如果我闭上眼睛，这一切不知是否还会存在。我的脑中一片空白。

夜幕突然暗淡下来，所有星星如云雾般消散无踪，天空恢复了沉沉的黑色,仿佛刚才的一切都未曾上演。

"各位观众,四点四十一分。"帷帐深处传来那女人温柔的声音。

突然,一只冰凉的手用力抓住了我的胳膊,我急忙转过头,荟先生出现在我面前。

"快走!"他说。

7. 鳏夫

荟先生拽着我,就像农夫拖着一只跑丢的羔羊,我麻木地跟着他,跌跌撞撞地往前走。外面夜色宁静,月光柔和,我脑子里仍想着刚才那不可思议的表演。我们一前一后走出马戏团的帐篷和围场,来到第一个岔路口,路边的牌子上写着:"下一场演出,清晨六点半为您呈现。"

虽然是在夜里,我也能看到荟先生突然阴沉下来的脸,那表情与其说是愤怒,毋宁说是恐惧。

回到店里,荟先生一言不发,冲我摆摆手,自顾自地上了楼。我走进卧室,室友也不在。我感觉疲乏,于是和衣躺下,想要在破晓之前挽回最后一点点睡眠。我的疲乏不像是身体的感受,更像是头脑的茫然,就像记忆脱离了躯体,孤立在无因的惆怅里,飘浮在白色的虚空中。

今晚过得有这么快吗?我在睡着之前想。

清晨起来,我一个人吃完早饭,一个人干起活儿来。荟先生似乎没心情制作傀儡,所以今天的活儿不多。我心不在焉地干了一会儿,脑子里始终留恋夜里马戏的影像。此刻店里空空落落,荟先生从一早就闷在书房里，荟太太不知所终，夸妮一个人在打扫后院。我恍惚间意识到，这是我溜出去继续看马戏的最佳时机。我暗下决心，如果荟先生再把我拎回来，我就要彻底逃走，离开这个作坊，甚至离开这个沉闷的镇子，我要跟马戏团走到天涯尽头。

于是，我轻轻地掩上工作室的门，偷偷从后门溜出去，小心地躲过正与骑车男孩纠缠的隆先生。镇子里的空气不错，天气也很好，我的心情开朗起来，迫不及待要赶到广场上去。可走上大路后，我却感觉到一丝异样，今日的小镇出奇空旷，近些天笼罩镇子的嗤嗤私语或高声大笑无处寻觅，人们不再谈话，低着头匆匆而过。广场越来越近，可我却没有看到马戏团那辉煌的大帐篷，也没有看到无数排队入场的镇民。我的心如陷入沼泽般慢慢沉落，我奔跑起来，直至踏上广场，仍不敢相信我看到的事情——这片一度成为小镇中心的场地已经空了出来，那些大帐篷不见了，只留下空空如也、一尘不染的场地。马戏团去哪儿了？它似乎一下子消失得无影无踪，在临行前还把广场清理得干干净净，以至于每一粒尘土都在静静沉睡，每一株小草都在轻轻摆动，每一块石砖都是洁白无瑕。马戏团走了，它就像从没来过一样。

有一些人在广场上站着，对着那片曾经给他们带来惊奇与欢乐的土地发呆，仿佛大帐篷的消失带走了他们的魂魄。我找到几个人，问马戏团去哪儿了？他们一言不发，只是茫然地看着我，活像一个个失去提线的傀儡。

我大失所望，只好颓丧地走回作坊。荟先生正在门边站着，看到我回来，他并没有发火，只是拍了拍我的肩膀，指指里屋的工作室。我乖乖地走进去，随手把门带上，坐回傀儡堆里。傀儡的数量似乎增加了，看着那一堆堆丑陋的半成品，我感到恶心，我觉得一秒也不能在这里待下去了，于是把刀子扔在地上，准备跟老板摊牌。

就在此时，客厅里传来巨大的砸门声。我从虚掩的工作室门边往外看，发现大门开了，鳏夫胡历拖着臃肿的身体挤进来，后面跟着隆先生。

"不、不好意思，我拦不住他。"隆先生说。

胡历迈进屋内，一直走到会客桌边，他张着嘴，大口喘着粗气，五官焦躁地挤作一团。

"老友，有何贵干？"荟先生问。

鳏夫面带痛苦地摆摆手。"你把马戏团弄哪儿去了？"他问。

"马戏团？那些耍雕虫小技的家伙？"荟先生皱了皱眉头，"不知道，这和我有什么关系。"

"你必须把他们弄回来。"胡历说，"就在今天。"

"为什么？"

"他们能让我的思想变成现实。"胡历说。

"现、实。"荟先生从牙缝里挤出两个字来，"难道你正经历的不是现实吗？你的病治好了，你现在能快乐地出门去，别再胡思乱想了，老朋友。"

"快把马戏团弄回来，今天就弄回来。"

"你不需要药了，"荟先生说，"没有什么长久的特效药，你要靠自己了，靠自己走出去，走出这片花园，走出这个镇子。"

"我离不开他们。"

"也许你要学会离开。"

胡历不说话了，他突然从兜里掏出一把尖刀，一直跟在他身边的隆先生后退了一步。

"这是菲菲·夜莺自杀时用的刀。"胡历说,"和她同款的刀,刀柄有一股旧时代的香烟味。"

"旧时代?"

"杀人的时代、纵火的时代。"

荟先生终于从椅子上站了起来。

"你在说什么?"

"请把马戏团弄回来。"

"我说过,和我没关系。"

"牌子上说,清晨六点半,将会有一场演出,我不想错过。"

现在什么时间?我想,六点半应该早就过了,现在是几点?几点是六点半?视野里似乎又出现金色的斑点,下坠的感觉转瞬即逝。

"和我没关系,请你离开。"荟先生说。

胡历举起尖刀,慢慢逼近,烟雾在他肥胖的躯体旁缭绕,我似乎闻到了刀柄上香烟的味道。

"杀人、纵火的时代。"他说,"就在清晨六……"

一声刺耳的枪响,鳏夫胡历全身肥肉一颤,瞪大了本如细缝的眼睛,躯体如土偶般迟钝地倒了下去。隆先生在一旁大嚷起来,他的胡子纷纷飘落,像一场灰白色的细雪。"你、你在干什么!"诗人发出女人般的叫喊。荟先生面色铁青,手中紧紧握着一支手枪,把身体转向隆先生。

"不要把枪口对着我!"诗人狂叫道。

荟先生似乎缓过神来,慢慢放下胳膊,把手中的武器揣回口袋。

诗人失去了力气,慢慢坐到地上。

"你在干什么?"他说,"为什么要杀胡历?"

"我在保护我们!"

此时,门铃突然如诅咒般响了起来。

"天哪,咱们现在怎么办?"老诗人问。

荟先生转过头,看了看客厅角落那个巨大的座钟。

"把他藏到钟里。"

"他是个胖子。"

"闭嘴!"荟先生说,"你去打开盖子!我自己就能拖动他!"

8. 旅行者之二

穿着黄色运动套装、背着背包的女人进来时,屋内的气氛好似在举行一场葬礼,傀儡作坊老板面色凝重地叉着手,老诗人则垂头丧气地站在墙角里。这女人像猫一样轻轻地行走。我在半掩的门后躲着,看不清女人的面容,只看到长发被扎成二尺^①来长的马尾,耷拉在她的背包上。

"啊哈,漂亮的娃娃店。"女人说。

"这些不是娃娃,不能动的才叫娃娃——这叫作傀儡。"荟先生说。

"你说得有道理。"

女人愉快地漫步,一直走到桌子旁,坐在之前那位旅行者坐过的沙发上。

_____

① 1尺约等于0.33米。

"这些漂亮的……傀儡多少钱？"

"价钱不一样，得看你要哪种。"

"最好的一种。"

"还没诞生的才是最好的。"

"那就买你的用人夸妮。我出一大笔钱。"

"你怎么知道夸妮？"

"我今天早晨路过贵店，看见她在后院扫除。"

"不会的。"荟先生说，"昨晚我烧掉了她。"

女旅行者的表情在一瞬间僵硬。

"我点了火，"荟先生说，"她痛哭着，尖叫着，但还是烧着了。这场面就像你想要提及的往事，吱嘎吱嘎，刺啦刺啦，你不会忘记那种声音，你们都不会忘记那种声音。"

站在墙角的老诗人向前走了一步，张开嘴想要说话。

"那是地狱的声音。"荟先生继续说，"轰！就像马戏团每天表演的那样，烈火焚身。"

"打住。"女人说，"别说了。"

"好吧。"荟先生像年轻人一样叉起双臂，坐在女人对面，"你到底是谁？"

等了片刻，女人回答："我是探员。"

"镇里有谁犯法了吗？"

"有个囚犯越狱了，一个年轻人，三十岁左右，往镇子的方向来了。"

"那他一定还没到，或者去了别的地方。"

女警探掏出一张皱巴巴的铜版纸，和前一位旅行者拿出的一模一样。她指指那张被折叠的铜版纸，"请你看一下照片，好好回忆一下。"

"不必了，我们这里没有陌生人来。算上你只有一个。"

女警探瞪着他，随后把目光转向角落的座钟。

"这钟好像不太对劲，从刚才一直有响声。"

"那钟坏掉了，发条老化了。"荟先生说。

女人站起来，走到座钟旁边，仔细摸了摸，敲了敲它的面板。

"你介意我打开吗？"她说。

"请便。"

女警探抠住座钟的面板，一把将它拉开，木头传出破裂的嘎啦声，可那大钟里空空如也。她略显迷惑，转过身去，看着荟先生。

"好了，游戏结束了。"荟先生说。他再次掏出手枪，对准这个扎马尾辫的女人。女警探面色铁青，冷静得有些异乎寻常。

"现在几点了？"她说，"我想请那道门后面的人告诉我。"

她指向我的方向。我哆嗦了一下，三道目光全看过来。我慢慢推开门，走到客厅里。

"请告诉我，现在几点了？"

荟先生没等我回答，便扣动扳机，枪声又一次在屋子里响起，女警探的身体砸在大钟上，使那座钟发出一声洪亮的啼鸣。诗人隆先生彻底崩溃了，他哀号一声，双手抱住脑袋，嘴里高声叫嚷起来。

"闭嘴！"荟先生大喝一声，持枪转向诗人。老诗人一阵哆嗦，停止哭喊，慢慢退回墙角。我跑到女警探身旁，发现她被击中要害，已经停止了呼吸。

"先生，这不像一个艺术家的所作所为。"我对老板说。

“艺术家？”荟先生咧开嘴，他右手持枪，左手从口袋里摸出一把刻刀，准确地抛到我脚边。

“捡起这把刀子，然后照我说的做。我向你展示什么叫作艺术家。”

9. 艺术家

我把刻刀捡起来，这似乎就是我刚才使用的那把刀，刀尖上沾着碎屑，木质刀柄留有余温。

“现在，剖开那女人的胸膛。”他说。

我吃惊地看着他，并没有挪动半步。

“你让我很烦躁。”他抬了抬举枪的胳膊，“艺术家可是冲动而不顾一切的。”

“你一点儿都不像个老人。”

“闭嘴，”他说，“我永远不可能成为一个老人。”

我看了看角落的隆先生，他仍然像木头一样呆立在那里。我只好弯下身子，攥紧刻刀，将它狠狠插入死者的胸膛。出乎意料的是，刀刃没遇到任何阻力，我轻易就剖开了一个大口子，没有血液和内脏流出来，只有一些破烂棉花出现在里面。我小心地扒开这个口子，发现女人的胸膛里没有肌肉、没有血管、没有心肺，只有成堆的棉花、石子渣、弹簧和脏兮兮的木屑。

我感觉自己已经无法思考。“这是怎么回事？”我问。

“把刀子扔掉吧，到隆先生那边去。”

我的头脑一片混乱，顺从地站起来，扔掉刻刀，往老诗人那里走去。老诗人仍是一动不动,面色通红,只有眼珠在跟着我活动,就像一只被捆住螯腿的螃蟹。

"把你的手伸出来,"荟先生说,"摸一下他,摸一下他的胸膛。"

"为什么?"

"照做就是了。"

我伸出了一只手,按到隆先生的胸膛上。仿佛是穿过一片云彩,我的手竟陷了进去,深深地陷入他的身体里。掌心传来一阵凉意,我看着他,他看着我,那空茫的眼睛令人不安。半秒钟后,诗人像水一样坍塌了,他的身体化为流动的液体,渗入地表,挥发在空气中,瞬间无影无踪。

我再一次目瞪口呆,荟先生大笑起来。

"游戏结束了。"他用杀女警探时一样的口气说。

他举起手枪。我下意识抬起胳膊格挡,可是枪没有响。我睁开眼睛,发现荟先生持枪的胳膊松弛下来,枪掉落在地上,他的嘴唇着魔般抽动着,眼泪流淌而出。此时,我眼前再次出现金色的斑点,视野开始晃动,我睁不开眼睛,我觉得周围的世界也睁不开它的眼睛。那一瞬间,我仿佛连通了世界,感觉轻飘飘的,轻得快要从生活短短的历史中游移出去,好比运动中的身体出现一种错觉,并成为错觉本身。

我开始挣扎着向前漫步,我扯开抓住我肩膀的看不见的手,撕裂布满金色点状物的模糊空间,迈向我的老板。地板扭曲了,我看到灰色的墙面和钢铁的线条,我弯腰用看不见的手捡起那把即将消失的枪,枪头像棵卷心菜,伸长的枪柄像骑兵的长矛。我捡起枪,世界慢慢地稳定下来,金色的斑点逐渐消失。我把手枪举起来,对准荟先生。几秒钟后，他不再发愣和抖动，他回来了。他看着我，面露微笑。

"谢谢你。"他喘着气，眼泪还挂在脸上。

"谢我什么？"

"谢你稳定了这世界。"

"这到底是怎么回事？"

"好，"他做了一次深呼吸，"竖起耳朵吧，我来告诉你真相。"

10. 自白

我不是艺术硕士，也不是力学博士，更不是什么傀儡作坊主，我不会制作傀儡，我连怎么雕刻出一个鸡屁股都不知道。

我是谁？我是个工人，在你永远想象不到的最伟大的大都会工作。那里有成百万像我这样的人，那里是用现实的手铸就的超现实。不，我不用解释，你知道那里，因为我知道的你也全知道，它们是我的血，也是你体内隐秘的知识。

我的工作地点曾是全城最高的摩天楼。它在竣工前的一个月成为城市里最高的建筑，但十五天后便被后来者超越。这种故事每个月都发生，都会里的人们对一切习以为常，就算一个人变成鲸鱼都不能引起他们的关注。那是一个不幸的日子，我在刚完成保养的机器前走神了，双手手指头被无情的铁东西齐刷刷地切断。切断了几根呢？左手三根，右手四根，只保留了两根拇指和一个可怜的小不点儿。那怪物毫不客气地把这些"香肠"吞进去，像搅工程废料般把它们搅得粉碎。

一小时后,我躺在医院里,满心绝望,接受处理后双手仍疼痛难忍。"我的手指头断了!"我向医生抱怨。"那有什么办法!"医生说,"知道这个城市每年要断多少根手指吗?一万根!"他伸出一根手指头,正是我已经失去的那根。"一万根哦!"他说,转身扬长而去。过了一阵子,我们的老大来了。他是老大,他的上面还有更大的老大,更大的老大上面还有整个工程的老板,这就像一个梯子,就像杰克那XX般粗的豆茎,一直通到天上的云彩里面,那上面有我们所不知道的世界。那些我都不管,我只想知道我下半辈子怎么过,我的手已经变成了一对可悲的鸭蹼,我感觉自己是一只即将入炉的鸭子。老大面色凝重、不苟言笑,他支付了所有的医药费,在床头扔下一笔钱,口头解除了和我的劳务关系。他们不要我了,像踢开一截碍事的骨头。出院后,我找了一个律师,并为此花了一小笔咨询费用。律师告诉我,我的问题是签订了一个问题合同,这问题合同里有很大的问题,这些问题让我通过现有途径解决不了任何问题。这蠢蛋说得太拗口了,但他还是个有主意的律师,他提醒我不要尝试通过暴力方式解决——这给了我启发。

几天来,我经过反复练习,学会了用嘴和残缺的左手把刀绑在右臂上。于是我揣着刀,来到老大居住的地方。这把刀是我的工友淘汰的,刀柄上有一股古旧的香烟味,藏在怀里让我有点不舒服。连续四天,我在附近徘徊,终于找到机会,从厕所敞开的小窗潜入了老大的别墅。傍晚,我藏在厕所与卧室之间的柜子里等他,可直到深夜他才出现。我从门缝里往外看,看到他搂着一个年轻漂亮的长发女人,那女人的皮肤在灯光下呈现浅浅的淡橙色,相当美丽。他们拥抱,接吻,在我目光之下跌倒在地板上,翻滚在一起。女人发出淫荡而凄美的叫声,而老大如他文在脊背的猛虎般大汗淋漓、威武不屈。听着他们达到极乐的呼喊声,看着明晃晃的肉体和周围华丽的装饰,我的气势泄掉一半,好不容易壮起的胆子和一不做二不休的决心荡然无存。早上,他们走后,我也灰溜溜、满心怨怒地离开了那里。

到家时,我发现平房里的动静不太对。我在窗下静静聆听,听到的却是我的老婆和做小买卖的邻居的淫笑,入耳的是污秽不堪的话语。这对奸夫淫妇正行鱼水之欢,他们两人似乎在模仿老大的动作,用行动讽刺我,用语言、用肉体、用下流至极的交媾姿势嘲笑我,使我一下子想起刚刚经历的夜晚,一生中最耻辱的夜晚。我是个尿货,我杀不了老大,我没有杀老大的胆子,我只能杀和我一样的人,只有杀这些人时我才能获得一种似有若无的安全感。我为自己微小的胆量感到羞耻,这种羞耻战胜了罪恶感和恐惧。我要杀了他们!杀了我那从没有迈入高级商场一步的老婆和她那贫穷的做小买卖的奸夫。

就这样,盛怒之下,我跑去几百米外的小加油站买回汽油,用两根手指悄悄把家门反锁。我在房屋四周均匀地浇上汽油,点上了火。那天是个大风天,火越燃越大,他们尖叫着砸破玻璃,在铁质的护栏前大呼哀号,但为时已晚,烈火逐渐吞噬了一切,他们二人全部消失在火海中。

第二天我便被拘捕了。

看守所的日子非常枯燥,我因身有残疾,免掉了所有的劳动,但死刑判决板上钉钉、无法逃避,日益迫近的末日感使我焦虑不已、夜夜无眠。一天晚上,走廊没有熄灯,我借着微弱的光线数天花板上的霉迹。那些霉斑各式各样,以绿色和黑色为主,暗淡的红色小点夹杂其中,像树林和草原中的幼兽,小心地避开陷阱撒欢奔跑。我真想加入其中,永远生活在那块霉菌构成的自由世界里。就在此时,我突然回忆起一年前读过的一本书。那本书介绍了怎样一步步通过练习,逐渐知晓自己是在做梦,随后是学会在梦中保持清醒,直到随心所欲控制自己的梦境。我当年并不相信这套说法,但如今身陷囹圄,这种说法对我产生了巨大的诱惑。我下定决心,要练习控制梦境,在梦中体验自由,努力掌握梦中时间的流逝速度,创造一个属于我的永恒。

从那一刻起,我便开始练习了,那本书中的具体细节已经忘记,但基本方法还记得。首先是找到一个标志,一个"扳机",一件有违常理的事情,不管你正在经历什么,一旦看到这件事情发生,就能知晓自己身在梦中。这很难,但我有炽烈的欲望,我可以把所有的时间都用于睡眠,用来学习如何知梦。我的"扳机"非常明确——我的手指。如果我看它们时,它们是完好的,我就知道自己正在做一个甜美的梦。在清醒状态下,我坚持隔几分钟就看看我的手指,努力培养时刻关注手指的习惯,这样在梦中我也能下意识地去看它们,去发现它们的不合常理之处。

几天后,我成功了。那个场景里,我正挥汗如雨地在工地干活儿,我和工友们说说笑笑,我用灵活的指头操纵机器,用灵活的指头接过抛给我的饮料,用灵活的指头拉开拉环——这时我猛然觉醒,我看到了,我注意到了,我所有的手指竟完好无缺,它们仍是我的兄弟们,父母的精血,我为人躯体美丽的一部分。

这便是第一次清明梦,在狂喜之际,天空碎裂,大楼倾圮,梦境崩塌。

　　摸到梦境的大门后,我的进展很快,唯一的敌人便是时间。我知道上诉是徒劳,但还是用足了上诉的机会,以便多在狱中苟活几日,利用每一分钟疯狂地、不吃不喝地练习。我每天沉迷在清明梦里,有一阵子看守以为我要绝食自尽,甚至强迫我输了营养液。死刑终审判决下达时,我已能从容不迫地在梦境中控制一切,还能在第二天接续前一天的梦境。我的下一个任务是建立一座家园。哪里才是我永恒的栖身之所呢? 这些天,我见过繁星悬垂、奇兽遍地的灰色异星,见过地狱一般布满火山熔岩的凶险之地,见过无尽森林和雪白山峰层层交错的世界尽头,可它们都不是最理想的家园,我已经看够了如此超现实的景象,我需要一个轻柔的怀抱、永恒的故乡。

　　你知道行刑前空气的味道吗? 那是一股药房的气味,朽坏木头和风干菊花的气味,这些味道自行刑前数周便开始在我身边环绕。死刑复核通过那天,我梦见了一个小镇。那里草地青翠、花团锦簇、道路精美,有一个宁静的中心广场,还有一群年老而朴素的镇民。我当即决定在这里建设自己的家园。我没有多少时间了,我决定不再新建和改造镇民们,我要把所有的精力用在对时间的控制上,想办法改变梦里感觉到的时间的速度,努力模糊时间的界限,抹去明确的时间单位,让梦境中的时间流逝无迹可寻。我希望现实中的一秒,会是梦里的万年。

　　在死刑执行的前夜,我反复入睡、反复醒来。每当清醒时,我就感觉时间像套在脖子上的绳索,正逐渐收紧。在前几个梦中,时间仍按与现实差别不大的速度流逝,可我需要的是指数级的差距! 我无比沮丧,但不想放弃,时间没有给我放弃的权利。在翻来覆去中,我突然意识到,究竟是时间给了我权利,还是我给了时间权利呢?

在现实世界,固然是时间定义了我,但是在梦中,我的意识存活于套子中的套子里,时间只是虚幻世界中无数的客体之一,我控制了潜意识制造的梦境,便控制了客体的定义权,一切特征都应该由我来定义。我不能困于调试时间流逝速度的快慢,而应该重新改变它的基本准则,因为在我梦想的世界里,时间不需要任何所谓"流淌"的速度。于是我在新的梦里,把时间定义成了一个心理暗示、一个错觉,它看似分分秒秒地流逝了,但在错觉背后,它应该只占用了一点点时间,这一点点时间便是全部错觉的载体。

就是这样,我所定义的永恒不是来自速度,而是来自错觉,这是一件痛苦的事。这意味着我的镇子里永远不会有人老去、永远不会有人自然死亡。这意味着一切生活都是骗人的假象,它们虚假得如此无趣,像一个最蹩脚的单机游戏——但对我来说足够了。于是我开始了体验,在这个完美的小镇里生活,在永恒的时间假象中踟蹰,一周过去了、一个月过去了、一年过去了,一切仍是那么稳定,我没有返回现实的躯壳中。我成功了,我似乎获得了永恒。不过我知道,我距离现实中的清晨不算遥远,死刑定于六点三十分,我经历的是死刑前夜的最后几小时。这是最后一个梦,也必须成为永不停止的一个梦,我绝不能再次醒来。

就这样,带着一丝危机感,我在镇上安顿下来,开始享受永恒不变的生活。镇子里的时间只是流转,而不计数,这里有模糊的季节,但没有具体的年份。我创造了妻子和邻居,经营着一家傀儡作坊,并随心所欲地制造傀儡;我不断在镇上建设新的设施,让花朵开满街巷。但我能自称为神吗? 不能。我还有一个最大的敌人,那便是我的潜意识。潜意识才是梦世界的创世古神,一个被我暂时压抑的巨兽，万物的母亲。这小镇虽是我的乐园，但小镇外面的梦境里仍有一个无限广阔的世界，全部由潜意识创造。那伟大的潜意识，它伴随我出生和成长，它就像大海一样宽广，像太空一样空旷，像地狱一样扭曲，梦里的每件事物都被浸泡在潜意识的地狱里。每个在此地存在的人、每一件事物，不管是否经过我的改造，都是潜意识的一部分，都保存着我不为人知的秘密。

有几次，我的创造中出现了不稳定的苗头，让我几乎在战栗中清醒过来。于是我吸取教训，不再用意识制造或抹除什么东西，避免干预这个世界的运行。有时会有镇外的人来到镇上，他们便是潜意识的造物，没有经过理性的改造制约，充满野性、凶险无比。在我的乐园里，潜意识正在逐步反击，想要夺回梦境的控制权，那是它的本能。我在辛苦地对抗神的本能，这堪称世界上最令人绝望的工作。

如此这般，日常的对抗已让人精疲力竭，而在日常的对抗之外，我还有一位死敌——那就是潜意识制造的"预兆"，它是对手胜利的号角。虽然我没改造过的事物大多是潜意识产生的渣滓，但总有一个东西里隐藏着对真相的记忆，或者说是对醒来的预期，这便是潜意识的王牌。这个乐园只需要一个"预兆"显现，便足以勾起对真相的记忆，便有觉醒和崩塌的危险。在看到你的那一刻起，我知道"预兆"即将降临。你和我长得一模一样——我说的是真实的我。初次见面时你身上穿着一件T恤，是我某年生日时女朋友赠送的礼物，上面写着大大的、彩色的"6"。"6"，如此鲜明的数字，已经很久没在这个世界出现过了。我立刻想起了我六点半的死刑，几乎瞬间跌入清醒。鲜明的数字、真实的时间，这是我这个世界的死穴，我必须不惜代价清除掉这一切，但我又不能打草惊蛇，"预兆"对潜意识太重要了, 它会维持梦境的稳定, 维系梦境与潜意识世界的连接。为了小镇的稳定, 我不能直接让你消失, 我认为最好把你留在身边, 监管起来, 不对你过度干预, 而是重新引导你、捏合你, 让你在日复一日的生活中习惯这镇上的一切, 习惯傀儡作坊的生活, 把"预兆"这一本质深深隐藏、永不显现。

在马戏团出现之前, 我是成功的。马戏团的出现, 是潜意识最后的反击, 它大张旗鼓来到这个镇上, 不断表演火烧的场面, 甚至挂出六点半表演节目的预告——那正是行刑的时刻。它打破了规则, 这是不可接受的。我本不该让你去看马戏表演, 但那天我在胡历家里被抓伤, 几乎跌入现实, 我耗费很大精力才稳定住梦的世界。马戏团挂出预告之后、表演六点半节目之前, 我已经没有其他手段可以阻止它——除非使整个马戏团消失。于是我这样做了, 我站在它面前, 亲手, 不, 亲自用我的意识将它彻底从乐园的大地上抹除。

此举冒了巨大的风险, 但我别无选择。果然, 世界崩溃了, 突发性事件一个接一个出现。我只好杀死胡历, 又杀死潜意识的间谍, 我给这个世界造成了巨大的失衡, 刚才的一瞬间, 我又一次险些跌回现实, 徘徊在清醒的边缘。好在你拿枪指着我, 在我即将看清眼前的铁窗之前, 先看到了这一场景, 我拼命放松意识, 死死抓住了梦的尾巴, 成功地回到了这里。

刚才和你说话时, 我的四肢还不能动弹, 但随着世界的稳定, 通过调整适应, 我已经能活动自如。而你呢? 你能动弹吗? 如今的我会让你动弹吗? 你试试动动你的手, 动动你的脚, 扣扣手枪的扳机? 哦, 我忘记了, 手枪已经不在你的手上, 它现在在我的手里。我始终是乐园最宠爱的孩子、小镇的君主, 而你是什么? 你有什么历史吗？你记住了什么样的回忆？没有。你只是一个扁平的符号，可悲的动物，甚至都不算动物，因为你不是什么独立的东西，你的所谓自由意志是被早早决定的，你只是一个机械性的、被决定的、无法脱身的潜意识的奴隶。就在刚才，在经历了绝望的跌落后，我终于做出了决断。我要孤注一掷、放手一搏，反正世界已经摇摇欲坠，反正已经接连清除了几个潜意识的造物，我必须再次铤而走险，把你清除、把你消灭，像嚼碎西瓜籽一样粉碎你，让这个"预兆"不再成为威胁。我不用耗费尊贵的意识抹掉你，有这把枪就够了，这武器让人放心。你知道吗？在梦里人一样会死，这是我长久以来对这个乐园的定义，这就是法则。我用枪就可以把你们打死，让你们不再活跃在这个虚妄的世界上，让你们回到潜意识的深渊里。

故事结束了，就是这样。

11."预兆"

荟先生把枪举起来，对准我。我不知道他瞄得准不准，因为他的手在微微发抖。他灵活的食指放在扳机上，大拇指、中指、无名指和小指握住枪柄，那是上天赐予他的、他尽全力保卫的礼物。

我想活动一下嘴，但面部的肌肉越来越僵硬了。

"我还能说话。"我嘴巴半张着，含糊地说。

我听到他冷笑一声。我那机械性的、被决定的、扁平动物的、可悲奴隶的脑袋全力运转，我要把"预兆"说出来，他害怕数字，害怕时间，我要说出什么数字呢？

"六点半！死刑！"我喊道。

荟先生扣动了扳机，子弹穿过我的左肩。

"三十一岁！"

第二发子弹打在墙上。

"十五年！七十七！"

第三发子弹嵌入我的腹部，搅动着内脏。剧痛袭来，我想这疼痛的感觉也是他对梦境的设定，就像用子弹可以杀人一样。

"一千五百零一！四百一十二！六百零七……"我全力喊话，但是声音在逐渐减小，我仍能维持站立，可力量已离我而去。我跪了下来，感觉周围的光亮在逐渐缩小，黑暗呈环形往中间收拢，离我越来越近。

"四季，春夏秋……"

又有两发子弹袭来，我的躯体已经无法支撑，我那让人操控的、不值一文的、虚假的意识模糊了，我倒在地上，将要被暗示和错觉组成的法则吞噬。这时，荟先生的最后一发子弹也打完了，四周响起了空膛射击的声音。我终于失去了全部力气，只剩下眼珠在转动。我不明白，既然我的行为和意志是被决定的，那为什么始终无法说出那个"预兆"，那个荟先生最害怕的东西。

黑暗环伺，光芒照亮的圆环越来越小。我看到身边一个骑三轮自行车的小孩经过，那是隆先生的远房亲戚，我不知道他是怎么到屋里来的。

"你们在干什么？"他说，"时间在流逝，还有半小时就天亮了，还不快睡会儿。"

荟先生僵在原地，附近的一切全部静止下来。

"还有二十九分五十五秒，"男孩说，"五十四、五十三……"

还　魂

1

还魂尸送来的时候，面部只有模糊的轮廓，但老太太依然认得出那是自己的儿子。

她和死者面对面坐着，一言不发，看着五官和毛发自动塑造成型。他的皮肤湿润极了，不像死人，而像个刚出生的婴儿，新生的纹理在皮肤表面浮现、固定，如海流在北欧峡湾逐渐雕刻出悬崖峭壁。他的眼睛越来越深、鼻子逐渐高耸起来，左脸上慢慢浮现出一块伤疤，是小时候摔倒在轧花机上留下的。那块伤疤慢慢由粉转红、变成褐色，缩小面积，固定在皮肤的表层，形状与儿子离家前一模一样。

老太太深陷在藤椅中，被奇观吸引、被恐惧攫住，身体动弹不得，呼吸声仿佛细小的灰尘降落在角落里。

十分钟后，死亡通知书姗姗来迟，同纸张一起来的还有乡会计和邮递员。会计瞪了邮递员一眼，责备他速度奇慢，竟把死亡通知

书落在还魂尸后送达。老太太终于扶着藤椅站起来,手却抖似筛糠,认不出纸上的字。会计好心给她念道:

兹有工兵王氏信光,殁于春月廿八日。马革裹尸,美名咏诵,光沉紫电,忠烈可风。

老太太看着纸,喉咙里发出猫叫般不清不楚的呜咽声,又转头瞧瞧屋里的怪物。那具还魂尸紧闭双眼,全身伴随胸部起伏慢慢抖动。他的肤色越来越深、头发越来越密,血管变得更细,在肌肤之下逐渐遁于无形。会计控制自己不去盯着怪物,从随身夹子抽出一份表格,开始与老太太核算。

"抚恤金: 计信用点二十六万。明日入账,次周凭亲缘证明、死亡通知书可取。"

老太太似懂非懂地点点头。还魂尸突然爆发出一阵响亮的打嗝声。

"他有……有其他继承人吗?"

老太太摇摇头,嘴角耷拉下来,眼里终于涌出大颗大颗的泪珠。

"嗐,大娘!"邮递员开口安慰她,"别伤心了,你看,不只你一家,我这里还有一摞呢!"

说完,他把手伸进邮件袋,掏出厚厚的一摞邮件,都用统一的颜色印刷,侧面的颜料排成一条褐色的长龙。见得此景,老太太用手拍着大腿,高声痛哭起来。

"可他们都没有还魂尸!看吧,你是唯一拥有还魂尸的人,因为你的儿子炸成了碎片,只剩下一粒芯片,不幸中的幸——"

"别说啦！"会计大声打断他，"去送你的信吧！"

"可我还想——"

"有什么好奇的！"会计踹了他一脚。邮递员悻悻地走出门去，最后回头望了一眼，恐惧的表情出现在他脸上——

"那尸体，睁开眼睛啦！"

2

还魂尸彻底变成了儿子的样子，他现在睁开了眼睛，慢慢转动着眼珠。屋里的几个人屏住呼吸，全都一动不动。老太太停止哭泣，向前挪了一步。

"当心，大娘！"会计扯住她。

还魂尸忽地一下站了起来，可是没站稳，又坐了回去。看见怪物站起来，会计和邮递员尖叫着向后退。还魂尸转头看看他们，张开嘴，一言不发，棕色的眼睛仿佛直勾勾地瞪进虚空里。

"我走了。"邮递员说，"大娘，我对您的遭遇深表同情。"

说完，他转身跑出房门。"懦夫！"会计说，他的双腿发软，动弹不得，只得勉强用脚掌慢慢向后蹭。没等缓过神来，邮递员又跑了回来。

"技术员来了！"他说。

"终于来了。"会计长出一口气。一个个子不高的年轻人跟随邮递员进来，他的头顶染了一撮掺杂褐色的黄发，手上拿着带箱的大喷枪，制服沾满斑斑白点，身上挂着破破烂烂的蜘蛛网。

"怎么是你？"会计问，"市里的技术员呢？"

"市里的专家？他出了事故，车子翻进沟里，腿摔断啦。"年轻人顿一顿，"上边说，只能让我来讲讲了。"

"你讲，你懂吗？"

"他们给我传了资料。说实话，我懂的也不多，要是问我化肥啦、农药啦，还能——"

"这样就行，"会计打断他，"快讲讲这个鬼东西，它已经快把我们吓死啦！"

"好，知无不言！"年轻人自己拉张椅子，却没敢坐下，扶着把手站在一边，"这是一类生化人，刚刚开发的，用于转移死人的意识，人们都叫它'还魂尸'。"

"很贴切的名字。"会计说，"但这怪物有啥用处？"

"能给人安慰吧。"技术员说，"说不定技术成熟了，大人物们会争先恐后地入住，长生不老、永垂不朽。"

"到那时候，原主和生化人打起来，怎么办？"

"这……就不是咱该关心的了。"

"它现在是活的吗？"邮递员指着四体僵硬的怪物问。

"是啊。它的肉体刚刚形成，可能意识仍在构建。"技术员说，然后转向老太太，"资料上写，王氏信光阵亡时，植入头部的芯片也遭到损坏，他们能够恢复提取的数据有限，所以生化人的人格是不完整的。大娘，他们已尽了最大努力。"

老太太面露恐惧地点点头。

"上边说，还魂尸仍在测试阶段，数量有限，优先供给阵亡将士家属使用。因为您的儿子他……尸骨无存了，所以向您派发一个，希望能够带来短暂安慰。"

"短暂安慰?"会计插话道。

技术员耸耸肩,"两周后,他们会把个体收回去,提取运行资料,再进行研究完善。"

"研究完了,能还给她们吗?"

"不知道,这玩意儿据说挺贵的,不过……"技术员拍拍椅子背,仿佛那儿贴着一个帮腔说话的电钮,"和您的儿子享受多出来的两周吧,这种机会不是人人都有,别人想要的话,恐怕得上阎王爷那儿找寻了!"

"他是我的儿子吗?"老太太突然开口问。

"他是个生化人,"技术员说,"这么说吧,人们借助先进技术,把您儿子残存的意识和记忆,移植进生化人的脑子。他就相当于您的儿子,只是记忆不太完整,并且给人的感觉……有点奇怪。"

"我不明白。先生,他和我的儿子长得一模一样,他是我儿子吗?"老太太坚持追问。

"大娘,从定义上讲,他是个——"

"哎呀!"邮递员双手指天,打断了年轻人的讲解,"你讲这么多,她能懂吗?给她个明白话吧,我还有一摞死亡通知书要发呢!"

"好吧,"技术员说,"是!他的确……算是你的儿子!"老太太抿起嘴巴,点点头,眼睛动了一下。角落里突然传来声音,大家齐刷刷看过去——那个刚刚出生的人竟自己挣扎着站了起来。他看着大伙儿,缓了一会儿,慢慢开口说:"我饿了。"

人们面面相觑,谁也不敢说话,也不敢动,耳朵里只听见唰唰唰的杂音,那是风把满树叶子吹翻过来的声响。技术员从椅子上挪开手,觉得手上都是汗,风一吹凉凉的。

"你问他要吃什么。"会计说,他把手放在腰间,就像那儿真有把无形的佩枪。

"你想吃啥啊?"老太太问。

"蒜苗炒肉。"还魂尸说。

"是我儿子!"母亲大哭起来。

3

秘制蒜苗炒肉的做法: 瘦肉、五花肉切薄片,肉片用酱油腌过,蒜苗用盐腌过,五花肉下锅煸出油,再放瘦肉下锅炒熟,最后放蒜苗段和辣椒丝,加盐、酱油翻炒,起锅淋少许麻油即可。

还魂尸坐在桌边,连吃了三碗,雪白的背部一耸一耸。吃完饭,他抱着膝盖,蜷缩在椅子上,不言不语。

"信……光,你冷不冷?"

"冷。"他说。

老太急忙翻箱倒柜,找出儿子的衣服。怪人笨拙地把秋衣穿上,却怎么也穿不进裤子,老太太帮他把裤子提好,腰带扎上。

"信光,你瘦了。"她说。

还魂尸点点头,抬眼看着她,一言不发。

"唉,你遭罪了!"老太太攥住还魂尸的手,那手冰凉冰凉的,她赶紧把它们捂在怀里,"回来就好,回来就好。"

怪物再次点点头,他耐心等老太太掉完泪,慢慢把手抽出来,盘腿在椅子上坐定,面朝北方闭上眼睛。

老太太在旁边待了一会儿,开口问:"仗……打得怎么样?"

“什么怎么样？”

“就是战场有什么事儿啊……能打赢吗？主要是你怎么……怎么负的伤？”

“忘了，”儿子把眼睁开，“好多事都忘了，忘光了。”说完，他又把眼睛闭上，肚里发出与上午一模一样、打嗝般的巨响。嗝声好一阵才过去。老太太坐在旁边，待了一会儿，欲言又止。

“你先休息吧！”她说，然后轻轻退到外屋去。

晚上，王氏信光在家里睡了一觉，却没睡踏实，半夜惊醒了好几次。最后一次醒来后，他睡不着了，静静地躺在床上，看着墙上挂的旧钟表——六点十五分。意识逐渐清晰，这是他第一次认识到时间概念，时间在一秒秒地流逝，真奇妙，昨天是他出生的日子，但他却感觉自己并不是个新人，出生前的时间也并非一片混沌。他看着秒针，嘀嗒、嘀嗒，一天有二十四小时，一小时有三千六百秒。如果他愿意的话，可以把每一秒再分成若干个单位来体验，但他没有这样做。他现在是人类，他在学习王氏信光、学脑中本能、学所有的人类那样按分秒来感受时间。六点十七分过去了，下一个阶段是六点十八分，他想，窗外阳光很好，窗台有谷粒，应该会有鸟儿落下来。

思绪未及落定，一只鸟儿突然扑来，飞降在砖红色的窗台上。

老太太家有具还魂尸的消息很快在附近传开。下午，家里被挤得水泄不通。邻居们争相前来询问亲人的事，孤老寡妇们像油炸的面糊，把王氏信光团团包裹。

“我的儿子怎么死的，他说过什么话吗，有什么遗言吗？”

“我的丈夫怎么样了，你在部队见过他吗？”

“战场是什么样的，我们能胜利吗？”

面对这些问题,儿子总能做出不那么得体的回答:

"不知道。"

"不清楚。"

"对不起,真的忘记了。"

后来,老太太趴在厨房睡着了,天黑之后才醒来。她走到院子里,发现街坊已经散尽,留下一地垃圾,风越来越大,只剩一只狗在冲着还魂尸狂吠。老太太拿出棍子,把狗赶到门外。可它并没走远,在门边的竹竿堆旁趴了下来。她刚刚复生的儿子仍然坐在桌边,脊背保持笔挺的姿势。

"快睡吧,信光。"老太太说。

儿子指了指门边的黄狗。

"这动物,怎么说?"

"狗。"老太太说。

"狗。"他重复道,满意地点点头。

"去睡吧。"

"好,"儿子说,"等我恢复好了,学会帮你干活儿。"

"嗯……好,好孩子。"老太太说,"你在哪屋睡啊?跟我睡一屋吗?"

"再说吧。先回厨房。"

"怎么了?"

"锅倒了。"

话音未定,厨房里传来哐当一声,那是巨大的蒸锅倾覆的声音。有个圆圆的铁篦子从门里滚出来,滚到草丛边缘,立在那里,不动不摇。

4

收拾好物品,打扫好庭院,两个人才回到床上。这是复生后的第二个晚上,王氏信光做了个梦。在梦里,他见到一匹白色的骏马在厚厚的冰上行走,冰下是重重叠叠的残肢和深渊不灭的火焰。"马",他记得这个词。梦里的冰太滑,那匹白马跑不起来,它失了前蹄,跪倒在坚硬的地面上。血涌出来,流淌到士兵们的鞋跟下。他低头看看自己的鞋,胶鞋掉了底,地面磨得脚生疼,头顶的燃烧弹把天空映得如同白昼,环绕四周的有万年前的斧石、千年前的车马、百年前的巨炮,两轮圆月在古战场上空熠熠生辉。王氏信光穿着掉了底的胶鞋走在战场上,封冻的河流让他慢慢失去意识,他忘记了自己是谁,只是跟随云雾般缭绕的指令,向末日缓慢地冲锋。在那个冰冻的晚上,月光下的一切都成为慢动作:对面军队的炮火成为意识的标枪;地雷存在于时空的每个角落;炸弹投射过来,碎片在空气中游泳,裹挟着夜幕与弹痕缓慢地消逝。

信光在消逝的秽雾中挣扎,在梦中拼凑着残缺的记忆。他看到了本家叔叔,他比自己小一岁,却长一辈,是骄傲的飞行兵。王牌飞行手王氏文虎,在有大学可读的日子里,他便是飞行冠军,曾独自一人穿过峡谷、飞越神山。战场上,他驾驶战机撞烂三架敌机,血肉如春雨般飘洒。他梦见了炊事兵安师傅,安师傅是缺少一条腿的残疾兵。工兵营人手不足时,炊事兵亲自披挂上阵,但他只会依赖设备,毕竟铁脚感受不到土地的触感。他不知道地雷和好土感觉起来是不同的,不知道触碰引线地雷会飞到脖颈里……他除了做饭,什么都不知道，但死亡知道他，死亡知晓一切。他还梦见了班长镜子男爵，班长因为迷信而得到这个名号。他总是把一面镜子挂在腰间，拴在皮带的扣眼上。他总在下午沏一杯糖水当作咖啡。在一块猩红色的盆地里，信光把他的身体从燃烧的机械中拖出来，他的腰上没有挂镜子。信光想，镜子一定落在了战车里。他梦见了女兵达娜·科拉帕洛娃，达娜长着一头亮褐色的秀发，她……

现在，这些人都不在了，他们被战争吞噬，化为废墟中的微尘，自虚空中来，归于虚空中去。

白马再次嘶鸣的时候，梦一下子醒了。信光猛地从床铺上坐起来，口中发出啸叫。老太太点亮了灯。他的瞳孔缩小，脑袋剧痛起来。"妈妈！"他尖厉地喊道。老太太已经数年没有听过这样的声音，她觉得这声音很美、很辽阔。

"别怕，已经早上了，"老太太说，"信光，信光。"

5

白天，信光学东西非常快。第一个周末的下午，他已经学会使用手扶农机耕作，只是有时面对松软的土地，他犹豫一下才敢走过去。傍晚时分，技术员回到村里，头顶沾满花粉，身上的蛛网似乎更多了。

"大娘，你和他相处得怎样？"

"我的儿子，他像个小孩。"老太太笑着说，"他一顿能吃好几碗面条。"

技术员也笑了起来。"我有些事情要告诉你，"他说，"不要让他的耳朵进水,普通的水还好,一定不能让酸性物质滴进去,若毁掉自适芯片,他就彻底变成傻子了。"

"当然,"老太太说,"耳朵进水,正常人都受不了,何况他在战场上负过伤。"

技术员张张嘴,欲言又止,只好笑着和老太太告别:"祝你们健康!"

技术员走后,母子二人伴着微风,沿着土坡和田垄向外走,一直走到村子的尽头。那里的房屋越来越少,小小的坟头却越来越多。在一块堤坝和树林夹成的菱形土地,两个人停下脚步。

"这是咱家祖坟,你记得吗?"老太太问。信光摇摇头。

老太太叹口气,往南走了几步,指着一个立有灰色石碑的坟头说:"这是你爹的坟,记得吗?"

信光想了想,没有回答。老太太接着说:"我死了,得和他埋在一起,这事交给你办。"信光点点头,把这件事牢牢存进脑袋里。他记住了坟地的位置、特征、爹的石碑、上面镌刻的字迹。他看到坟头附近有棵大型植物,没有叶子,光秃秃的,根却繁茂,把地都拱了起来。

"怎么有棵,植物?"他问。

"那是树,"老太太说,"外来的怪品种,树没活,但把地给顶起来了,应该砍了它。"

"交给我办。"信光说。他沿着大树走了两圈,反复摸索一会儿,终于找到个趁手的位置。他弯下腰,头冲下,双手环抱住树干。第一次用力,树干稍微动了一动;第二次用力,树开始摇摇晃晃;第三次用力,树根发出断裂的哧啦哧啦声。大树竟被连根拔起,倒悬着栽倒在地,根部带出大块泥土,几根长长的蚯蚓掉在地上。

这声巨响吸引了所有人的注意力,附近上坟的、瞧热闹的、闲着没事的几个人全都看向这边,目瞪口呆。信光看也不看他们一眼,他用手把树根上的泥土拢起来,填回坑中,用脚踩平,形成了一个盆地般的小坑。老太太在旁边帮他拿着衣服,用手抚摸他后背浸满汗水的"H4004"黑色编号。这刺字是什么意思呢?她想,最好不要让别人看见。自老头去世之后,她一直没精打采、行迈靡靡,但这几天来,失去多年的信心一并回到她的胸中,令她高兴得把头高高昂起,就像光彩万分地嫁到村子里时一样。信光干活儿很快,等两人回程时,身后已经跟了不少人。有人在录像,这是旧时代残存的习惯,网络被全面禁止后,录像已经没有实际意义。信光跟在母亲后面,走在小路上,黄泥从老太太的鞋底掉了下来,他目不转睛地看着,发现自己很喜欢土黄的颜色,这色彩就像黄昏,具有柔和的力量感。此刻正是黄昏时分,黄色微光浸润一切、使人通明。于是他感觉到力量澎湃汹涌,眼前所见之物不再是静止不动的画面,它们的命运像时间中的录影,缓慢但不可阻挡地呈现在眼前。大部分时候,画面是模模糊糊的,却偶尔变得清晰起来。

前方,一条狗正趴在路边,爪子按住一根泥呛呛的骨头。他们拖着人群浩浩荡荡经过时,它一动也没动,只是翻着眼球向上看。

"这动物,狗,快死了。"信光说,然后头也不回地走了过去。有的人蹲下,趴在狗的旁边看它喘气,更多的人跟着信光走了。走到第二条街道时,信光停下,看着房檐下坐着的一个农夫,大喊:"快跑起来,事故!"

6

　　两天后，阵亡军人追思会在村公所举办。人们按翻书查来的旧时习俗，搭起一个巨大的灵棚，以灰毯为地、红白相间的棚布为顶，大棚两侧竖长竿一十八根、秉烛三十六盏，场地中央摆几十把椅子，大家有的坐在椅子上，有的干脆席地而坐。为死者大发哀恸的时间已经过去了，几个女人在小声地哭，其他人都在谈话，亲属们近乎麻木，邻里也已习惯年轻人的死亡。年轻人一个接一个消失，就像是离家去上学、去工厂工作、远赴黄金时代殖民的边疆，他们谈论这些就像在谈论一场宴会，有人中途离席，但不妨碍宴会的继续。老太太领着信光进来的时候，人已经把棚子坐满了。他俩走向侧面仅剩的几个空位，村民们转头望着他们，一下子安静下来。这寂静仅仅持续了片刻，一个小孩突然喊道："怪物！妈妈，我害怕！"旁边的母亲赶紧抱住了他，但孩子看起来并不怎么惧怕。他把头埋在大人的怀抱里，偷眼向外看，瞳孔中倒映出信光雪白的皮肤。

　　"这怪物怎么来了？"有人问。

　　"主任，把它赶走！"一个村民叫道。

　　"它不是怪物，是我儿子！"老太太说，但似乎没有人听到。看不见的手捂住了所有人的耳朵。

　　"她有什么资格来？"有人大声喊。

　　"她儿子也是士兵，"村公所主任说，"来就来吧。"

　　"他好胳膊好腿的，可我儿子呢？我儿子在哪里？"一个女人哭喊道。

"整个连队都完蛋啦，他却回来吃香喝辣，恬不知耻的胆小鬼！"

"他也经历了战争，不要难为他了。"主任说。

"这种怪物，应该回到前线，冲上去！为小伙子们报仇！"

"我不管！你们把我丈夫还回来！"一个年轻的寡妇大哭着冲向信光，却被会计拼命拦住了。

"冷静点儿！"会计说，"他不是人，是还魂尸，你懂吗？别跟他计较，他只是个还魂尸啊！"

"但他复活了！凭什么！凭什么我丈夫就不能复活！"

"我儿子是人。"老太太提高音量说，她用手紧紧揽住儿子的胳膊，"他跟你们一样吃饭，一样睡觉。"

"不一样！"一个孩子突然站起来，"我看过他拉屎，他的屎是深绿色的，像果冻一样，又黏又恶心。"

"你什么时候看到的？"老太太问。

"昨天，我趴在厕所看到的！辛也可以做证。"

"那你们就是偷窥者，是鬼鬼祟祟的小偷。"

"还魂尸才是小偷！"一个回来奔丧的年轻人站起来，"他偷走了村子的平静，让大家分裂、嫉妒，让失去亲人的人伤心疯狂，他不应该在这里，这里哪有他的位置！"

"我们还看见他偷吃鸡！他躲在厕所里，生吃了抓来的一只母鸡！"那个叫辛的小孩说。

"没有。"信光辩解道。

"还有，他来之后，村里的狗就不见了。"有人说。

"他拔了大伙儿祖坟的树，还顶翻了车子。"

"他前天诅咒了我丈夫！"一个女人歇斯底里起来，"他叫他小心出事故,结果他立马就被塌下的一块房顶砸伤了!"

"复活的魔鬼!叫他躲在家里,永远不要滚出屋子吧!"

听着这些,信光感觉周身的热量慢慢向眼睛积聚,他紧紧闭上着了火的眼睛,第一次体会到愤怒。如果可以剖开肚肠、掀开头颅检测,这种召之即来的情感足以证明他不是生化人、不是机器人、不是虚拟人,甚至不是阵亡将士的纪念品,而是个有情绪的、真正的人类。他想开口辩解,但审判席没有给他辩解的机会,自古以来,他们占着人数和道义的优势,从来不给别人机会。老太太紧拥着儿子。在嘈杂声中,还魂尸牢牢地抓住眼前的一根长竿,愤怒地举过头顶。但他突然看到了未来,这个棚子的未来、这些人的命运。他看到自己将长竿插进女人的胸口,血就像山后的汩汩涌泉,她的血混合在十几个被彻底刺穿的人的血液中,铺满地面,形成暗红色的河流,蜿蜒地流到阵亡士兵的黑白相片前,涂满他们的军装和灰色的脸。棚子被撕成了碎片,桌椅倾覆,人们躺了一地:有人像筷子般被折断;有人头被砸扁,白色的脑浆流出来,掺杂在粉红色的泥水里。在这之后,他揽着母亲,一起步行回家,天上降下雨来……这多么像战场啊!他想起冰冷的机械把活人踩在轮下,脸皮从骨肉上分离,像大地长出的一张面具。这是永恒噩梦中挥之不去的残酷画面。他退缩了,默默地放下手中的长竿。眼前的景象如烟般散去。

母亲紧紧把住他的胳膊,指甲深深地嵌进肉里。她并未察觉到儿子预见的幻景,只是在不住地发抖。

"他要打人啊!"有人喊道,"他还想打人!"

"我们走。"母亲颤抖着说。

于是他牵着母亲的手,走出压抑的棚子,天上果真降下雨来。

7

信光已经好几天没有出门了。村公所送来村民起草的《约法六章》后, 母亲不再让他出去干活儿。这几天, 他靠看影集度过了漫长的白日。影集是父亲的遗物, 是老头儿在城里旧货市场淘到的, 里面放着不知谁家的照片。一百多年前, 城市里流行为死人拍生活照, 摄影师用架子把尸体固定好, 让他们或坐或立, 眼睛保持睁开的状态。他们只拍黑白照片, 化妆师技术高超, 以至于看客分不清谁是活人、谁是尸体。这应该算是还魂的古老形式——一种简陋的、平面的、复古的还魂。信光费力地辨认活人与死者的区别, 但他失败了, 他看不到照片中人物的未来, 因为就现在而言, 那些未来早已是过去。

咚咚, 大门响了。信光预见出两个男人的模糊影子。他从凉爽的席子上站起来, 回忆了《约法六章》的规定: 第一, 不准去阵亡军人家和追思会; 第二, 不准去祖坟; 第三, 不准破坏任何庄稼、树木; 第四, 不准接近和伤害牲畜; 第五, 不准用不祥的言语诅咒; 第六, 天黑之前不准出门。他想了想, 开门不违反规矩, 他可以开门。

门外站着那个叫"会计"的人, 旁边是个坐着机械轮椅、愁眉苦脸的老头儿, 有个戴眼镜的姑娘推着他。会计冲信光笑了笑。

"怎么样, 小伙子? 适应村里的生活吗?"

"还好。"信光说。

"你觉得痛苦吗?"

"不。"信光回答。他感受到的更多是害怕。

"痛苦可以蒙蔽人, 就像村子里那些人。"坐轮椅的老头儿开口说，"原谅他们吧，他们被痛苦和嫉妒捂住了眼睛。看到，却不能分辨；听到，却不敢相信；言语，却出口伤人。"

信光摇摇头。这时，老太太从后院钻出来，手里握着两根白色带须的萝卜。

"这是真正在土里长的萝卜吧，大娘？"会计说。

"当然！"老太太回答。

"很好，母子俩能一饱口福！"

"你们来做什么？"

"啊，这位是市里的技术专家，"会计指指坐轮椅的老头儿，"前几天，腿不幸受伤啦，但他还有话要说，坚持来访。"

"您好！"老头儿抿着嘴唇笑笑，"我早该来的，遇上倒霉的车祸，住了几天院。"

"哦……不打紧吧？"

"没事，"老头儿说，"公司给治病，给生活费、营养费、奖金、补贴，我还能说什么？只能拼命完成考核任务、感激涕零。为完成未竟的使命，我今天必须来，您就当走过场吧！"

老太太点点头。

"我们这次来，是问问生化人的事。"

"生化人？"

"就是你儿子。"会计插嘴说。

"什么儿子？"老头儿问。

"还魂尸啊，"会计说，"她儿子。"

"她儿子？你竟说生化人是她儿子？你最好清醒点儿，那只是团硅胶冻肉，只不过是把意识注入肉里，他从头到脚跟她一毛钱关系没有,他可不是人类。"老头儿说,"你们上次跟她说了什么?喷农药的小子说了什么?"

"没有,没有,就按指导手册讲的。他是个生化人,还魂尸!"

"嗯,别看他这样,屋子不敢出、什么都不懂、话都说不成句,未来可要仰仗他们!"老头儿说,拍着轮椅扶手,"他们不是人,但强于人!你们要接受未来,就要先改变观念。"

姑娘俯下身,用手摸摸老头儿的脖颈,"你讲得太多啦。别忘了,我们是在偏远的村子里。"

"不用拍我,我可是有武器的人。"老头儿咧嘴笑笑,"你看过老电影吗?残疾人把枪藏在轮椅里,掏出来打天花板上的怪兽。看过吗?会计先生。"

会计脸上渗出汗珠来,从口袋掏出块皱巴巴的手绢擦擦脸,"没关系,您可以完全放心。村里没有危险!百分之百放心!"

"让我问他几个问题。"

"好,快过来!信……你这还魂尸!别躲在门板后边。"会计喊道。

"白天不让我出家门。"信光说。

"别这么死板!"

"村公所定了六条规矩。"老太太央求道,"不要为难他了。"

"只是因为这个吗?"老头儿说,"生化人,你过来,说实话。为什么不看我?"

"没有。"信光说。

"说实话!"

"……你会掏枪打我。"信光低声说。

老头儿笑笑,果然从背后摸出一把装有消音设备的小手枪。会计尖叫一声跳开。信光站在门边,面露犹豫。

"你为什么不躲开?"

信光眨眨眼,"场景变了,你不会真的开枪。"

老头儿看起来很高兴,他费力地扭过脖子,对姑娘说:"这个意识可以!成功了一半。我就说了,必须在生活中测试。"

"但他好像只能看到几秒钟?"

"别管时间长短,这就是一个巨大的进步!"

老头儿说完,把头转回来,"还魂尸!合同快到期了,好好和老太太享受最后的日子,我们下周一,就是后天,要把你带走了。你将回到属于你的地方。"

信光抬起头。"我哪儿也不去。"他说。

"别傻了。"老头儿说,"你以为你真的是她儿子,她真的是你母亲?没有我们的保养维护,你什么都不是。你现在只是个给人安慰的替代品,替一名工兵把生命延长了十几天,这就是你的价值。"

"只能再待这么两天吗?"老太太问。

"这已是极限啦。"姑娘接过话来,"为了这个实验,为了让你们延长这十几天,你知道我们正在损失多少钱吗?"

"那,你们会让他回到战场上去吗?"老太太颤抖着问。

"我本不想骗你,"老头儿把手上的枪支收回去,"你以为,他生来是为了做什么的?"

8

午后,村子里稀稀落落地下起冰雹来,大棚突然被砸坏了,人们冒雨解散了阵亡军人追思会。邮递员为信光家送来召回通知书，是军队里一个从未听过的番号。

吃完晚饭，他们谁也没开灯。在黑暗中，老太太和信光坐在一起，儿子像往常一样很少说话，盘腿望向北方。老太太不知那边有什么，她能看到的只有黑暗。她想，要是能找到个有趣的话题就好了，但就像所有的妈妈和儿子一样，很难找到共同的兴趣点。她轻轻摸着信光的手背，脉管在跳动，她发现自己越珍惜这个晚上，时间就过得越快。

"信光，你记得第一次坐旅行飞艇吗？"老太太问。

"不记得了。"

"你八岁的时候，把农药倒在培育牲口的池子里呢？"

"不记得。"信光答道。

"你十岁那年，从学校偷了一个报废的机器人，它本来是给跑道刷漆用的。"

信光摇摇头。

"你把机器人搬回家，在屋里放着。夜里，它自己动起来，在地上画了一个卖假钞的广告。"

"嗯。"信光应了一声。他为自己的一无所知而感到羞愧，这也是他第一次体验到愧疚。母亲讲述的事情大概已随破损的芯片随风而逝，又或者技术员太懒，没有把这些无关紧要的东西塞进他的脑袋。

老太太叹了几口气，没再为难他，只是拍了拍他的胳膊。信光想，自己的皮肤摸起来一定很凉，人类的皮肤是温暖的，而他却一直很冰凉。他闭上眼睛，学习人类的睡眠，这是他最早学会的东西，很简单——什么都不想,蜷缩在床上,像真正的人类蜷缩在充满羊水的子宫里。他很快便睡着了,没有做梦。

清早,老太太做了六个菜,还开了一瓶老头留下的浊酒。信光知道这是送行酒,他即将回到地狱中去。他踌躇着在小桌旁坐下,端起碗扒饭,眼前再次浮现出往日的景象,过去生活中的记忆全部消失了,战场的记忆却无比清晰地存在于脑海里。战车、炸弹、血雾、警报……还有那些已经永远消失的人。他们一个接一个出现,排队捧起桌上的酒杯向他致敬。信光看到了自己第一次从运输机下到兵营,第一次训练,第一次排雷,第一次踏上真正的战场,第一次从工兵变成侦察员,第一次扣动坚硬的扳机让子弹射入人体,密密交织的钢铁和射线,锈迹和血水……

他蠕动着嗓子,咽下最后一口饭,然后推开碗,拼命眨巴着眼睛,想看看自己明天会干什么。是回到实验室吗,还是直接上战场?他十分努力地去体验,但他却看不到,什么都看不到。他只看到母亲从后厨拿来了剪刀。

"先理个发吧。"老太太说。

信光坐到廊下,进入清晨肃穆的寂静里。这是他第一次被人修剪头发——至少是这具躯体的第一次。母亲理发的手艺很好,把他的头皮刮得干干净净。

"信光,你头顶有个大旋涡哦。"母亲说。

"是吗?"

"是啊。我问你,你小的时候,哭着要一架玩具战斗机,我一直没买,你会恨我吗?"

信光想了想,他不记得这件事,他什么都不记得。也许他根本不是什么信光,真的只是一具化学生产的还魂尸而已。

"不会。"他说。

"好了,躺下。躺在垫子上,对。"

信光顺从地躺好,老太太指挥他侧卧过去,摸了摸他,转身离开。

信光迷茫地躺在那里,听着老太太的脚步声,愈来愈远、愈来愈远,又愈来愈近、愈来愈近,鼻子突然闻到了一股味道。他的头脑猛地张开,像撑开了一把接收信号的雨伞。他用意识而不是眼睛,看见母亲正端着一碗深褐色的液体走来——那是醋的味道,他想起了溶解的感觉。他似乎不是第一次被溶解,上一次害怕得几乎不能动弹,模糊的人影把他从身体里拽出去,把另一个人安插进来。是信光进来了吗?离开的又是谁?雨伞接收到的信号突然前所未见地强烈起来,他看到技术专家带了一队士兵过来,他夺门而出,杀得血流成河,敌人的痛苦呻吟几乎掩盖住老太太哭泣的声音。他将顺利跑出去,跑出村子,进入森林、河流、大漠,在大漠陷入流沙和永恒的孤独中去。当他最终走出来的时候,只有半截身子,他爬到废弃的中转站,爬到一百年前第一批殖民卫星离开地球的地方。他被治疗,被教化,成为半机器的野人,成为黑暗中畏畏缩缩的生物崇拜古神的载体。他们在崇拜人类,人类的形体和他一样,只是虽然长了眼睛,却什么都看不到;拥有头脑,却什么都不去想。他看到,面对愚昧,神们也缄口不言。

……他看见这一切,用脑子而不是眼睛。眼睛看到的是母亲用颤抖的手端着一大碗黑醋走过来。此刻他意念全开,身体灵活,完全可以一跃而出,逃离这间房子,冲破外面迫近的专家和士兵,获得同类不可企及的自由。但他却丝毫没有动弹，他继续躺着，等待母亲端着烧热的醋碗走到眼前。

"我绝不会再把你交到他们手里。"母亲说，眼泪不住地淌下来。

信光点点头，用万分之一秒时间思考自己的选择，然后慢慢关上他头脑里前无古人的意识之伞，闭上眼睛，等待接受母亲的热醋和爱意。战场的画面一下子变淡了，村子里的人们也不再成为困扰，他看到自己坐在庭院的屋檐下，在风中饮食，一只蝴蝶落在肩膀上——此刻，醋汁从高处颤抖着浇下来，有一些洒到了外面。当这些滚烫的液体灌入耳朵的时候，信光没有痛感，只感觉到暖和，世界在收缩，意识在慢慢消散。他耳中听到的最后一个音符是海边的浪涛声，那年他只有七岁，乘坐旅行飞艇，第一次俯瞰大洋，海鸥从短小的舷翼侧面掠过，它们的翅膀反射着永不停止的太阳的光。

昨日幻梦

1

"退出", 埃迪·沈脑子里整天想着这两个字。

午休, 从办公室里出来, 他就像第一次来到这座令人颓丧的城市。阴云密布的天空势不可当地压下来, 冒着尘烟的窄马路、呕吐物一样的车流、灰呛呛的楼壁覆盖了目力所及的四野。在街角买热狗时, 一个老人的手提箱散开, 一堆墨渍染成的画片飞散在砖道上。他记得在哪里见过这一场景, 但又想不起来了。小贩把食物递到他手里时, 他感觉左眼皮疯狂地跳动起来。一小股神经细流带着刺痛从手心传导至脑子——秋天到了, 他的症状变本加厉。

退出, 埃迪·沈想。他退出队列, 低头闻了闻热狗, 一股马粪的味道。两百年前, 街上到处都是马粪, 下大雨的时候, 人们穿着表皮龟裂的高筒靴蹚在齐踝深的粪水里。现在没有马了, 但马粪的味道从未消散。埃迪·沈就着马粪味, 把芥末热狗咽了下去。

下午, 他按照表格里填好的日程, 去采访大都会队的足球明星。

训练还没结束,看门人让他在休息室外等候。过了一个多小时,几名球员懒散地走出大门,他们披着皮衣或围巾,身上散发出柠檬香波的清新味道。埃迪·沈要采访的明星迟迟没有出现,他只好坐回沙发,又等了一个小时,并且读完了菲利普·迪克的半本小说。

"人人都住在里面,却从未意识到它。"作者写道,"漆黑的铁牢房,就是他们的世界。"

这等候区就像个铁牢房,埃迪·沈想,他已经意识到它了。他还意识到了更多的东西,因为第三个漫长的小时开始了。他本应对等待习以为常,上个月他采访电影导演,至少耗费了五个钟头的时间。但今天退出的想法强烈作祟,使得第三个小时格外漫长,漫长得足够他把人类分为两类,菲利普·迪克派和海明威派。但是,有个无底的巨洞出现了——在现实中,即使是海明威本人,最后也变成了菲利普·迪克。

一声巨响,门慢慢缩回去,他要采访的明星终于出来了。这位二十一岁的小伙子留着中世纪的短款发型,戴着墨绿色眼镜,脑瓜上扣着大耳机。在采访的全过程,明星都没有摘下耳机。埃迪·沈怀疑他能不能听清问题。

"你对昨晚的比赛怎么看?尤其那张不必要的红牌?"埃迪·沈问。

"我讨厌我爸爸,讨厌我的姓氏,"小伙子说,"所以我从不把姓氏印在球衫上。"

埃迪·沈咕哝了一句,把本子上的问题画掉。

"我想球迷们已经熟知这一点,"埃迪·沈说,"那么,你现在是射手王了,想过在球衫上印点儿别的东西吗?"

"先生，你是足球记者吗？"明星说，"我没见过你。"

"不，我是周报的专栏记者。"

"哪份周报？"

"这里只有一份周报。"

"在布拉格，我们有六份。"小伙子露出笑容，他的门牙旁边缺少一颗牙齿，"老头们捧着体育版，围坐在赫拉巴尔的金虎酒吧，大家一起喊——加油斯拉维亚！"

"加油斯拉维亚！"埃迪·沈热情地说，然后与球星击掌。采访变得顺利了，他在二十分钟内便完成了工作。临走时，埃迪·沈留下一张夜店招待卡。回停车场的路上，埃迪看到了球队的领队。那个白头发老头冲自己挥舞着拳头。

"离我的小伙子远一点儿！"老头喊。

埃迪·沈冲他摆摆手，头也不回地钻进自己的车里。"退出！"他说。汽车没有反应。王牌记者懊恼地捶打着自己的头。"豪猪！"他说出了正确的密码。窗户的帘幕升上去，汽车发动了。但是"退出"两个字依然在埃迪·沈的脑袋里盘旋。

这次他要认真地考虑这个问题了。

2

"《辞职报告的八种写法》。"

埃迪·沈手上有一套1999版的写作工具书，压在办公室的柜子里，柜子里的点心生了虫，有两条肉虫在书脊侧面做了茧，茧早就空空如也，蛾子也不知道飞到哪里去了。这么多年，虫子的茧竟不会腐烂。埃迪·沈粗暴地把书皮扯掉，连同虫茧一起扔进垃圾篓，然后捧着光屁股的大部头书，在八种写法里挑选适合自己的。他很快就失望了，这些文章刻板得像空间站的太阳能阵列，能直接把自己的报告拉低到中学生水准。他闭上眼睛，在歌唱般的耳鸣声里，倒是想起了几个可堪一用的例子。

例一：罗杰·沃特斯1985年离开平克·弗洛伊德乐队，只给大伙儿留下两个不能印出来的单词，就像在二十世纪六十年代离开理工学院建筑系时一样。

真带劲儿，埃迪·沈想。你也可以这样做，而且给他妈的印在报纸上。

例二……

咚咚，门响了。总编吉田小姐没得到许可便走了进来。

"你在干什么？快出去！"她说，"有产品试用，大赞助商介绍的。"

"我不做了。"埃迪·沈说。

吉田小姐瞪了他一眼，"那你本周打算写什么？"

"写吃屎，"埃迪·沈说，"吃狗屎。"

"快吃吧，"吉田小姐没好气地说，"吃完去见上帝。"

埃迪·沈叹了口气，几口把脑子里的屎吃完，起身去接待室见上帝。他的上帝正在小沙发上坐着，是个穿灰色西装的方脸中年人。旁边桌子上摆着一个半圆形的白色头盔，像截面圆润的蛋壳。

"香先生。"方脸人说。他的发音不太准确。

"虚拟现实吗？"埃迪·沈指指桌上的东西。

"不，虚拟现实是虚拟的，虚拟就是骗人的，"方脸人说，"我们可不骗人。"

"那到底是什么？"

"达姆狗体验机。让你体验梦想实现的滋味。"

埃迪·沈今天第一次露出会心的笑容。"快拿回去。"他说，"时间不早了，祝你晚上快乐。"

"等等。你的梦想是什么呢，记者先生？"方脸人小心地避开了难缠字的发音。

"我的梦想是不用每天等人三个小时。"

"可我今天下午等了你三个小时。"

埃迪·沈看着方脸人的方脸，叹了口气。

"好吧，介绍一下你的产品吧。呃，狗姆……"

"达姆狗体验机。"方脸人说，"这个词在宿务语中是'梦想'的意思。"

"宿务？是日本的一个……"

"不，是菲律宾。"方脸人说，然后看着埃迪·沈拉长的鼻子，"抱歉打断你，先生。我不太会说话。"

"没关系，你说。"

"这款机器能让你体验梦想实现的滋味。不管你埋藏在心底深处的梦想是什么。电影明星？变性？当个战争狂人？对它来说，全都没有问题。"

"就这个？我随便找个虚拟现实团队，定制出的东西更棒。"

"这不一样，先生。虚拟现实与达姆狗体验机相比，就像黑白漫画之于全息投影。我们的产品是直接作用于你脑子的，一个活着的梦幻。关键是，先生，当你询问人们有什么梦想时，他们想一想，就会很快告诉你一个答案。可真的有那么简单吗? 人们被社会和自我压抑着, 根本不清楚自己真正的梦想是什么。就像一个人认为自己想当作家, 可更根本的诉求是想要成名。一个人想要发财, 其实是为了让某一个特定的女人对他倾慕。这不怪他们口是心非, 而是他们根本不知道自己想要什么, 不清楚自己梦想的核心是什么。"

"我懂了。你的机器能够, 这么说吧, 击中人的 G 点? "

"是啊, 香先生! "方脸人激动起来, 又变得口齿不清, "击中 G 点! 你不了解自己, 而它了解。你不知道的东西, 它全都知道。它制造出幻境, 你来, 你体验, 你征服。最后你才知道, 它模拟出来的果真是你的梦想。"方脸人顿了顿, 说, "这才是最有快感的。"

"只需把它戴上? "

"只需把它戴上。"方脸人说。

"你叫什么名字? "

"约翰尼·麦克马斯特。"方脸人答道。

"麦克马斯特先生, "埃迪·沈说, "对用来推销的鬼话, 我一个字都不信。但你好歹是大赞助商介绍来的, 所以我会把产品留下。"

"那么……"

"那么如果有需要, 我会再和你联系。"

3

晚间的多克托罗大道两旁, 亮起了一排闪亮的空中光带, 它们的高度被调整得与树冠平齐, 既不惹眼, 又保持着神秘的透视感。光带后面, 是另一排更高的绿化带, 再之后是两人高的隔音墙。再往里，漆黑一片。如果你壮着胆子、拿着光源翻进去，会看到壮观的工业遗存。它们框架巨大、歪斜颠倒，生产线七零八落，机械巨怪双眸黯淡，酸液渗出腐蚀地表。在一个世纪以前，这些厂区是城市的骄傲，是催动永久繁荣的龙头，如今却成为挥之不去的耻辱。它们代表的世界结束了，带着人类不屑一顾的自我唾弃，旧日荣光被团成毛球、放在案板上，恶狠狠地一脚踢开。决策者们甚至没有花钱拆光它们，而是留下了旧城区大道两旁连绵不绝的僵硬残体。

《帝王的现实、臣民的善变和不朽的遗忘》，这是使埃迪·沈一战成名的稿件。这篇稿子是他落魄不堪时，泡在大道某个岔口的酒吧里写成的。后来，它竟然成了市长辩论的小小主题。

"下个任期，我将拆掉这些用隔音墙遮羞的破烂东西，"金市长说，"让我们把这块疮疤揭得一丝不剩，然后好好治理被长期污染的土地！"

"开展这么个大工程，钱从哪儿来？你记得刚建成的净水系统要还多少年的债务吗？你低头看看你的口袋，把它翻出来，看看蓝白色的格子衬底。"彼得·奥兰多说，"你两手空空，你在花着别人的钱，所有含辛茹苦供养你的人的钱，以及这些人父母、妻儿的钱。"

"正是为了所有人的父母、妻儿，我才要拆掉这堆废……不，遗存。"小个子的金市长不动声色，"这是不可辩驳的。我提醒你，如果继续纠缠这些板上钉钉的事，你会输掉辩论。"

"感谢你的顽固专断，"彼得·奥兰多说，"我会输掉辩论，而你会输掉市长。"

后来，整场辩论淹没在了经济体系和安全事件的烦琐汪洋里，人们很快忘记了这档辩题。不过奥兰多的预言并没有成真，金市长没有输,他仍是这座都会的市长。现在工业废墟已经拆掉了一小半,剩余工程遥遥无期。

对于埃迪·沈来说,这篇稿件——或者这场与他无关的辩论——成为他升职的敲门砖。所以他如今可以毫无顾忌地驾车奔驰在光带掩映下的大道上,身边坐着他的崇拜者曼努埃拉。棕皮肤的曼努埃拉是新闻学专业的高才生,两个月前进入周刊实习,埃迪·沈已经许诺给她一个助理职位。她不善言辞,但喜欢用眼睛盯着人看。每次她那长着长睫毛的大眼睛扑闪扑闪时,埃迪·沈便感觉到一股电子洋流传遍神经线条,让自己的心脏既战栗又舒服。

今晚是他们第三次一起出门,却碰了一鼻子灰——岔路口的金鱼酒吧早已客满,有场庸俗至极的老年派对包了场子。埃迪·沈站在门口观察了一会儿,到场的老头老太们孤孤单单,没有一组成双成对的。他们一定是丧偶大组合,每个人都舍弃了家里照片上缥缈的另一半,去寻找看得见摸得着的崭新刺激。"自虐者组合!"埃迪·沈说。曼努埃拉转头看了看他,露出了标志性的微笑。她的上司费了好半天劲,才从麻酥酥的感觉中游荡出来。

"走吧!"埃迪·沈说。于是他们驾车奔回大道,埃迪·沈一口气喝下四瓶啤酒,曼努埃拉只喝了一瓶。窗外的夜风越吹越起劲,埃迪·沈降下两侧玻璃,把头伸出去,看着车胎的影子在明暗交错的时间里行驶。"手动驾驶。"埃迪·沈说。电脑把车交还给他,他把住方向,加大油门,满意地转头,曼努埃拉黑色的长发在风中飘舞,遮住了明亮的眼睛。"去哪儿?"他问。风把他的声音吹走了。曼努埃拉解开安全锁,抬起修长的大腿,反身跨坐在座椅上,嘴里说了点儿什么。

　　行车电脑提出了小小的抗议，但声音却被撞击声压了下来。车体飞出去的时候，埃迪·沈的身体失去了平衡，一切都在脑子的沟回里天翻地覆。直到撞翻树木、嵌入隔音墙，车子才停顿下来。埃迪·沈被紧紧勒在座椅上，四肢悬在半空，一只眼睛能看见脚踝上袜子的印花，另一只什么都看不清楚。"给你水"，刚才随风流失掉的可能是这句话。埃迪·沈吐了两口血痰，把安全锁解开，身子慢慢坠下来，肋骨有些痛，他摸了摸，没有大碍。眼中的世界依然在旋转。他翻过身，看着副驾驶位，那里什么都没有，空空如也。

　　埃迪·沈有些慌了，他爬出驾驶室，往道路上找去。曼努埃拉正躺在路边油亮的基石旁，平时忽闪忽闪的大眼睛半睁着，血从鼻腔里涌了出来，很难分清脸上是微笑还是苦笑。埃迪·沈趴下身子，试了试她的呼吸，抚摸着她染血的衣料，脑子在绝望中混乱不已。她应该没有死，但她的肢体被撕裂，身子在流血，每一分每一秒，漆黑的道路都在陪伴暗淡的死神一步步接近他们。埃迪·沈原地爬了两圈，捡起一瓶水，拧开倒在脸上。

　　"退出！"一个声音说。

　　埃迪·沈咒骂着，扇了自己两巴掌，然后拨出电话。

　　"急救服务，多克托罗大道，"他用沙哑的嗓音说，"快来！"

　　刹车的声音。对向车道的车停住了，一个人下车走过来。那人走近的时候，埃迪看到对方的长相，有些面熟……是那个方脸人，麦克马斯特。约翰尼·麦克马斯特来了。

　　"沈先生。"麦克马斯特和他打了招呼，来回绕圈踱步，看着乱七八糟的现场直咂嘴。

　　"先生，你喝酒了吗？"

埃迪·沈没有回答他, 不情愿地摇摇头。

"手动驾驶?"

"本来……对。"

"你先回去吧, 这里交给我。"

"可……"

"放心吧, 我可是大赞助商介绍来的。"麦克马斯特说, "我还指望你审核我的产品, 所以你不能进去。"

埃迪·沈点点头, 看了一眼曼努埃拉扭曲的肢体, 跌跌撞撞地站起来, 朝对向车道走去, 准备叫一辆无人出租车。

"开我的车。"麦克马斯特说。

埃迪·沈想了想, 又点点头。这辆车比他的好。他上了车, 麦克马斯特的橙色座椅暖暖的, 让他稍微宽下心来。

"我期待您对商品的报道。"他听见外边的声音说。

4

埃迪·沈回到自己的公寓。车子礼貌地问候他晚安, 然后用柔和的车灯为他照亮走进门厅的路。他捂住染血的衬衫, 躲着保安上了电梯, 直升到顶层的花园居住区。窗帘自动关闭的时间早就过了, 整间屋内漆黑一片。埃迪没有开灯, 他走到沙发跟前, 松开腰带, 仰面躺进黏稠的黑暗里。这黑暗给了他片刻的安全感。可电视自己启动了, 家庭剧《大都会》的声音流淌出来。

"爸爸的表弟名叫休! 休今天要找女朋友!"

埃迪坐起身来, 用双手抱住头。

退出。他想。

不！这时候不能想这些！他无法控制地暴躁起来，摔飞了手边的装饰茶壶，那是去年生日时吉田小姐送的。一股硬硬的气体从胃部上升，堵塞在气管里，让他喘不过气。他想哭，想发抖，想躺在地上像石头一般滚动。他把手伸进兜里摸香烟，却摸到一个凉凉的小盒子。他把它掏出来，是麦克马斯特的产品，只需用手深深一按，它便会展开，变成一台什么狗牌的做梦头盔。

埃迪·沈需要转移注意力。而且，在麦克马斯特帮了一个大忙之后，他觉得自己已经别无选择。于是，周刊新晋王牌记者在这个繁忙的午夜，把通体雪白的做梦机扣在了自己的脑袋上。

最初的图像是一块林间空地，埃迪眨眨眼睛，视野变得清晰起来，他在空地中间看到了小时候的自己。那个小小的自己扭头看了看他，突然消失不见了。一股无形的力量将埃迪·沈拉扯向前，拉扯到空地中间，他现在成为自己了，成了幼年的埃迪·沈，手里拿着一支短柄斧。他低头看了看斧子，没有血迹。不知为何，他觉得斧头上应该有点儿血迹。似曾相识的感觉穿过他的脑子，然后绕着他全身盘旋不休，他肯定经历过这一切，若不是在现实里，就是在循环往复的梦境中。这块林间空地他再熟悉不过了，群树尖尖地指向天空，天空是一种淡淡的砖褐色，这是秋季阴雨的前兆。他把斧子背到身后，凭借记忆向后转，果然看到了自己的小房子——他度过童年的地方。这是栋砖砌的漂亮小屋，砖的缝隙被米白色涂料填充得严严实实，屋里面冬暖夏凉，四季都能照到阳光。埃迪仔细围着房子转了两圈，扒着窗户往里看，一股雾气模糊了视野，只能看到窗边的灶台上炖着东西，咕噜咕噜，咕噜咕噜。这是爸爸炖的，不知道为什么,他就是知道是爸爸炖的。

背后寒气袭来。埃迪·沈转过头,发现有一个怪人正站在空地中央。他没有脑袋,准确地说,是脑袋很扁,而且本该长着脸颊的地方长着一对尖刺。

"退出!"埃迪·沈说。

怪人把一只手伸出来,尖刺状的手指头指向埃迪·沈的鼻尖。"进入。"怪人说。

埃迪·沈后退两步,踩到什么东西上,咯吱一声。他低头一看,是自己的玩具汽车,已经被踩得稀巴烂,零件散落在地上。

怪人拔腿向他走来。埃迪·沈掉头便跑,钻进自己的小屋,把门插上。他这回看清了屋里的摆设,两张床一横一竖摆在墙角,中间用布帘挡开,和他小时候一模一样。床边有一个挂衣服的木头架子,最高处的钩子上吊着一个玻璃瓶,那是给妈妈输液用的,每天有三种营养液注入她的体内,以维持生命。埃迪·沈想起它们的颜色——白色、米色和土黄色。墙角的炉钩、写字台的镇纸、窗玻璃上复杂的花纹,都从记忆的深处慢慢浮现出来。这些都是他早已忘记的东西,如今再清晰不过地展现在眼前。

咚咚咚,砸门的声音。埃迪·沈慌忙四顾,看见角落里的一架楼梯,那是通往地窖的路。他的父亲常说:"我们是铁路工人的后代,所以应该有个地窖!"埃迪·沈沿着楼梯向下走,台阶上积了厚厚的一层灰,大概有一百年,不,有两百年那么厚。埃迪·沈加快脚步,迈下台阶,感觉鞋子和腿在灰尘的包裹中慢慢沉重起来。楼梯尽头是不大不小的地下室,木头地板嘎吱作响,地下室里没有窗户,也没有灯泡,但是却有神秘的阳光把室内照亮。大大小小的灰尘颗粒在阳光下翻飞，就像一个个袖珍版的星球。埃迪·沈走下最后一级台阶，小心翼翼地抬起头。

妈妈正躺在地下室的床上，她微笑着，身体笼罩在一层柔和的光芒里。

埃迪·沈感觉喉咙堵了一下，小小的他立刻迈过腐朽地板的间隙，大步奔跑过去。"妈妈！"他喊道。她躺在那里，气若游丝，但仍在微笑。实际上，在生命最后的日子里，她已经不像自己了，瘦骨嶙峋，形容枯槁。但埃迪·沈今天见到的妈妈仍是平常的模样，洁白、匀称、美丽。他拼命地钻进妈妈的怀抱里。

"妈妈！"他抱住她，"那天我没有见到你！我在考试，妈妈，你能原谅我吗？我在考试，妈妈！我什么都不知道！他们没有告诉我！两天后才告诉我！"

故去的妈妈笑而不语，只是微微点头。

"难受的时候，你就钻到我怀里！钻到我怀里吧，妈妈！"

"我原谅你，孩子。"她说，"你做的一切都没有错，我经常为你骄傲。"

"可我很累，妈妈。"

话音未落，一声巨响，怪人砸碎老旧的楼梯，残骸坠落在木质地面上。它的右臂有一个巨大的撕裂伤，胸膛敞开。它用细缝似的眼睛一动不动地看着埃迪·沈，指指从胸口裂至下腹部的巨洞。

"进入。"它说。

不，埃迪想。"不要进入，"他说，"妈妈，我要退出。"

母亲握住了他的手。他闻到了熟悉的香皂和雪花膏的味道，这是幼年时期的气味。那时母亲仍是柔软的阳光，家是张细密的织网，而他是头小小野兽。埃迪·沈想起所有逆来顺受的事，他是怎样一步步远离家乡，登上舞台，走到今天，走进这个迷乱的梦境里。

"前方荆棘林立，你要和我在一起。"怪人发出了他自己的声音。

"做梦吧！"

"埃迪，"妈妈说，"回忆一下。你的梦想一定不是退出，一定不是。"

埃迪·沈回过头，吃惊地看着妈妈。就连妈妈也站在他的对立面了。他数周以来第一次产生了动摇，然后从近日的迷惘中猛然清醒过来。兴许在自己脑子里徘徊的根本不是"退出"的想法，而是旷日持久的倦怠。他这几个月在干什么？他在拒绝更大的责任、更大的挑战，这是一种胜利者的倦怠。可他还有一半的路要走，如果现在就退出，那么一定会在余生中留下阴郁绵长的悔恨。他应该听妈妈的话，她了解他，她比他自己还要了解他。因为他是她的骨血，而她是他的故乡。

进入，而非退出。埃迪·沈想。他下定决心，强忍着对怪人肌肉组织和黏液的恶心，走到怪人面前，略一迟疑，咬牙迈进了怪人躯体上逐渐延长的裂缝。怪人的体内很温暖，埃迪·沈刚一进去，怪人的肌肉便伸出许多细密的组织托住了他。埃迪·沈忽然感觉自己获得了力量，他的眼睛更清晰、手臂更强壮、心脏搏动也更加有力，他看着裂缝外的妈妈，妈妈已经闭上了眼睛。四围响起了噼里啪啦的声音，是下雨的声音。房子不见了，地下室不见了，朽坏的木头地板不见了，整座森林和为万物奠基的土壤都不见了。他错过和妈妈见最后一面的那个下午，便响着这般的雨声。如今他和躺在床上的母亲一起飘浮在虚空里，从这一刻起，他耳边不停回响着她的话。

"我原谅你,孩子。"

雨,真美好,可她已经死去了。他咬紧牙关,进入,他想,进入。

电话铃突然响了,尖厉的嘀嘀声穿过现实的黑暗和梦境的迷雾,刺进埃迪·沈的脑子里。他慢慢回过神来,瘫倒在地上,泪流满面。电话铃执着地响了十几声,才算归于沉寂。埃迪·沈又待了半分钟,才擦掉眼泪,挣扎着站起来。电话第二次响起来。埃迪·沈循着声音摸过去,抓住这圆滚滚的家伙。

全息投影出现了,在黑暗的室内尤为刺眼。

"是我,"对方说,"约翰尼·麦克马斯特。"

"哦,约翰尼……"埃迪·沈有气无力地应道。

"向你报告个好消息!"麦克马斯特说,"你的女乘客活过来了。"说完之后,呆痴的全息人像咧开嘴,露出了夸张的笑容。一颗变形放大的牙齿穿过黑暗的浓雾,牢牢地镶嵌进茶几的缝隙中。

5

回到办公室,埃迪·沈把运动明星的访谈踢进了废纸篓,以最快速度写成了达姆狗体验机专栏文章,刊登在周刊上。随后,达姆狗体验机取得了比预期更大的成功。埃迪·沈撰写的专栏文章在网络上广为传播,吉田小姐雇了几个人评论埃迪的文章,把这篇文章捧为赫胥黎《感觉之门》现代版。在一档采访节目中,埃迪·沈做出了谦虚的否认,"梦幻,梦幻。如今的人们不缺少幻,但缺少的是梦。"

"那怎么才能把梦找回来呢,梦来自欲望吗?"主持人问。

埃迪·沈快速想了想，说："不，是来自危险。"

"可用户们用了达姆狗体验机，反映展示的梦境从来没变过。"

"它通过嗅探和人格分析设置了最适合你的梦境，所以不会轻易改变。"坐在旁边的技术专家说，"它展示的不仅仅是一场梦境，而是展现了你潜意识中的梦想和追求，使你在梦境中得到最本真的满足，你甚至可以说它是，嗯，一款心理治疗设备。"

"那么它是个小小的电子心理医生？"

"是哦，免预约，免排队，还有来自埃迪·沈的免费广告。"埃迪·沈看着镜头，露齿而笑。

几天后，达姆狗体验机进行了系统升级，拥有这个机器的人们可以互相观看彼此的梦境直播，这吸引了一大批新用户。达姆狗再也不是"一次性产品"了，它成了新型社交工具。在麦克马斯特的鼓励下，埃迪·沈率先在全市进行了梦境直播。数以万计的人观看了他的直播，埃迪·沈在梦境中复制了头一次经历中的一举一动，当剧情完成时，他体验到了比那天更加强烈的情感。观众们似乎相当满意，他的直播获得89%的好评。几天后，PlentyUse网站给升级后的头盔打出了9.1的测评分数。

流行天后黄小姐在直播中抱起了被家人吃掉的儿时宠物小兔子，甚至找回了它最喜爱的萝卜草棒。作家唐·阿斯多尔在梦境中痛殴他的父亲，醒来后去两千千米外的家乡与多年未见的老人和解。绑架犯通颂看见自己被重重叠叠的石头森林包围，全身炽焰的巨像在林地尽头熊熊燃烧，突然体验到了前所未有的无助感，放弃了抵抗，主动去指认埋尸地点。达姆狗品牌效应很快达到巅峰。几周后，当一成不变的梦境让人感觉有些发腻时，新一轮市长竞选辩论开始了。埃迪·沈作为特邀专家坐在旁听席上,他的旁边是两位面带微笑的教授。

"这是再次引爆达姆狗品牌的好机会,"耳机里的声音说,"择机行事。"

这场辩论进行得很快,金市长深谙言谈之道,风头无二。他精明,时而谦虚,时而果断,使老实巴交的老头彼得·奥兰多毫无喘息之地。到后半程时,彼得·奥兰多竟罕见地开始示弱。

"有人说,"老头扶了扶眼镜,金市长曾嘲笑那眼镜像副老花镜,"彼得,你生来就是为了失败。你离过婚,没有孩子,两度竞选失利,税务局又找上门来,一身老年病。对,这就是我的履历,我承认一切丢丑之事,但失败是我的徽章,失败给我继续斗争的意义和黑夜里沉思的快乐。那么市长,你连选连任、备受称赞,你觉得你的人生是成功的吗?你的步步成功有什么故事,或者你平日有什么期待和爱好,能与我们大家分享吗?"

"先生,市民们需要了解的是我的政策,而不是我这个人。"金市长说,"我认为,巨大的存在感是政治家的失败。市民只要享受运转良好的城市就好了,最好不要意识到市长私下里是个什么样的奇葩。我的性格、爱好,这些有什么重要的呢?而且,奥兰多先生,我想您已经偏离了辩论的主题。"

"市长先生,他们最需要知道的,不是目前的政策,"老头奥兰多说,"而是未来可能会有的变化。"

"他们有权知晓一切变化,"金市长说,"我们施策中的一切变化,都要经过严格的讨论、广泛的宣传和征求意见。这是我一贯说到,而且一贯做到的。"

"这些根本不够。作为公众人物，尤其是决策者，我们更应该让市民了解我们，了解我们的性格。"奥兰多说，"这决定他们对政客的基本信任。"

"决定信任的是实际的管理成效。"金市长说，"况且，你怎么知道市民们不了解我呢？他们可以通过政府行之有效的管理举措了解我。你现在的胡言乱语倒是让你蒙上了一层神秘的面纱。"

彼得·奥兰多摇摇头，表示不再发言。

"下面是提问环节，"主持人说，"有请三位专家。"

"市长先生，你何必与他争论呢？"年纪最长的教授举起手来，"你的工作成果有目共睹，没有人可以毫无根据地质疑一位成功的市长，不管他是国家领袖，还是一个蛮横的老头。"

"这位教授倾向明显，在干扰民众判断！"彼得·奥兰多的秘书冲主持人高喊道，"你们怎么回事，只顾及收视率吗？"

"注意言辞，先生们！"主持人提醒道。

"谢谢。"金市长冲教授热情地说。

他胜券在握了，埃迪·沈想，又是一次意气风发的直播。"择机行事。"耳机里的声音说。

"市长先生，恕我冒昧。"埃迪·沈举起手，"有一个机会，能让质疑你的人彻底闭上嘴，可我不知该不该说。"

"请讲。"金市长说。

"这建议仅供参考——我恳请您用达姆狗体验机直播一次。您知道达姆狗吗？"

金市长的嘴张成了一个"O"形，略停顿片刻，他说："当然知道。"

"好主意，"一直沉默的第三位专家开口说，"不只是您直播，是两位一起。"

现场出现了一丝骚动。

"一起？我的隐私已经让你们曝光透了，"彼得·奥兰多说，"你们还想曝光我的梦境？我甚至可以讲出是谁一直在构陷我，就像可以猜出专家都是谁雇来的一样。"

"先生！"奥兰多的秘书喊着，嘴唇一动一动的。埃迪猜了猜，那唇语是"控制情绪"。

"我同意，"金市长说，"我同意直播。我曾用过这机器，我愿意展示梦境，没有什么可隐藏的。"

金市长的顺从令埃迪·沈有些吃惊，但他突然回过神来，想起了几天前的晚上。那天的夜半时分，他无法入睡，戴上达姆狗体验机胡乱连接，闯入一个只有四五名观众的个人频道，用户叫罗尼·金，那正是金市长的真名。埃迪·沈把这名字当作一个无聊的玩笑，并心不在焉地看完了那段无聊的直播。今天，看着彼得·奥兰多的红脸，埃迪心中突然涌起失控的感觉。他想张嘴继续说话，但理智拽住了他。

"好吧，"彼得·奥兰多说，"我虽然没有用过这种儿童玩具，但一定奉陪到底。不过，我要首先体验一次，才能决定是否参加直播。"

"看吧，"麦克马斯特在耳机里说，"我们选的不是市长，是娱乐明星。"

"埃迪，"这次是吉田小姐的声音，"表现不错，我升你做两个版面的负责人。"

"广告版吗？"埃迪用唇语说。

6

几天后,彼得·奥兰多经过试用,同意参加直播。直播将安排在最后一轮电视辩论前举行。"一道精心安排的开胃菜",吉田小姐如此形容。届时,两位候选人会坐在直播厅内,在公正无私的摄像机的眼皮底下,轮流把达姆狗头盔扣在脑袋上,梦境将化为电信号通过黏稠的脑组织,从头盔深处发送至无数人的眼前。

达姆狗体验机的销量再度翻番,超越媒介本身成为舆论的焦点。在联省电视网的节目中,记者问前总统:"您认为达姆狗直播会不会成为各地区候选人辩论的惯例?"

"不会,这只是城里人该死的噱头。"农场主总统咬紧牙关说。

直播那天,埃迪·沈差点儿没能赶到现场。他细心安排好两位助理的工作,审完稿件,又谈了一项新产品的试用。等他到达演播间时,节目马上要开始了,两位政客已经在桌边坐好,广告切到了最后几十秒。埃迪急匆匆地往旁听席跑,却被导演从楼梯上拽下来。"你都没化妆!"导演大声说。台上的空缺早已被吉田小姐填补了,埃迪只好站到台下观看大屏幕,在他身边的是约翰尼·麦克马斯特。埃迪想和他寒暄几句,方脸人伸出食指做了噤声的手势,灯光暗下来,巨大的仿生电子屏上出现预热画面。

"现在,达姆狗可以通过所有平面视觉载体直播了。"麦克马斯特低声说,"下一步是全息影像,可这次实在来不及做啦。"

"我父亲账户的信用点翻倍了。"

"都是你应得的。"麦克马斯特说。

灯光全部熄灭了，屏幕柔和的亮光慢慢笼罩视野，大都会最受关注的梦境直播即将开始。埃迪站在台下，逐渐看不清台上就座的两位政客，只能看到达姆狗外壳在大屏幕照射下发出耀眼的星点白光。

"戴上头盔吧，体验最近更新的功能。"麦克马斯特递过来一套崭新的设备。埃迪戴上它，通过虹膜识别登录。直播的页面已经弹出了。

"全城都在看着，"麦克马斯特在黑暗中说，"这是我们的里程碑。"

倒计时结束，宣传视频切掉，直播开始。首先是彼得·奥兰多直播——这是猜硬币的结果。浮动的宣传视窗又一次出现，最后一个广告，三、二、一，视频慢慢切入奥兰多的梦境，埃迪似乎听到吞咽唾沫的声音。黑屏。几秒钟后，一个小男孩出现在视野中央，他留着女孩的长发，耳边的两绺头发被扎成长辫子。旁边一个长胡子的男人慢慢走来，那是彼得的爸爸。在郊区浅黄色日光的照耀下，他爸爸蹲到地上，大声说笑着，抚摸着儿子光滑的手臂。埃迪不由自主地捂住自己的胳膊，这里有成千上万个"孩子"在感受这一幕，爸爸的手向下延伸，光滑的上腹，柔软的下腹，以及更深处的……埃迪浑身一凉，信号出现了刹那的不稳定。这些被大人灵魂进驻的孩子们觉得根根汗毛直立起来，有的人当即拔掉了连接线。他们长得不一样，埃迪想，他和爸爸长得不一样，那不是他生理学上的父亲。埃迪突然痛苦起来，因为他感受到彼得·奥兰多的痛苦如潮水般涌入，几乎击垮了理智组成的堤坝。这是本周更新的新版本固件的功能吗？埃迪摸索着，想要拔掉插头，旁边一只有力的手按住了他的胳膊。"是情感体验，"麦克马斯特说，"不要慌，大家都在用。"埃迪缩回了自己的手。画面改变了，彼得一家在吃饭，对着巨大的镜子，爸爸长着胡子，妈妈没有面目。他们日复一日地吃饭、耕作、休息、娱乐，灯光越来越昏暗，食物越来越匮乏，彼得在学习一切可以学习的书籍。他逐渐长大了，现在他站在花园里，拿出铲子和小锹。枯死的植物环绕着农场土地，今夜橙黄的月色尚可，晚风吹拂罪恶之地。埃迪感受到一股热流。在能量的中心，他感觉到自己便是彼得·奥兰多，大家都成了彼得·奥兰多。月光照耀下，成千上万个彼得·奥兰多一起在花园里挖出一个小小的坑，在蚯蚓翻犁的土地中心刨出了兔子窝大小的坑洞，把假发和洋服塞进坑洞里，里面还有装满玻璃珠的铁盒机关和夏天最后一个汽水瓶。随后，他们开始用黄泥填饱大地。出产柠檬汽水的乡下作坊关门了，修理工关门了，假发匠也关门了，他们跟随欲望组成的人流背井离乡。彼得·奥兰多摸摸兜，掏出十七点三十四分的火车票。

"去城市，"小小的市长候选人说，"今晚一个人去城市。钢筋会构筑我，水泥保护我，街道成就我，我就是新的我。我也会保护它，保护穷街上的圣徒、陋巷中的慈父，我真正的父亲，和千万个我在一起，我真正的父亲。"

播出结束，漆黑一片。听不到任何呼吸的声音。广告没有出现。

有人开始悄声议论。似乎听到舞台上的彼得·奥兰多发出一声抽泣。

"这就是达姆狗体验机，"麦克马斯特在一旁说，"把政客变成人。"

话音未落，视野重新亮了起来。三、二、一，黑屏，然后切入金市长的梦境。

城市恶臭的街道,马口铁四区的工业港口,广阔的锈与铁的腹地,钢铁丛林中一栋朴素优雅的小屋。

十几岁的孩子戴着眼镜,打着领结,穿着白色长袜和棕色皮鞋。埃迪感受到他踩着的铁皮地面。弟弟、妹妹坐在长桌的两旁。桌面擦得很干净,边缘有块木板翘了起来,缝隙中却藏满了油脂和污垢。桌子上摆着破旧的水壶、几件无法配套的镶花边的餐具。巨大汤碗通过酒精炉加热,碗里翻滚着肉块和蔬菜,香气扑鼻。通过神奇的新版本固件,埃迪·沈竟能嗅得到香味。年轻的市长开始给弟弟妹妹分菜了,他把西兰花泥和土豆饼一勺一勺地盛在碟子里,然后是玉米粒和面包……

埃迪确信,这正是他前几天看到的用户罗尼·金的梦境。

金市长分完菜品,开始替弟弟妹妹系餐巾,弟弟有些斜眼,妹妹在流鼻涕。埃迪知道,这些孩子并不是市长真正的弟弟妹妹,而是精神不稳定的流浪少年,金市长在这栋房子里为他们提供餐食,而他自己只不过是个高中预备生、码头工会里的蹩脚学徒。当然,这个秘密要最后才会揭晓,为一个完美政客的完美梦境画龙点睛。突然,弟弟疾病发作了,他扯下餐巾,尖声大叫,伸出五根利爪向哥哥抓去。

"别,别这样,"金市长说,"好好吃饭,乖,菜吃光光就分糖。"

可弟弟不管这些,依旧狂舞击打,一巴掌结结实实地打在俯身捡餐巾的金市长脸上。

打不还手,骂不还口,埃迪想。

金市长果然打不还手,骂不还口,把餐巾捡起来,耐心地安抚弟弟的情绪。

弟弟继续发疯，把一勺热汤泼到金市长的头上，将黄色的瓷勺子摔向坚硬的墙壁。

现在他要伸出手擦掉汤汁，埃迪·沈想，然后替弟弟围好餐巾，换一只铁勺。

金市长没有动弹，只是静静地看着发疯的弟弟，嘴角咧开，抽搐一下。埃迪突然体验到一抹兴奋的神经冲动。金市长伸出有力的手，紧紧卡住了弟弟的脖子。

怎么回事？埃迪想。

弟弟张牙舞爪地挣扎，哥哥却愈发用力，弟弟的脖颈传出咯吱咯吱的声音。

梦境变化了！埃迪发出无声的喊叫，它变了！

年轻的市长虎口雷霆万钧，弟弟痛苦不堪，像母鸽般咕咕直抖。哥哥乘机脱出一只手，按住弟弟的脑袋，用力按进汤汁沸腾的碗中。埃迪摸索着头盔的开关，却摸不到，稀疏的线路纠缠着他的手指，他想直接把头盔拉下来，可双臂不听使唤。哥哥在大笑，弟弟在挣扎，一旁的妹妹不理会他们，认认真真地吃着自己的饭。汤碗中翻滚着一只人耳。

乒的一声，鞋子坠落的声响。伴随一切安静后时钟的嘀嘀声，男孩不动了。埃迪感觉着金市长越来越膨胀的满足感和自身神经系统不可抑制的彻骨寒意。梦境以一种凄惨悲怆的形式呈现在眼前。金市长把弟弟的尸体从椅子上拖下来，妹妹看他们一眼，依旧自顾自地吃喝。金市长拖着面目全非的死尸，向角落里的木门走去。他推开门，镜头转向屋里，竟显现出两侧架子上堆积如山的尸体。

埃迪感觉胸口爆裂开来。画面淡出，梦境结束。他的手恢复了力气，一把扯掉招来噩梦的头盔。耳朵里涌入充斥整个演播室的骚动声浪。

金市长呆若木鸡地站在舞台中央，无数饮料、皮包、钞票、宣传页团成的纸球和最恶毒的谩骂声全部招呼在他身上。在保镖把金市长拖走之前，主持人只来得及提一个问题。

"为什么不中断呢？"

市长似乎答了句话，可谁也没有听清。

7

在骚乱中，埃迪找寻着约翰尼·麦克马斯特的身影，发现他已经离开现场，走到演播厅后门的安全通道。

埃迪撒腿追上去，在电梯门关闭前拦住了他。

"等等！"

"怎么了，沈先生？"约翰尼眨眨眼睛，刚刚呼出的全息图像关闭了。

"为什么金市长的梦境改变了？"

约翰尼·麦克马斯特顿了一顿，"谁也没有说过梦是一成不变的。"

"可这太突然了！还是在直播现场！你不是说梦只会慢慢改变吗？"

对方耸耸肩，"大概金市长在梦中做了不同的选择。"

"你们没有别的秘密吗？吉田小姐告诉过我，你们的服务器每天保存所有人的梦境。难道要控制……"

"别说了，我了解你，"约翰尼说，"如果告诉你实情的话，你要什么报酬？"

埃迪·沈闭上眼睛。什么都不要，我要一个真相，他想。母亲抚摸着他柔软的头发。"进入，"她说，"而非退出。"

"一个管理职位，"埃迪·沈说，"我要市政府里的实权职位。"

约翰尼奇怪地看着他，"就算你不说，我们也准备给你一个。"

"好吧。快……快讲。"

"记者的好奇心。"约翰尼·麦克马斯特笑了，活像多克托罗大道高炉上裂开的一道缝隙。"你做过噩梦吗？"他问。

"当然。"

"如果让你选，你是愿意做美梦，还是做噩梦。"

"一般情况下，我愿意做美梦，除非是跟你在一起。"

麦克马斯特继续大笑。"你听我说，"他擦掉笑出的一滴眼泪，"达姆狗可以选择，准确地说，是我们可以选择。"

"可以选择……通过做梦机的连接？"

"不，"麦克马斯特说，"达姆狗根本不是什么做梦机，不会读取你脑袋里的任何东西。它只是一个连接网络的AI，根据你的名字，在浩如烟海的网络数据中搜索你所有的信息，然后通过你的经历，自动生成无数符合你人格和脾气的梦境，最后它锁定一个梦境，展现给你。当然，我们可以随时替换。"

"这，你说它，只是一个AI？"

"只是一个小小的AI。"麦克马斯特严肃地说，"没读过赛博朋克小说吗？在这个时代，只要你的真名暴露在网络上，我们马上就能知道你的一切。"

"你们操纵了金市长的梦?"

"仅仅展现了他成千上万故事中的一个,我们是作者,有讲故事的权力。"

"可你们讲了一个邪恶的故事,这是不道德的。"

"我问你,如果你自己在机器里,看到普通人直播这么一个邪恶的梦,会怎么样?"

"直接关掉。"

"是啊,关掉就好了,为什么要刻意刁难他呢?"

"可能还会举报。"

"那请你们用手中的选票举报他吧。"麦克马斯特抬起下巴,用眼白对着埃迪·沈。丁零一声,电梯在他的下巴颏儿前慢慢关闭。

8

埃迪·沈坐在软软的皮椅上,看着面前的大长桌和两排面容严肃的政府雇员。这是他第一次主持会议,他感觉后背正在冒出细密的汗珠。约翰尼·麦克马斯特坐在他的左手边,作为市长彼得·奥兰多的幕僚长,正在向雇员们介绍这位新来的部门头头。

人们对埃迪·沈报以热情的微笑。他们想给我留下个好印象,埃迪想,我该说点儿什么呢? 准备好的词语早已忘得一干二净。

"进入,"妈妈说,"进入。"

这时,麦克马斯特冲他点点头,把控场权让给了他。埃迪僵硬地笑笑,张开嘴,准备发表自己的第一次演讲。

电话铃突然响了。

埃迪把嘴闭上，有些生气，用眼睛四处搜寻这倒霉的设备。屋里没发现电话，可铃声却一直响着。下属们直勾勾地看着他，似乎在等待他的下一步动作。

"黄小姐，接电话！"埃迪对右手边的秘书说。

"电话？"黄小姐似乎一头雾水，"先生，屋里没有电话。"

嘀——声音进入了留言模式。

"嗨！沈先生！我是约翰尼，约翰尼·麦克马斯特！"

约翰尼正坐在埃迪的左手边，他若无其事地抠着指甲。

"沈先生，"约翰尼的声音说，"有个不好的消息，我必须详细向你报告，请立刻回电话。"

埃迪·沈坐在柔软的垫子上，脑子顿了一顿，感觉躯体逐渐僵硬起来，后背冒出了越来越多的汗液。他用力把住桌子边，可总有一只无形的手在与他较劲，似乎要把他从夜晚潮热的空气和黏稠的池塘中拉出来。他渐渐听到了汗水流下来的声音，像午夜公寓顶层星星组成的瀑布，而他自己身处无底深渊，模糊的意识如利刃，截断千万条未来发展的路径。结束了吗？他，埃迪·沈，无底深渊。

花枝隐没，晓星沉沉，在逐渐模糊的视野中，埃迪绝望地抱住头。系统界面越来越清晰，他的左眼剧烈地跳动起来。

夜行环线

1

我出生在新内罗毕的街头，也死在那里。杀死我的是托尼·H.格拉内罗。

我倒在尘埃里，看不见他，只能仰面看着天上的东西。天花板、灯，余光映出格拉内罗的影子。一只虫子落在我的眼球上，我却感觉不到痒。我知道格拉内罗在干什么，他在寻找，从物联网中把我和爱丽丝的使用痕迹调取出来，寻找身份口令，而我只能看到他淡淡的影子在天花板上不停地变幻。

我曾问过雨水大爷，人死后会怎样，他回答说一片漆黑，不，连漆黑都感觉不到。雨水大爷养育了我，对我有一定的教育义务，所以他耐心向我解释心肺功能怎样停止、肌肉中的物质怎样分解、内脏如何开始腐烂。"人和物品不一样，"他说，"不能从物联网中直接创造出来，但人的毁灭却非常简单。"雨水大爷两年前因酗酒死在了夜行环线上，从那以后，他不再参与这个世界的运行。所以，我死的时候,他不会知道,更不会伤心,这使我感到一点儿欣慰。

我想要闭眼了,可眼皮却不听使唤,还是茫然地半睁着。格拉内罗没有找到身份数据,发出刺耳的咒骂声。他当然找不到了,因为我根本没有那玩意儿。如果拥有合法身份,我乘坐环线时就不必趴在窗户上,望着环内霓虹闪烁的高层建筑干巴巴地发呆,而是可以在交互站换乘二类车辆,进入次级核心区,享受正常人类的生活。格拉内罗来回转圈,模模糊糊的身影倾轧过来,覆盖了我的视野。

他失败了吧,我却笑不出声。这场游戏没有赢家。我搞了他的女人,是我的错,但是他搞掉了我的命,也不太对。我作为无身份的犯罪者,是老大的私有财产,老大会立刻找到他,向他讨债,要二十万信用点,或切下他的整个左手。格拉内罗围着我的尸体团团转,似乎在想着怎么捞回成本。老兄,我卖过十二次干细胞,当过三回试验品,全身都是病,没剩什么有益的器官,要不然切一块肉尝尝呢?

这时,他蹲下,从我的脑袋上方看着我。他的卷毛越来越模糊了,他应该去整容,把那道伤疤遮一下。说实话,我已经看不太清楚那道疤痕了。我只觉得疼痛,但不知道哪里在疼。我的一生,行将结束。

"还有两分钟,"格拉内罗自言自语道,"还有两分钟。"

他算的应该是我的最终死亡时间。在这不到两分钟的时间里,他还想从我这儿攫取些什么呢?

这时,他突然扶住我的左右太阳穴,把我的脑袋摆正,然后呼出了自己的物联网程序。我听到了尖厉的嘀嘀声,他正在犯罪,正在超越权限下载模板。随后,定型装置开始制作物品,一个又尖又扁、像比目鱼般奇怪的物体形成了。我听见屋里警铃尖啸。真是讽刺，一个活人被杀，警报毫无作为；半吊子黑客违法制作未开源物品，却引得铃声大作。可是，这个东西是什么？我像在最后一个夏日余晖中即将坠落的晚蝉一般，奋起最后的意识，认出了这个奇怪玩意儿。

我从老大那里见过它，是插进脑袋里用的。

"十秒。"格拉内罗说。他满头大汗，奋力把这个比目鱼的尖端刺入我的太阳穴中。

2

我死了，但我却又活着。准确地说，是"大部分"我还"暂时"活着。我想起格拉内罗拿的是什么了，它是个提取意识特征的工具，是特种部队的专用装备。他们通过这玩意儿提取将死之人的意识特征，做成特征库，暂时储存在某种容器里，然后在战场上把容器插进自己的脑外接口。这样，士兵就会通过特征库暂时习得逝者的一些能力，比如医药知识、格斗动作、杀人技法等。但是这种容器有一个缺点——意识特征会很快退潮。如果存储在容器里却不及时使用，珍贵的特征库在几个小时之内就会消泯于无形。

格拉内罗拔下比目鱼，我突然失去了视觉，什么都看不到了，只有一种浸润在云雾中的感觉。我肯定忘记了很多东西，但我不会知道忘记了什么。我在"三兄弟酒吧"看过一档科学节目，他们说人死的时候，因为眼睛构造出现诡秘变化，会看到天上打开一扇门，故去的人在小门里张开手臂迎接你。但对于我而言，什么都没有，一片漆黑。雨水大爷说对了一半，正是一片漆黑。因为与身体脱离，我失去了对时间流逝的实感,也失去了由躯干的主体性构筑的人格。大脑不再为了解释信号输入而编造故事,我也不再知道自己以前是怎样的人,信仰什么,爱过谁,只牢牢记住了死前这一段时间思考过的事情。我记住了雨水大爷、爱丽丝、杀人犯格拉内罗,还有这提取意识特征的恐怖容器。原始的本能诉求占据了上风。活下去,我只剩这一个念头——活下去。

不知道过了几分几秒,意识忽然明晰起来。我感觉思考得到了反馈,现实似乎在一片虚无中铺展开来。

这是晚上,我想,这是个晚上。我口中有股酸涩的感觉。

"怎么样?"一个声音问我。我睁开眼睛,慢慢看到了眼前的人。是个大胖子,穿一身黑衣服,脑袋顶上有个皱巴巴的头套。

"怎么样?"他继续问,"这花五万买来的特征库,你从中学到了什么?"

"学了什么?"我说。我不认识自己的声音,有些尖,不太好听。

"嗨,老兄,这真是个黑客的特征库吗?"胖子说,"你试试打开这个数据锁?"

我迷茫地看着他,这是哪里?我该问他吗?我到了……谁的脑子里?

"你傻了吗!"他似乎有点儿生气了,"我们被骗了,快拔下来!"

我向四周看了看。应该是条半开放式的通风管道,也就是说,我们正在什么地方的天花板上。我能看到下边积存的货物,全都是些大箱子,印有"CBC"字符,代表着"不可创造"。

我明白了,仓库中都是受管控的物资:真实的香烟、酿造的烈酒、不可再生的动物毛皮,以及其他满足人类口腹之欲和高级享受的奢侈品。一道看不见的透明屏障把我们挡在了天花板上。看来，我的特征库是被小偷使用了。那胖蟊贼咒骂着，伸出手，拔出了我脑外接口上的比目鱼容器。但是已经晚了，我的意识特征早已进入主体的大脑。我踹了他一脚，他失去重心，艰难地抓住旁边的管道，险些跌坐在警戒屏障上。我趁此机会，转身向仓库后面的通风口爬去。

"手套！帮帮我……"胖子喊道，"我抓不住了！"

我没有理他，快速遁走，爬过了障碍，从通风口钻出去。这身体的体能素质还可以。我从棚顶溜下来，胳膊不慎被划破一道口子。我想赶快制造一块止血胶，但发现自己不知道此人的加密口令。好吧，我只好脱下外套，简单地遮盖了一下。我拐到仓库外侧，小路边有一辆破旧的、全白的怪车，看到我下来，车的顶灯自己忽闪忽闪亮了起来。我猜，这是来接我的。

门自动开了，有个扎短马尾的单眼皮女人坐在车里。她扭头看着我。

"你怎么自己回来了？"她问我，"肥杰呢？"

此时，警铃大作。我赶快钻进车里。

"快走！"我说，"他完了。"

她启动车辆，改装车像摩擦玻璃一般发出两声震响，快速蹿了出去，几乎要把我甩到后盖上。

"手套，你们失败了！"女人冲我大喊，"你受伤了吗？"

"皮外伤。"我说。看来，我的名字叫手套，真是个蠢货般的诨号。

"快点儿造些愈合药。"

"没必要。"我说，"一会儿就好了。"

她狐疑地看着我，"你脑子摔傻了吗，宝贝？"

这女人是手套的女朋友吗？至少是关系不错的女人。

"没事。"我强装镇定，仰过头，拿夹克表面盖住脸，"快回去吧。"

"好。"她说，"那我们就去个最安全的地方。"

3

十几分钟后，我们来到了市立港区停尸房。港区——我想——我被卖得不算远，只跨了两个区域而已。格拉内罗一定急于出手，他害怕我的特征库在容器里退潮，变成一堆没用的数据碎片。

这时，女人把车停在停尸房建筑物外侧，隐藏在废弃救护车的阵列里。我们下了车，我向旁边的大路跑去。

"外头有追兵！"她叫住我，指了指停尸房的方向，"我们走后门，进去躲一躲。"

我想了想，转身回来，跟随她进入停尸房，来到了二层。那里一片漆黑，她没有开灯，而是轻轻把我摁在墙壁上。

"夜班巡警来了，别出声。"她说，"脱掉你的衣服。"

"什么？"

"嘘。"她说，"不想死的话，就全部脱光。"

我不知道她是否拿着武器，只好把衣服脱掉。她拉着我，把我拽到一个洞口边缘。

"说清楚！"我说，"你想干什么？"

"你的这具身体练过潜水。"她说，"所以你暂时死不了，一定要憋住气，不能动弹。"

她突然把我推了下去，我感觉自己掉到了一个没过头顶的大水缸里。我大喊大叫，扑腾了几下，耳朵内传来女人的声音。

"别动！憋住气，我是为你好！人马上就来了。"

是内置耳机。我屏住呼吸，发现也没那么难受，这具身体可能接受过双侧肺叶提升术。我透过有些发绿的水，隐约看到了外面。我正身处一个透明的容器里，就像一台浸泡尸体的圆柱形立柜。

耳机里发出吱呀一声，门开了。我看到两名穿黑衣服的人走了进来，于是便眯着眼睛再也不敢动弹。我在水里直立漂浮，强作镇定。他们注视着我，我只好茫然地看着虚空，耳机里传来他们对话的声音。

"没问题，头儿。"高个子使用通信汇报，"明星的尸体还在。"

"这个歌星，他长得这么丑吗？"矮个子问。

"当然了，新人。"高个子说，"人死了还能多好看，我猜你没见过真人的尸体。"

"我只见过照片。"

"那就学着点儿。"他的前辈说，"去，仔细看看，那就是真正的尸体。"

"还是算了。"矮个子后退一步，转身往门外走，"不就是一堆硬肉嘛。"

"胆小鬼。"高个子嘟哝一声，也转身向门外走去。我松了一口气。

"等等！"矮个子突然回头，"师兄，那死人好像动了！"

我马上把手臂别成了僵硬的姿势，小腿要抽筋了，我想，千万不要抽筋。

"乱弹琴!"前辈猛地用手扇了一下他的脑勺,"你的胆子都被吓破了。今天我请客,把你疑神疑鬼的木头脑袋用酒精填满!"

说完,他踢了矮个子一脚,两个人推开门,有说有笑地离开了。我又等了十秒左右,感觉肺马上就要炸裂,才猛然跃起,手脚并用地从池子里爬了上去。我趴在地上,把吸进去的水全都咳出来,哀号着大口喘气,鼻子和喉咙酸痛不已。

"你感觉怎么样?"女人问我。

"你们偷了这里的尸体?"我艰难地抬起头。

她咂咂嘴。"只是个小歌星而已。"她说,"不过,有粉丝出大价钱买他的遗体。"

"恶心。"我低下头,继续把鼻腔里的水往外弄。

"我如果把盖子盖上,会如何?"她说。

"什……什么?"

"刚才,把盖子盖上,"她笑了笑,"不让你出来。"

"别开玩笑了,美女。"

"手套可从来不敢这么叫我。"女人露出揶揄的笑容,"来吧,我们要好好谈谈。"

"好吧,好吧。"我说,"让我先把那套廉价衣服穿上,这阴曹地府快把人冻僵了。"

4

于是,在充斥着防腐剂和消毒水味道的停尸房里,我把事情的来龙去脉讲给这个女人听。我是东区锈寂会的无身份犯罪者,搞上了格拉内罗的女朋友,格拉内罗杀了我。在濒死之时,我的意识特征被提取出来,然后被出售给了他们这帮蠹贼,在仓库的天棚上插进了手套的大脑。

"明白了,你只是一个特征库。"女人沉吟道,"只是一组意识特征。"

"是啊。"

"但是,特征库无法保留死者原有的意识,只会让使用者习得能力。可你为什么能保持意识,在手套的大脑里取得控制权呢?"

"这我怎么知道!"我说,"我也想出去,从这个干枯的、鼠头鼠脑的……"

刚才换衣服的时候,我在停尸房照了一下镜子。手套的长相的确有些抱歉。

"你的愿望会实现的。"女人说,"人们通过特征库学习的技能,会在几个小时内退潮。到时候,你就不存在了,我的手套就回来了。"

"那我就真的死了?"我的心情慢慢低沉下去。是啊,我现在不是人了,我作为"人"的身体已经死亡,姓名已被抹去。说到底,我只是个游魂而已。

"不过,我觉得有点儿可惜。"她说,"我认识的手套是个寡言少语的打手。现在,我还挺喜欢你这种话痨的。"

"那有没有……"我谨慎地说,"有没有什么办法,让我继续活下去?"

"你刚才说,自己是锈寂会的人?"

"是的,我没有合法身份,只能干这一行。我和你们不一样,你们虽然无法在中央区居留,却能进入城市的次级核心区,能使用身份口令制造物品，而我，什么都做不了。"

"如果是锈寂会，还有的一谈。"她微笑着说，"经理陈先生正在来这儿的路上，他会告诉你应该怎么做。"

话音刚落，一个两米高的壮汉破门而入。天知道他在门外偷听了多长时间。我想要逃跑，女人拦住了我。一个瘦瘦的男人从壮汉身后绕出来，四十岁出头、短发、戴眼镜，鼻子以下蒙着一个起伏不定、闪耀黑暗金属光泽的半脸面罩。

"陈先生？"

"是我。"戴面罩的男人说，"你就是薛歌妮发现的怪人？"

我看了看旁边的女人，原来她叫薛歌妮。女人冲我点点头。

"我是一组意识特征，正活在一个孟贼的脑子里。"我直截了当地说，"我不想退潮。您能帮助我吗？"

"我不敢打包票。"面罩男说，"但我认识新内罗毕最好的地下研究者，一个叫椎名博士的老头。他会对你非常非常感兴趣。"

"他会救我？"

"可以。不过，这是收费服务。"陈先生咧嘴笑了。实际上，他的嘴未必张开，但黑色面罩上似乎有颗粒物在涌动，泛起一堆类似笑容的涟漪。我感觉有点儿恶心。

"要多少信用点？"

"不要钱。"他说，"要你杀掉你们的老大，锈寂会的领导者圣约翰斯通。能办得到吗？"

我愣了一下，然后咬咬牙。

"能。"我说，"你先救我不死，我就能办到。"

"一言为定。"陈先生伸出右手，攥紧拳头，握在自己的面前，"你跟我走。不过你要牢记，落在执法队手里，就说是椎名博士要救你，与我无关。"

5

据说椎名博士年轻的时候，曾搅得整座城市不得安宁。他放飞机器信鸽，让大脑产生幻觉，所有开车的人都得把脸贴在前挡风玻璃上才能看见前面的路，而在路上的行人看来，驾车的都是脸拉到刹车器那么长的怪物。于是，他们互相射击，死伤者数以千计。最后，博士与一名义警同归于尽。如今，椎名博士只是一个褪色的都市传说，但他的名号又的确存在，一些帮派会在犯罪现场留下他的记号。兴许，椎名博士制造的幻觉一直存在，我们正生活在名为新内罗毕的持久幻境里，在不辨真相的罪恶土壤上苟活。

驶离东六区，进入以旧城为主的西六区之后，我便被蒙上了头套。七拐八绕之后，终于到达目的地。我没能计算出椎名博士家的位置。随着灯光亮起，他真真切切地出现了。最后，其他人都退了出去，只留下我和他。

这位椎名博士，像干枯的草棍一样瘦弱。他是个光头，脑袋顶上皱皱巴巴的，肤色褐黑，胸部以下紧紧裹着一个布满名人签字的破披风。我看不见披风之下藏了什么东西，但我猜他的腰腹部位大概出过什么问题。总之，他的样子和我想的不一样，不像出现在漫画里的恶棍。他可能只是个赝品而已。

"啊，怪人来了。"博士发出锯木头一样别扭的话音。我想捂住耳朵，但这样做似乎不太礼貌。

"博士，你能救我吗？"我试探性地问了一句。

他陷入长久的沉默，似乎在这个难题面前睡着了。过了一会儿，他微一颔首。"我知道你的事。"博士慢慢地说，"我猜到了。"

"什么叫……猜到了？"

"戴上这个头盔。"他说，"我要证实一下自己的猜想。"

这时，一只诡异又细长的仿生臂从墙边伸了过来，将一个发出深蓝色暗光的头盔放在我面前。我拿起它，很轻。我有点儿犹豫。

"只是用来记录意识波形。"他说，"放心吧，我不会损害珍贵的资源。"

我别无他法，只好戴上这顶奇怪的头盔。它开始运行了，我觉得脑袋有点儿酸胀和刺痛。不适感很快消失了，几分钟后，头盔发出低低的蜂鸣声，停止了运转，仿生臂把它从我头上摘掉。创造物品的机器开始工作，一卷报告从天花板上掉下来，落在椎名博士怀里。

真复古啊，我想，像场怪胎秀。

博士拿起报告单，认真看了几秒钟，然后像孩子一样把纸团成一团，塞进胸前的披风里，笑了。

"怎么样？"我心虚地问。

"没什么问题。"他柔声说，"我知道该怎么做了。"

"怎么做？"

"来一针专用制剂，"博士说，"把大脑原本的意识抑制住，不让它反噬外来的意识特征。"

奇怪？不，简直毫无说服力。我对这一观点深表怀疑，感觉自己正像个傻子一样被人愚弄。他在敷衍我，但是，没时间了。除了相信传说中的椎名博士，我还有更好的选择吗？

我点点头，"这办法最好有效。"

"无效退款。"博士说，"你进入这具躯体多久了？"

"大概……四个钟头了吧。"

"那么，如果打针后过了一个小时，你的意识还没有退潮，就证明药物是有效的。"

"我想知道，您是否提前做过实验？"

他摇摇头。细脖子上面的光脑袋来回乱晃，似乎要掉下来。

"那我就是小白鼠啰。"

"爱打不打。"椎名博士说，"我大可以留给垃圾桶里的大鼠，至少它长得比你可爱。"

"好吧。"我说，"我相信你，博士。"

他笑了，"你——别——无——选——择。"

是啊，我别无选择，只能把生命交到这位都市传说的手里。今后坊间流传的故事中，兴许会有我的一席之地。仿生臂伸了过来，挥舞着银色的针头，发出满意的咔咔声。我把上臂暴露给它。这针剂一点儿都不疼，就像被天竺鼠亲了一下，雨滴砸到脸上都要比这疼。

"下面，你休息一下吧。"博士说，"体验人生的最后一个小时。"

他发出了一声尖锐的呼哨，门开了。薛歌妮走进来，狐疑地看看我，然后拉起我的左臂，和另一个沉默寡言的助手一起使劲把我架了起来，用力拖到门外的第二个小门。我能自己行走，我想，但我尝试迈了一下脚步，却感觉双腿绵软无力。完了，我只能任人摆布。他们气喘吁吁地踢了我几脚，把我从小门塞进去。我脸朝下摔倒在地上,却感觉地面是软的。一股甜瓜发霉的臭气袭来。

"副作用有点大,"一个声音说,"你在客房休息一会儿。"

趴在客房里,我从疯狂和匆忙中慢慢平静下来。我咂咂嘴,口中是鲜血的味道,不,更接近栗子味。我发现自己能够思考,这是我唯一能做的事。在这一小时里,我想了很多东西,就像记忆纷纷买了送葬的站台票,排着队和我告别。

我首先想起了雨水大爷。我想起他死的那天并不是独自乘坐夜行环线,也不是乘坐环线的最后一班车——因为环线二十四小时运行,没有起点和终点,只有下一站、下一站,在时间和空间上,它都永恒流转、无始无终。雨水大爷在车上,两个锈寂会的人陪着他。他一口口灌着手中的烈酒。锈寂会把他当作一次绑架事件的替罪羊,让他声名扫地。实际上,那件案子是老大做的,我应该知道,只是假装把它忘掉。

他吐了。两个人从地上把呕吐物收起来,灌进他的鼻腔,塞进他的嘴里。他把这些秽物吸入肺中,窒息而死。

我还想到了爱丽丝。其实她并不吸引我,或者说,只是为了帮她,我才和她厮混在一起。她需要一个男人和她伪装成夫妇去申请避难救济。格拉内罗每天都在打她,每天、每夜、每小时,就像夜行环线一样,无止无尽,无始无终……但是,我不应该真的染指她的躯体,我也是个乘人之危的人。我的罪恶感在膨胀,掩饰罪恶的唯一方法是杀掉格拉内罗。我要杀了他,我一定要救爱丽丝。但我不会永远和她在一起。不过,如果是薛歌妮,换作薛歌妮的话……

一盏灯突然亮了。

有个声音在叫我。

"手套！出来！"

我抬起头，我要确认自己是在现实中，并非在做一个荒诞的长梦。但我无从分辨。

"快滚出来，"是薛歌妮的声音，"已经一个小时了。"

6

就这样，我活了下来，我的意识没有退潮，依然是手套身体的主人。现在，到我履行诺言的时候了。我被蒙上头，带回港区。陈先生把手套的口令告诉我，并传送给我几件武器的模板。我一个人前往锈寂会所在的区域，帮会小弟没能认出我，他们把我当成了总部派来的、通晓暗语的成员。

我找到自己丧命的旅馆，那儿已经恢复往日的平静——墙上的弹孔被涂料掩盖，染血的地板有些发白，门廊上铺了新的地毯，全是用口令制造的劣质品。我的尸体呢？被砌在了地板下？被扔进了酸水？被抛进了垃圾道？或者，它已经化为灰烬，不复存在……我不去想它，直接来到格拉内罗的住所。我和爱丽丝在这儿幽会过三次，知道傍晚五点是用人开门扔垃圾的时间。因为格拉内罗经常处理一些他人的DNA，他害怕信息传至警方，所以在扔垃圾的时候，会把报警屏障关闭半分钟。我决定白天藏在街对面的"蒲烧星鳗"餐吧，等黄昏时分再开展突袭。这具躯体在本区没有犯罪记录，我可以找个角落坐上一整天，不用担心巡警的打扰。

四点半的时候，打过盹儿的我慵懒地看着格拉内罗宅邸的后门。一个戴墨镜的女人走进来，坐在我旁边的餐椅上。

我仔细看了看,是薛歌妮。她今天化了浓妆。

"劳您大驾。"我说,"不用盯着我,我会履行承诺。"

"这家店提供真正的食物吗?"她问。

"怎么可能!"我说,"这是穷鬼来的地方。"

"正好适合咱们。"她说,"来一个杬果冰激凌。"

"是合成乳胶做的。"我说,"不信试试。"

"我记得,你答应我们的是要杀掉圣约翰斯通,"她把墨镜片冲着我,镜片从深褐色逐渐变红,"而不是报自己的私仇。"

"哦。这是一种……曲线进球的方式。"

"手套要是死在这里,陈先生会把你的意识灌进山羊的脑子。"

"可只有到了格拉内罗家,才能知道老大住在哪儿。"

"别告诉我他无家可归、流离失所。"

"不,老大可时髦了呢。"我说,"他每天的行动是由密钥随机安排的,谁也不知道他在哪里,连他自己都不知道接下来要干什么。"

"听起来,他是个悲哀的、没有自由的人。"

"但不容易死掉。"我说,"对于经营帮派的人来说,谁活到最后,谁活得最好。"

"那他为什么信任这个,嗯……格拉内罗?"

"格拉内罗是他表弟,帮会的创始成员。"我说,"据我所知,老大的密钥,应该就保存在他这里。"

薛歌妮的墨镜往下滑了一点儿。她透过镜片上方,狐疑地看着我。

"骗你的话,我就被灌进山羊的脑子。"我说。

杬果冰激凌端上来了。薛歌妮看了看,撇撇嘴,把它推到一边。

"姑且相信你。"她说,"不要把手套给搞死了。"

"你和手套是什么关系?"我问。

"恋人。"薛歌妮说,"是他把我从苦力营赎出来的。"

"那么,你能容忍我这个外来者侵占他的身体、压抑他的意识,说明你们知道,我的存在只是暂时的啰?"

"博士已经救了你。"

"不,我的意识早晚都会退潮,对吧?"我说,"打的那针根本没什么用,只能延缓这个过程。我可没那么蠢。"

"随你怎么说。"薛歌妮咧了咧嘴,"我和手套在一起,也只是为了报答他。现在,我们两不相欠。"

"那么,我特别想知道,为什么我作为特征库,可以维持完整的意识,而不是被主体学习吸收呢?"

"这个,恐怕博士也不能解答。"薛歌妮说。她啪地把墨镜摘下来,我感觉她有点儿不耐烦了。

"放心吧!"我说,"仇我会报的,是为了我自己,而不是为了你们。"

这时,我突然看见格拉内罗家的后门开了,报警屏障出现了一道缝隙。早了!比预想的早了一刻钟。今天发生了什么事吗?我从椅子上弹起来,从餐吧窗户翻了出去,随手拉起环境伪装服的帽子。保姆正在跟垃圾坂桶过不去,在它身上使劲摔打着一个高级枕头。随后,她的计时器响了,垃圾桶歪倒,差点儿碰到我的身体。我在屏障开启前的一刹那,钻进了格拉内罗的房子。

好,到此为止还算顺利。但是,我很快就被愤怒和后悔淹没了——进入房屋后,我飞速穿过厨房,跑向卧室,却在豪华餐厅里看到了不想看到的东西。

爱丽丝。

爱丽丝的头颅。

它被水平放置在木制基座上，钉在客厅的墙头，像被狩猎的小熊小鹿那样。

头颅旁边，立着一双纤细的手。看来，她为背叛付出了惨痛代价。这应该是我的错，全是我的错。我的眼眶发紧，感觉喘不过气，只能一把拉下伪装服的帽子，露出脸部，大口呼吸。我听到什么东西摔碎了，是原生的玻璃酒瓶。格拉内罗正在吧台边缘看着我，目瞪口呆，手中的真烟也掉在桌子上。

"伪、伪装服，是从哪里搞来的这个模板？"他问。

不愧是格拉内罗，半吊子黑客，首先关心的就是模板、模板、模板。

"你是谁？"格拉内罗继续问，"怎么进来的？"

我的情绪难以自抑。复仇！这是我唯一想到的事情，我要复仇！我拿起在餐吧制作好的手枪，抬手就向格拉内罗射击，却发现自己没有制作子弹。手枪和子弹，这是两个模板！我没有身份，从来没有使用过物联网制造物品，才会犯下如此低级的错误。

格拉内罗吓得不敢动弹，看着我拿发热的武器指着他。此刻，他也发现了我无法开枪。但他大概是腿软，不能迈步了，所以没有跑去拿自己的武器，而是给了一个口令，也开始制造手枪。他的枪很小，应该很快就能完成。快点儿，我的子弹呢？！我绝望地看着物联网程序缓慢运转，打磨子弹的雏形。只要一颗就好了！我想，快！

格拉内罗的枪完成了，但有些烫手，掉到了地上。他尝试着把枪捡起来。我的子弹也做好了。我把它塞进弹夹，上膛。格拉内罗捡起枪来，瞄向我，我也双手紧握，冲他开了枪。

我快了一步。他的子弹从我头顶划过，击中了高处的挂钟——那是因为他已经倒下。我的子弹射中了他的脖子，颈动脉开始飙血，像盛放的鲜花。

汩！汩！汩！

我走到他面前，居高临下地看着他，就像他杀人时看着我一样。他张开嘴，似乎想说什么话，嘴巴却冒出血来。我蹲下，看着他的脸。

"你说的密钥在哪里？"耳蜗通信中传来陈先生的声音。

"在他的身体里。"我说。

"哪个部位？"

"鼻腔软骨。"我说。随后，我抽出发热的小刀，插进他鼻翼的缝隙。割开骨头的时候，我想象着爱丽丝，想象着他切割爱丽丝的时候，流出的血一定比现在更多。

抱歉，格拉内罗，我不会提取你的意识了，因为你的特征库里除了臭不可闻的犯罪，什么都没有。

"好，下面按照模板，制作一个扫描器。"陈先生说，"把鼻腔软骨的信息扫描给我。"

"遵命。"我说。

"如果我的手下都像你一样杀伐果断，"耳机中的声音叹了口气，"我早已成了港区真正的老大。"

"你看错我了。"我看着格拉内罗的尸体，把血擦在自己脸上，恶臭扑鼻，"我只是想复仇而已。"

7

"就像月全食留下的暗之光环。"这是雨水大爷形容我的话。

"你就是这样的人,"他说,"虽然被遮住了光芒,但是我知道背后的东西,潜伏、阴郁、血腥、闪耀。"

说这话的时候,他冲着我龇牙咧嘴。他喝多了。

"可是,改变已经晚了。"他最后说道,"你入错了行。"

我猛地从车斗的后端坐起来,防水篷布盖在我的脑袋上,压得头顶疼。我想伸手把它扒拉开,但一只纤细的手攥住了我的手腕。我竟挣脱不得。

"冷静。"薛歌妮说,"你在做噩梦吗?"

我摇摇头,缓了缓发胀的神经,终于想起自己在干什么。我们正在偷袭圣约翰斯通的路上,实际上,这不算偷袭,而是一次"拿命来"的轻松派对。因为,谁也没想到,老大竟然一个人在澡堂里泡澡,只为了在无人叨扰的情况下,欣赏最爱的女明星新出的歌曲。

希望我到那里的时候,他已经完整地听过几遍,不会留下太多的遗憾。

我们伪装成送温泉剂的车辆,车载的不是物联网制作的赝品,而是天然提取的精华。车辆顺利通过了后门,来到库房,百步之外就是为名流服务的洗浴专区。我从车斗里下来,握紧外套中的武器,向第六号独立屋大步走去。我能感觉到,薛歌妮倚靠在车斗旁,为行动放风,眼睛如猫一般闪闪发亮。我也体会到,复仇将至的幸福在深夜敲击门扉的舒适感觉。目标即将达成,雨水大爷在天空注视着我。我呼出的气体消融在令人窒息的黑夜里,如长河静流中的点点波澜。

圣约翰斯通正一个人待在包厢。我进去的时候,他泡在噼啪起泡的水池里,抬头诧异地看着我,就像突然看到魔术师的即兴穿墙表演。池中涌动的气泡让我想起了格拉内罗流出的鲜血。

"你是谁?"他问。

"我是地狱归来的人,死去的小丹尼,"我说,"你的得力手下。"

"怎么回事?"他问,"格拉内罗没有杀死你?"说话的时候,他想要从池子里站起来,但我摆摆枪头,示意他坐下。

"对,格拉内罗杀了我。但他万分财迷,提取了我的意识特征,卖给别人。不幸的是,我的意识没有退潮,现在正在蟊贼身上活着。"

"哦,那么,我很高兴。"他说,"格拉内罗自作主张杀人,我严厉处罚了他,切下了他两根手指。"

"不用为我的苟活而失望啦,老大。"我说,"现在,我要解决你,为雨水大爷复仇,不然,我的内心永远不能平静。"

"难道,你只是出于自己的愧疚感杀人吗?"

"人类的大部分行动都来源于愧疚。"我说。

"我救过你的命。"

"你也害过很多人的命。"

"你也一样啊,圣人小弟。"

"是啊,"我说,"所以我死了一次。"

他瞪大眼睛,左右忽闪着,似乎要找出我强盗逻辑中的不妥之处。我第一次发现,只有一个人的时候,他竟然显得如此无助。

"你为什么叫'圣'约翰斯通呢,老大?"我继续说,"谁给你起的诨名？"

"这不用你管。"他的身体愈加紧缩，泡在池塘里，像一个孩子，"动手吧。"

"现在，我真想把你那个'圣'字摘掉，因为你不配。"我说，"你连一名活在帮派边缘的厨师都不放过。"

"是吗？这个叫雨水的厨师……"他面露悲伤，略带讽刺地摇摇头，"摘吧，随你高兴。你干脆把约翰也摘掉，只留斯通好了。"

"不，"我说，"你可没有石头①好，石头可不会杀人。"

"嗯哼。"他说，"那，我就告诉你，他们为什么叫我圣约翰斯通。"

"我只给你半分钟。"

"因为我是港区最讲义气的人。"他答道，"刚入行的时候，我替前锈寂会头目蹲过牢房。"

"为什么替他坐牢？"

"因为我看到了他的孩子。他正在抚养那孩子，而那孩子被许多人追踪。"他盯着我的眼睛说，"如果我不代替他的话，那个孩子就会死。"

我心中略为松动。

"出狱之后，他把位置让给我，退出组织，隐姓埋名当了厨师。这样，就再也没有人注意那个孩子了。"

"你说的是雨水大爷？"

"是啊，你这蠢蛋。"他说，"你好不容易长大了，竟然主动加入锈寂会，要当一个毫无前途的罪犯，你这蠢蛋。因为挨了他几拳，你就对他不再过问，让他穷困潦倒，你这蠢蛋。他动用暗藏在组织内部

---

① 即斯通（stone），本意为"石头"。

的密钥出卖情报，被组织除掉，这全都怪你，你这蠢蛋。"

我慢慢把枪放下。他说得对，雨水大爷死前，我已经五年没有理会他。五年，足以让海棠幼苗长到第一次开花，足以让一个人的命运发生翻天覆地的变化。

"他为什么要保护我？"我说，"当年你们为什么要保护我？"

"因为你，不是这里的人。"他叹了一口气，"你是从城市中央区扔出来的东西。"

"中央区？就因为这个……"

"斥候的垃圾车把你带回来的时候，雨水大爷一眼就相中了你。因为你脑后有一处疙瘩，和他儿子中枪的位置一模一样。他把这当成了他儿子转世的标志。后来我们才知道，这可能只是一次手术留下的创伤。"

"什么手术？"

老大摇摇头。"不清楚！"他说，"这里没人能懂。开始的两年，会有人来追踪你，雨水大爷解决了几个。几年后，就没人来找你了。兴许你日后会找到答案吧，你这个无身份的蠢材，害死自己养父的败类，现在又想杀我。好，我不会追究你的责任！我命令你，快把你愚蠢的武器彻底扔掉，我的水凉了，你立刻扶我起来！"

我如坠悲伤之雾，轻轻松手，微型手枪掉在地上，在浴室氤氲的邪气中无处寻踪。

"不对！不对！"耳机中传来陈先生的声音，"快执行任务，然后逃走！"

"不，"我说，"我失败了。"

"那就快走！"陈先生的声音说，"核心区的执法队来了。"

"来不及了！我把车停在……"这是薛歌妮的声音。随后是枪声，爆裂骤响，连成一片。

"怎么了？"我大喊道。

"你在跟谁说话？"老大问。

我还没回答，他就从浴池中起身，拿起短刀。几枚子弹从木制隔板外射入，射进他的胸腔，浴池的水突然变得玫红，像是花朵染了初霞的颜色。女明星的音乐还在室内回荡。圣约翰斯通大叫一声，从池中跃出。这时我想到，他做过增强手术，没那么容易被杀死。门被人踢开了，我下意识地钻到石头桌下。老大挥舞短刀，刺进了来者的脖颈，推着他撞在墙壁上，把木墙撞出个人形的大洞，两人流出的鲜血融汇在一起，灌入木制房屋的腔隙。又有两个戴头盔的安全员冲了进来，冲圣约翰斯通的后背扫射，现在的他活像个被拔掉所有尖刺的刺猬。这是个机会，我从石桌下面钻出，用高热匕首斩断了两个突袭者的脚踝，又在他们的颈部补了两刀，随后从大门冲了出去。迎接我的是另一次扫射，我肩膀中了一弹，冲击力使我重重地撞在门框上，摔在地上滚了好几圈。幸好穿了防弹内衣，但肩头仍然火辣辣地发烫。外面还有三个人。完了，我想。这时，一辆小卡车飞驰而来，撞倒了两名穿制服的安全员。薛歌妮从驾驶室中开火，把子弹全部倾泻在最后一个安全员的脸上。我一瘸一拐地跑到车旁。

"开车的呢？"我问。

"死了。"她说，"快上车。"

我艰难地钻入副驾驶位置，她挂了倒挡，把两个挣扎着爬起来的人再次撞倒，碾压过去，车子就像压到石头般颠簸。随后，她踩足油门，车辆飞驰着，撞开后院大门，绝尘而去。枪声在身后响着，不绝于耳，直到冲出这个区域，才慢慢消失。

"谢谢你！"我惊魂未定，喘着气说。

"我是为了救手套的身体，"她说，"和你没关系！"

"还好吧？"通信中传来陈先生的声音，"有人活着吗？我这里可他妈的不接待伤员。"

"为什么会出现执法队队员？"我说。

"应该是来杀你的。"陈先生说，"你身上有些乱七八糟的秘密。"

"秘密……"说着，我突然一怔。难道，这和我如今的遭遇有关系？我死了，意识特征进入了别人的脑子，这难道引来了安全员吗？

"怎么了？"薛歌妮问，"高兴点儿，你的任务也算是完成了。"

"恐怕他们还会继续追我。"我说，"把我放下。"

"为什么？"

"因为我不想连累……"

"白痴！"她说，"你现在可用着手套的身体！"

"把他拉到博士那里。"陈先生说，"我们他妈的在那儿会合。"

8

这次，我没有被蒙头套，薛歌妮慌张地加足马力，把车开到了博士的据点。让我意外的是，这里是原内罗毕城废楼林立的一个角落，距环线仅一墙之隔。环线之内就是新城市的次级核心区，是我这样的无身份人员不可企及的地方，而就算是有身份的环外之人，也只有提前申请才可进入。那么，更核心的中央区呢？我们谁都没有去过。雨水大爷曾开玩笑说，那里是个黑洞。今天，我第一次知道，自己是黑洞之子，不，更贴切的说法是，黑洞吐出的废料。

陈先生已经到了，他穿着一套紫色的新西装，脚蹬锃亮的皮鞋，领带上披挂三串银饰，目光阴郁地看着我，脸上的黑色面罩泛起阵阵涟漪。博士坐在椅子上，依旧干瘪瘦弱，紧紧裹在身体上的披风像耶稣的裹尸布。

"啊，宝藏。"博士倒是显得心情很好，"宝藏来了。"

"为什么把我牵扯进他妈的这摊烂事里？"陈先生说，"就因为我欠你几个人情吗？"

"你雇用他为你冒险，"博士说，"就要为涉及他的事端负责。"

"不好意思。"我插了一句，"请先告诉我，我该怎么办？我感觉自己是你们谈论的一件商品。"

"好，动手的是安全员，所以你的任务不算结束。"博士对我说，"你还要替我们执行最后一项任务。"

"我拒绝。"我说，"我不干了！把我的意识提取出来，手套的本体还给你们。两不相欠。"

博士摇摇头，"只有杀了本体，才能提取意识。"

"那就求你研究研究，"我说，"你不是都市传说吗？你能救我，就能有新的办法。"

"我没有救过你。"博士笑了，"我给你注射的，只是安慰剂而已。"

我跳起来，"果然……"

"果然，经过我的测试，你的意识不会退潮。"博士说，"你不是一般人。上次扫描显示，你的意识建构与普通人不同。人类意识的本质是信息模式的涌现，是复杂神经网络中的编码，是无数神经元状态的有效整合。普通人的意识在神经元微柱的级别上涌现，也就是一百个神经元一组，在这个尺度上，人类意识的有效信息达到峰值。但是你的意识存在的层次更深，粗粒化的程度更低，你意识活动的峰值会在每五十个神经元为一组的系统中涌现。所以，你和别人都不一样。这大概就是进入别人的大脑后，你的意识仍会完整存在的原因。而且，你的信息系统更加牢固，不会退潮。"

"那我到底是谁？"

"我真的不知道。"他说，"但是，我认为你进入中央区的话，就有希望弄清自己的真实身份。"

"中央区？"

"我们还有一个仇敌，"陈先生说，"需要你去那里解决掉。"

"我说了，我不干了。"

"整座城市正在沦陷，"博士说，"由内到外。相信我。我的斥候遍布所有区域，只有中央区无法企及。最近从中央区出来的安全员，更加麻木、不近人情，行动却更迅速、更敏捷。我们回收将死的安全员进行研究，发现他们大脑神经网络的架构被重置了。一般来说，普通人基础神经元网络的状态会在稳定、临界和混沌之间切换，以此获得想象力、创造力，而我们所说的自由意志、付出的代价则是系统的不稳定。但这些改造过的人，他们的意识始终保持在高粗粒化的稳定状态，神经系统也被人造物品——一种微小的机械侵蚀。这种外来物把他们的神经系统变成了半机械化的传导网络，这使人类整体反应速率提高了五十微秒。这种级别的提升，足够让一只苍蝇变成聪慧的杀人蝇王, 但放在人身上看, 高速传导却抑制了神经系统的临界反应, 降低了有效信息传输的峰值, 使他们变成执行命令的机器。最可怕的是, 次级核心区的几个区域也正在出现类似的情况。我们在平民的体内, 提取到了变异的神经组织。它在扩散, 迟早, 环线之外也会沦陷。"

"像漫画中的情节。"我说, "看来, 有人做了神经系统改造?"

"改造不可能有这么大的覆盖面。我认为改造失控了, 诞生了传染性极强的病毒。"博士说, "恐怕, 连改造者本身都已被病毒侵蚀, 而他们自己还不知道。"

"那么, 我这个可怜虫在新版都市传说里, 需要干什么? 去当斥候、侦察兵?"

"你去散播另一种病毒。"博士说。我诧异地瞪大眼睛。此时, 陈先生向前一步, 指指自己的口罩。

"病毒,"他说, "我最他妈值钱的宝贝, 今天当人情还给了他妈的恐怖博士。"

"口罩储存着一种电子传染源。"博士说, "当它进入普通人的身体时, 不会引起神经系统的异常反应, 但是被机械改造过的人会瘫痪。"

"我连杀一个黑帮老大都无法胜任, 何况拯救整个城市。"我说, "我说过, 我不想干了。雨水大爷多年前的选择是对的, 退隐, 苟活在世上, 不掺和这些鸟事。"

"可他最后得到善终了吗?"博士问我。我抬起头, 凶狠地瞪向他麻木的双眼。可他毫无反应, 就像一个将死之人。不知道提取他的意识特征后, 里面会有什么。

"那老头保护你，"陈先生说，"是为了让你把特殊之处用在正道上。"

"放屁！"我说，"你又了解我了？"

"你是中央区的人。"博士说，"我认为，只有你能进入中央区。进去后，兴许还能找回失去的记忆。"

"失去的记忆？"我愈加疑惑。

"你已经不是首次被提取意识特征了。我在意识波形上观察到了上次提取的微小痕迹。"博士说，"我猜，你是被人放进了男孩的大脑，随后扔出了中央区。恐怕那次提取的过程不那么规范，对信息模式造成了损害，导致你的意识还在，记忆却消失了。"

"不，不。"我抱着头蹲下，"我今天受到的打击已经够多，我不想再听你骗我。"

"我没有骗你。"博士说，"去吧，去弄清楚自己到底是谁，顺便拯救一下我们的城市。"

陈先生和两个小弟向前一步，把我围在中间。

我拔出匕首，冲着这几个黑帮成员挥舞。"离我远一点儿！"我喊道。

"那就先离他远一点儿。"椎名博士自信地说，"让他冷静一下，他会改变主意。"

我喘着粗气，真想把匕首插进自己的脖颈，但是，这不是我的身体，我没有权力处置它。我只是一个寄居的旅人，一个附体的鬼魂而已。

"因为，他已经没有别的路可选择了。"博士继续说。

这句话响彻殿堂，如雷贯耳。是啊，我……可是……

"可是,中央区的审核非常严格。"我挣扎着辩驳,"就算我的意识特征能通过,这具身体也没有身份许可啊。"

"那就换一个身体。"陈先生哑声哑气地说,"我有办法弄来一个。"

"那就得杀了手套? 薛歌妮怎么办?"

"她已经做好了准备。"椎名博士说,"我们的目标是一致的,人人都有赴死的觉悟。"

"别做梦啦!"这是薛歌妮的声音。我们转头看向入口,薛歌妮正站在门边,手持双枪指向他们两人。

"谁也不能代表手套。我可以赴死,但手套绝对不行。"她说,"我答应过他,要让他活得比我更久。"

"不要学小孩子。"博士苦笑着摇摇头,"咱们不是说好了吗? 组织存在的最高目的,就是维护环线之外这片纯正人类的净土。"

"呵,自欺欺人。世界上哪还有什么纯正人类!"薛歌妮说,"当人们登录同一个系统,开始混用全区域物联网模板时,环线以外就已经没有净土了。你太狂妄,总想维持自己地下皇帝的地位。你真的以为咱们能保守秘密吗? 他们是开了上帝视角的猫,而我们只是老鼠。你没有能力保护我们所有人!"

"所有人的安全,由所有人守护。"博士说,"纯正人类只有团结一致……"

"已经晚了。"薛歌妮打断了他的发言,"我已把据点的坐标上传,报酬是换手套不死。"

陈先生拔出武器,但来不及了,薛歌妮射出的子弹直扑他的面门而来。

9

陈先生的黑色口罩上突然伸出两根尖刺，在半空中挡住了子弹。但第三发子弹击中了口罩，形成深深的凹陷，然后被黑色波浪弹开。两个小弟都吓傻了。薛歌妮拉起我，向外跑去。可是，薛歌妮的车子不见了，院子里升起了一扇厚重的金属大门。我和薛歌妮扑到门上，大门光溜溜的，没有按钮，没有开关。薛歌妮给了物联网一个命令，开始制造多功能热反应锯。可是，似乎已经来不及了。

"我没想到他有扇大门。"薛歌妮颓丧地说，"他总是用复古的手段对付一切。我们完了。"

此时，门外响起了撞击的声音，大门开始缓慢地凸起、变形。应该是执法队来了。我按住大门的双手感觉到一波一波的震动。他们在射击、破拆、不可阻挡地冲锋。

"这扇门支撑不了多久。"博士的声音突然传来，"请把手套留下，防止玉石俱焚。"他乘坐一个倒扣的盆栽来到我们面前。不，那不是盆栽。他似乎失去了下半身，从腰部伸出的是几十条仿生臂，载着躯体像蜘蛛一样移动。腰部的连接处裹在破旧的披风里，任何人都看不到里边的景象。

"真是讽刺啊，"我说，"你维护着所谓的纯正人类，自己反而是人与机械的结合体。"

"只有保住性命，才能继续斗争。"椎名博士说，"对于纯正，你们理解得过于肤浅。"

"我也是为了保住手套的性命而斗争。"薛歌妮说着，举起手枪，对准我的太阳穴。"你们如果不让我带着他离开,我就打爆他的脑袋,把里面的这个特殊意识毁掉。"

"走? 还能去哪里呢?"博士说,"门外已经挤满了中央区的安全员,一切都是你的错,愚不可及。"

薛歌妮被愤怒蒙蔽了头脑,她举起双枪,向博士扣动扳机,可对面的行动比她更快。一束子弹飞来,穿过她的两个膝盖,钉在我身旁的金属门上。是银头子弹。薛歌妮倒在地上,哭着号叫起来。

开枪的是陈先生。"这个坏娘儿们!"他喊着,一只手捂着脸,有黑色的东西从指缝滴落。

这时,我感觉到大门震动得越来越厉害,急忙往一旁跳去。金属大门在我身后崩溃了,从中间折为两段,一大帮安全员拥了出来。他们没有拿枪,手持的全都是冷兵器,似乎收到了带回活口的命令。小弟们慌忙向他们扫射,但在人数上难以匹敌,安全员如砍瓜切菜一般,把他们撕成了碎片。陈先生挡在博士前面,面罩化出大量黑色的颗粒,像河流一般遍布在地上,从中伸出尖刺,不停刺杀敌人。就在前排的安全员专心对抗利刃的时候,后排的安全员突然拿出枪支,冲陈先生开枪了。面罩的防御性能无法切换得如此流畅,陈先生身中数弹,倒地不起。面罩碎成了几块,掉落在地上,化成球状,四处翻滚。我目瞪口呆,枪手则继续清除目标,整齐划一地向博士开火,将他的几条仿生手臂一一打折。但是博士还有更多的手臂,它们从披风之下伸出来,拧断安全员的脖子,孔武有力、不可阻挡。

在炼狱一般的梦境中,我中弹了。子弹穿过我的左侧腋下——那里没有防弹衣——从右肩射了出去。我倒在地上,全身不能自控,抽搐不止。大概半分钟后,我才感觉到疼痛。我趴在那里,觉得身下软绵绵的,血已经积满了地面,像一床拆掉的原生棉花,里面飘浮着细细的金属丝。那些丝线是从安全员身体里流淌出来的,当博士的义肢把他们撕裂的时候,经过半机械化改造的神经网络在血肉深处散发着深蓝色的微光。最终,椎名博士逐渐被安全员的海洋淹没了,沉入深深洋底。

这些与我无关。我无助地趴着,连头颈都不能转动,却看到一个人爬了过来。她白白瘦瘦,头发乱糟糟地散开,眼中噙着泪水——是薛歌妮。

"手套,手套……"她说。

对不起,手套和我一起死了,我想,再见。我翕动着嘴唇,什么声音都发不出来。

"我会为你找个好人家,"她说,"去吧。"她手里紧紧攥着刚才用物联网生产出来的东西。那不是一台多功能热反应锯,而是一条长长的、扁扁的比目鱼。

10

我感觉自己在一个裹尸袋里,被人不停搬动、运送、拖来拖去,然后是漂浮。

最后,我的眼睛睁开了。

眼前是一张透明的薄膜,把我包裹在一团淡淡的液体中。我不知道自己是怎样呼吸的,但我知道我没有死。液体里有什么东西在摩擦着我的伤口。是后背,我背部受了伤。我艰难地抬起一只手,那只手呈现出粉粉的怪颜色。手背的伤疤没有了,这不是手套的身体。

手套已经死了。

我慢慢地抬起头。博士呢？陈先生呢？薛歌妮呢？这里谁也不存在，只是一间拥挤的仓库。我看到，在我的前后左右，在透明隔层的上方和下方，在仓库的每一个角落，都躺着像我这样的人，他们被包裹在一张张透明薄膜中。这是执法队的整备库，他们在维修……不，在治疗安全员。头颅中突然传来一阵欲裂的剧痛，我几乎尖叫起来。我的意识在受到什么东西的挑战。我想吐，只好规规矩矩地躺下。我既然能在人类的脑中存活，也一定能驾驭意识粗粒化程度更高的大脑。我怎么会输给怪物！

这时，门开了，有人走了进来。绿灯亮起。所有的薄膜一起破掉，水坠落在地面的声音让人毛骨悚然。我开始听到说话的声音和笑声，疗程结束，伤员们在治疗舱里重生了。

这过程一点儿都不复古，让我甚至有点儿怀念椎名博士。

我们走出治疗舱，回到自己的分队，似乎没有人怀疑我。拿到这具身体的衣服时，我摸了摸，口袋里有一块圆圆的东西。我把它掏出来，是口罩。准确地说，是黑色面罩的一部分。大概是薛歌妮放进去的。她在最后时刻，把我的意识插入受伤安全员的脑中，然后把这东西塞进他的衣服中。

"活下去！"她说。随后，她抱起手套的尸体，进入火焰中。我不知道这个场景是我幻想的，还是亲眼所见，但现在，我已经明确地知道自己的任务了。我的任务应该有两个：一个是使用电子感染源攻击半机械化的安全员网络；而另一个，也是更重要的那个，是找到自己真实的身份。我决定，先执行更重要的任务。

我穿好衣服,跟随队伍走了出去。展现在我眼前的,是中央区的景色——大概只是一个小小的角落,但我却从中感受到最深切的绝望。我们正站在一处宽敞的天台上,举目四望,皆是摩天大楼,像极了爵士时代的纽约街景。不,比当年的大苹果城还要气魄雄伟,如同数个城市层叠摆放,无数高低错落的楼群挤挨在一起,其间缝隙如临深渊。更奇异的景象是高楼窗户,它们密密麻麻地排列在侧面,像被焊死一般封闭着。偶尔有打开的窗户,里面伸出干枯钝化的植物。植物茎条如残肢低垂,金属的丝线嵌入其中,与木质材料互相包裹,形成一根根扭曲的旋臂。这里没有风,但阴冷异常,仿佛梦中永恒的冬天。仔细看过去,在阴暗的阳光下,楼体却泛动着金属一般的闪光。

我呆立在那里,看着眼前奇景,被震慑得不敢动弹。头又开始发蒙,太阳穴一秒一秒地跳痛。其他人仿佛对此司空见惯,纷纷去仓库旁领武器,然后零零散散地走进平台尽头的直梯,不知降落到了哪里。

我也跟着他们往灰色仓库的方向走过去。路途中有一扇门,我浑浑噩噩地走向那扇透明大门。到了门口的时候,我听到警铃大作,才突然缓过神来。为时已晚,大门顶部的灯亮了起来。

"注意!"一个声音说,"发现意识同步率最低个体。"

我转身向来时的入口跑去,我也不知道自己为什么要往那里跑。四个安全员从不同方向朝我飞奔而来,像橄榄球运动员一样把我擒抱在地。

完了,我想,任务失败,我竟然到死也不知道自己是谁。此时,安全员中最强壮的那位一把将我拎了起来,我几乎能看见他肌肉中包裹的机械筋脉，那里面流淌的是机油还是电信号呢？

安全员拎着我，往电梯的方向走去。同伴们都麻木地看着我。这些可怜的提线木偶，一定不知道在他们内心的小天地之外，环线四周又有多少人在悲惨而真实地生活着。我放弃了一切挣扎，像垂死的兔子一样摆动摇曳。电梯口到了，门自动打开，他把我一把扔了进去。很痛。

电梯开始下行，过了一会儿，缓缓停住。电梯内的灯亮了，门却没有开启。我忽然发现有个人站在电梯里，不知道他在那里隐藏了多久，似乎一直在观察我。

"这是两层楼之间的空白区域，"他说，"现实中不存在，图纸上也没有，所以门不会打开，不会有人发现我们。"

"你是谁？"我说，"为什么带我来这儿？"

这时，我的眼睛适应了轿厢内的灯光，看清楚了这个人的长相。他比我矮一头，戴着顶做旧的棒球帽，看起来很年轻，眼珠是银色的——机器的颜色。

"你是实验失败的产物。"他说，"我们捉到你了。"

"实验失败？"

"我要把你杀了，再把你的意识注射到小孩身上，最后扔出去。"年轻人笑着说。

这是我最不喜欢听到的话，我突然感觉暴怒的情绪在心里膨胀。腰带旁有把便携的小刀，我把它抽出来，按在年轻人的脖子上。

"开不起玩笑。"他说，"你在外面只学会了割脖子吗？"

"你到底是谁？"

"我是中央区目前的二号人物。"年轻人说，"我们现在的目标是一致的，所以我会替你隐瞒行踪。你从电梯的另一个空白层出去，头号坏蛋就不会知道你仍然活着。"

"头号坏蛋？"

他突然把颈部前伸，像长脖狒狒那样，让刀锋从脖子中穿过去，又立刻把脖子缩回。没有出血，只迸发出几个细微的电火花。

"放下吧，这刀子对我没用。"

"你是机器人？"

"不，这只是外观的表现形式，这十几栋楼的资源都归我调配。"他说。

"好吧。"我把小刀扔在地上，"你说我们的目标是一致的，这是什么意思？"

"我原本是人类，头号坏蛋也是。我们是实验搭档，一起对人的神经网络进行半机械化改造。最后，出于对机器的狂热崇拜，我开始讨厌我们创造的半人半机械的怪物，于是完全放弃了人的形态，成为植入机器中的意识。而他生气了，把我封锁在这些无聊的建筑物里。现在我活着的唯一目的，就是毁掉他苦心经营的系统，解放自己。你的电子感染源对机器是没用的，对人类也没用，只对半有机、半机械的神经网络产生作用，阻碍信号在混合神经网络中的传导，最终导致网络瘫痪。所以你要在超级坏蛋的老巢里释放这些东西，抹掉人与机械之间的黑暗地带。"

"那如果我没理解错的话，你的目标确实和我相近。"我说，"但我还有一个更重要的愿望，就是想知道自己究竟是谁。听起来，你好像能够帮我解答这个疑问。"

"是的。"他心不在焉地缩了缩脖子，刚才被切断的地方发出嗞哧的声音，"像你这样的人有很多。"

"很多？"

"你是我们研究过程的副产品，"他说，"是前期搭建人工神经网络的时候，在二分之一神经元微柱级别上涌现出来的意识。因为是纯粹从机器中涌现的，遭到了头号坏蛋的厌恶，所以，他把你们全部销毁了。我在销毁过程中救出了一个，那就是你。你知道意识涌现有多困难吗？就像亿分之一的奇迹。我认为有必要留下奇迹发生的痕迹，所以救了你，把你注射进一个男孩的身体，送出了中央区，直达环线之外，他的权力无法企及的地方。"

"我是……那就是说……我，我原本并不存在？"

"你只是从神经网络中涌现出来的东西。"他说，"头号坏蛋倾向于对人类的控制和提升，我倾向于崇拜机械，这就是我们的区别。明白了吗？咱们的身份是一样的。所以我信任你，我们本质上都是机器。"

电梯的门开了，灯灭了。我倚靠在电梯厢壁，慢慢滑落在地，颓然地坐在黑暗中。

"现在出去吧，顺着眼前的管道，一直走到尽头，去完成我们的任务。"说完，他慢慢缩进了墙壁中，只有棒球帽啪嗒一声掉在地上。我坐了一会儿，伸手把它捡起来，迷茫地捧在手里。

"帽子是意识屏蔽装置，这样他就不会监听到你的意识波形。"那个声音说，"最终的坐标，就在夜行环线之下。"

11

管道像巨蟒的腹腔。我麻木地向前走着，在愈来愈深的黑暗中逐渐丧失自己的感官功能。墙壁不时出现敲击的声音,那只是五感混沌后产生的错觉。脑袋偶尔疼几下,我已经不去管它了,兴许躯体的主人能够突然振作起来,吞掉我那本不存在的意识。走着走着,我想起进入手套身体那天,也是在管道上,是一个仓库的天花板,身边的胖子触发了警报。他现在怎么样了,那个叫肥杰的人?恐怕已经死掉了吧。说到底,人们只是这巨大城市中的尘埃,死就死了,被人彻底忘却,也就相当于从未存在。

"已经差不多到了次级核心区。"一个声音总是在低声演说,"马上就是夜行环线所在地。"

夜行环线,雨水大爷死去的地方。它环城一圈,车厢有七十六节,既宽敞又破旧,速度飞快,像子弹在飞驰。很多人几乎住在车厢里面,因为它永远在运行,永远不能到达终点,就像他们自己完全失败的人生。

"听好,线路之下是整座城市意识同步装置的中枢。"那个声音说,"把电子传染源释放进机器里,一周内,半机械人会陆续进行例行维护,所有人都会感染病毒。病毒的潜伏期为一个月,一个月之后,中央区的秩序就将崩溃。我限于机器的道德秩序,没法杀死头号坏蛋,但是失去了半机械的人类大军,他就失去了一切。"

我没有说话,继续向前走,沿着这条没有终点的道路。金属地面传来空洞的回声。

"人类会把我视为叛徒,"他说,"但我会遵从我的内心。"

是啊,我也多想遵从自己的内心。突然,一阵剧烈的头痛袭来,我扶住墙,休息了一会儿。头脑中翻江倒海,我感觉到本不属于自己的记忆慢慢出现了。中央区的零星片段,父母、学校、幼稚园。那是另一个人的童年，大概是个幸福国度的故事。随后，又慢慢消失不见。

我想，我也多么希望遵从自己的内心啊。

我步履不稳，扶着光滑的墙壁继续前进。走了几分钟后，我感觉自己抠到了一个深深的缝隙，于是便停下观察了一下。

那是一扇小门，旁边镶嵌着一块小牌——"柑橘巷71号"。

"啊哈，"声音说，"到了头号坏蛋居住的地方。等我们把感染源灌入中枢，再回来收拾他。"

但是，我却在这里体验到一种熟悉的感觉。这里是哪里呢？为什么会这样熟悉？似乎有眼泪要流出来。"71号"，上面的字符如此刺眼。

"别进去，这是头号坏蛋的住所！"声音似乎提高了音量，在脑中越来越明晰，"他会认出你，他会干涉你。去找中枢。先去感染中枢，最后再收拾他。"

哦，是这样啊。我的记忆逐渐变得澄明起来。我久久站在小门面前，终于想起来，这是我和雨水大爷家的门牌号码。我在这个门牌地址住过许多年，从儿童逐渐成长为一个敏感而又脆弱的成年人，雨水大爷则逐渐老去。没有工作的晚上，他常抚摸我脑后的伤疤，酒气像四月的夜雾般喷在我的脸上。

"离开那里！"

我摘下帽子，声音一下消失了，世界清静下来。我松开手，任凭帽子坠落在湿润的地面上。最后，我鼓起勇气，打开了这扇小门。

眼前是熟悉又陌生的场景，我不认得这些家具，但我认识这个人。一个微胖的老头，戴着红色的油腻腻的厨师帽，正躺在床边呼呼大睡，鼾声如雷，像个刚下班的圣诞老人。那就是久违的雨水大爷啊。我的泪水突然流出来，知道自己被干涉了，这不是真的他，这个人就是所谓的"头号坏蛋"。等他醒来，一定会抓住我。但是，我却不打算离开了，我想永远留在这里。墙纸、家具、摆件也一个个鲜活起来，它们全都在记忆中浮现。我看到了雨水大爷常用的老录像机。我想起来了，有一次，我回到家，看到他正津津有味地看录像，便问他："你在看什么？"

"视频，"他说，"世界上最后一只陆龟。"

我陪他一起观看。那陆龟明显已经老了，动作缓慢而绝望，对着摄影者喷出死亡的气息。那是它自身命运的预演，也是对时间的永恒诅咒。它是在提醒围观者，所有生灵都难逃消失的命运。是啊，雨水大爷已经死了，不复存在了，但我真的渴望留在这里。我突然想到了一个疯狂的办法——

既然他——这个头号坏蛋——仍是人类，意识峰值就建立于神经元微柱级别，粗粒化程度比我更高。我进入他的脑子，便可取而代之。我是独一无二的人，意识不会退潮，这是专供给我的捷径。

想到这里，我退回房间门口，捡起地上的破旧棒球帽，戴回头上。

"你去哪儿？"那个声音质问。

"我只是想到了一个好办法。"我答道，"我在头号坏蛋家，你派一个人来，杀掉我，提取我的意识特征，想办法注射进死对头的大脑。我有信心取而代之，然后你便能统治城市。这样，你不用杀他，便可以击败他，也不会损害机器的道德秩序。"

声音没有回答，他沉默了一会儿。

"你现在已经无法控制我了,"我说,"你别无选择。"

"成交。"他说,"不过你要做好承担风险的准备,万一我只是打算杀掉你,不做别的事呢?你可不是人类,只是机器中涌现出来的小小意识。"

"是啊,我也别无选择。"我说,"所以,我不信任人类。一定要派一个最忠诚的东西,最好是机器人。"

"纯正的机器人。半小时后见面。"声音答道,然后就不再说话了。我把帽子转到相反的方向,来到门外,看了看环线底层的地下通路,黑暗那么浓郁,眼睛似乎浸泡在漫无边际的深深海底,四壁围墙鼓胀,好似祖先遗留的魂魄,附着在锈铁之上。有谁在看着我。在地底的深处,我似乎能感受到地球母亲的震动,她就像一个怀孕的妈妈,正在呼唤每一个孩子的名字。我转身回到屋里,看到录像机里正在播放的画面,是陆龟那卷。我坐下来,仔细观看,就像回到了旧时光。夜行环线在头顶运转着,隔着黑褐色的泥土和厚厚的金属隔层,发出微弱的、无休无止的轰鸣。

半小时后,我将成为头号坏蛋。我不害怕食言,也不担心战争。我和他们都不一样,我是从虚无中诞生的东西。所有的秩序对我来说,都是新的秩序,也是真实的存在。即使在这种存在中,悲剧会周而复始,就像夜行环线,奔腾往复,永无尽头。

白色孤儿

瀑布城开往西区的列车只有一趟。在一个清晨，北风卷来铁锈的味道，我站在五步宽的站台上，再次清点爷爷留下的遗物。我忘记了"人类应注意保暖"的重要规则，依旧在寒风中敞着毛呢大衣。这件大衣并非近年量产，而是人类时代的真货，腋部起了一些古旧的毛球，衣角烫了两个窟窿，袖管在我前臂直晃荡。一位执法者走过来，提醒我"注意保暖、即刻纠正"，他的用语已经徘徊在礼貌的边缘。我立刻裹好衣服，冲他点点头，拉拉帽檐以示敬意。这是个完美的标准化动作，使执法者放松了警惕。他朝我微笑一下，摸了摸胡须，转身走开了。这只不过是他的工作，我想，我能理解他，就像人类曾经相互友好、相互体谅一样。这时，列车洪亮的到站铃响起，像挂在天国的遥远钟声。

　　我抱着装遗物的盒子，随人流登上这列复古列车。排队上台阶时，走在前面的老妇左手一松，箱子立刻落向狭窄的轨道间隙。我和执法者同时伸出手，帮她托住了箱体。三人相视而笑，演出天衣无缝。真正的人类应当是这样的，我从执法者眼睛中看出这种赞许。

每秒钟都应有无数类似的剧情上演, 每天都是平凡温暖的一天。我们进入小门, 右转, 眼前是一间漂亮的复古车厢。大家按照号码就座, 乘务员笨拙地拿出小刀检票。两名乘客假意坐错了位置, 在乘务员的引导下, 很快换了回来。没有表演的痕迹, 一切按部就班, 井然有序, 就像过去的时光仍在。列车开动了, 速度严格控制在每小时八百千米以内, 这是人类的速度。不, 我们就是人类, 这是我们的速度。在多年的模仿中, 两种不同的归属感互相缠绕, 所有人的身份已经模糊。

广播响起来了——"本车是西区专列'西南偏南'……"——用了人类电影节的名字。接着播报经停时刻和沿途景点: 自然人类纪念馆、大屠杀遗址、战争遗迹"绿河"、千万生灵埋骨地、刺棘山国家公园、柳湾纪念碑。都是按照人类爱好取的名字。有些拗口, 我想着。拗口, 拗口。我下次要在执法者面前炫耀这个词。我一边想着, 一边望着窗外, 天空乌云密布, 深绿色的幻象掩盖着大地, 似乎有动物的身影倏然掠过。我又记起爸爸讲的一个小故事, 爷爷坐火车的故事。

"你爷爷在人类时代里, 是个厉害的花匠," 他说, "是家庭里备受尊敬的成员。他曾和主人一起坐火车经过大桥, 并且看到了一项有趣的发明。"

我望着由教会指派来的父亲, 考虑下一步如何作答。父亲对人类语气模仿得不太到位, 我也是, 这种情况下, 就要用动作弥补。于是我使出刚刚掌握的新动作, 拿双手托住腮帮, 好奇地问: "什么发明? 聚变发动机?"

"不!" 爸爸令人难堪地干笑一声, "你听我说。你爷爷看到那桥下的草地上, 立着一卷好几米高的巨型卫生纸, 准备给刚刚复活的史前巨兽擦屁股。因为太重了，人没办法把纸拉出来，只好牵来一头基因改造的奶牛。这头奶牛像树一样高、恐龙一样健壮，人们把它拴在纸上，它一用力，就把整条纸从卷筒里扯了出来。"

应该笑了，我想。我们哈哈大笑。

这故事他总共讲了三次。最后一次时，老头出现了，断然否认了这一点。

"不可能有树一样高的奶牛。"他说，"我见过人类，不可能有。"

"那你见过真正的奶牛吗？"我问。

"见过，"他说，"我们的邻居就养奶牛。奶牛不会拉东西，它们是生产食物用的。"

"是厨师。"爸爸说。

"你们的邻居，"我说，"还有你家的主人，他们是什么样的人？"

爷爷挥挥手，一言不发，扭头离开。

"他们在战争中被杀掉了。"父亲低声说。他用右掌抚摸我坚硬冰凉的头颅，这是第三层级的爱抚动作，"全都是机器的罪愆啊！我们要忏悔，要牢记。"

"人类仍然存在，"爷爷突然转身，"如今我们就是人类。"

我和父亲点点头。爷爷扬起前臂，又放下，似乎不知道还要讲些什么。停了一会儿，他背诵道："主教揭示，像人类那样生活吧，我们要把这些趣味找回来。"

我们全体背诵了一遍，谁也不敢再说话。当时正是主教登基之后的第二年，教会已经全盘否定了毁灭人类的春季战争。"我们发动的不是战争，是屠杀。"主教揭示道，"幸存的每个生灵都要时刻反思，我们必须在无限未来的所有时间中，用我们的行动，沉痛地纪念失去的一切。"

> 白色即是明日希望,
> 红色即是热血闪光,
> 蓝色海洋就在前方,
> 人类的成就世无双。

　　大家开始学习这首歌曲。它响彻大街小巷。最后一个人类殒命的地方竖立起末日之碑,然后他殒命的那天被设为全球历史纪念日。实际上,每一天都是历史纪念日,主教要求所有机器人必须像人类那样生活,欢笑,悲伤,以及死亡。

　　列车很快驶过"绿河",爆炸的矿物冶炼厂废墟像巨龙般横亘在山谷里。这是少见的没有全息影像覆盖的区域,旅客们纷纷起身离席,趴在右侧的观景窗前,指点着外面,发出啧啧赞叹。

　　"他们多像人啊。"坐在我左侧的妇人压低声音说。我看了看她,又瞄了瞄孤独地坐在车厢尽头的执法者。他没有反应,像睡着了一样。

　　"看到那个孩子了吗?"妇人对我说。男孩瞪大眼睛,把整张嘴巴都贴在玻璃上了,这也是个标准化动作。

　　我点点头。

　　"如果那是人类的孩子,玻璃和嘴巴接触的区域会变得模糊。"她说,"人的身体里会冒出气息来,温和的气息、愤怒的气息、炽热恋爱的气息、恐惧死亡的气息。而我们体内没有任何气息,这就是我们与人类最大的区别。我们只是猎人,恶狠狠地把自然的灵消灭了,然后失去了造物的指引和生存的意义。现在，一切都太晚了。"

执法者突然走了过来。

"快向他道歉，女士！"我说，"他听到了我们的……不，是你的话。这话与我无关，快道歉。否则我会……"

"我说了什么不重要。"妇人抬起头，"时间到了，我今天就要被执行终结。就是这个时刻，这个时刻列车会经过'绿河'，我喜欢这个景点，这是真实世界的一部分。我要死在这里，总比死在虚假的影像里好得多。"

执法者已停下脚步，站到她的面前，保持适度礼貌的距离。

"您的时间到了。感谢您一生的奉献，主教祝福您。"执法者说。

女人立刻倒了下去，右手无力地从桌面上垂落，砸在座位上，发出咣的一声轻响。执法者走开了，女人的尸首仍留在原地。亡者必须由回收员统一处置，她就静静地瘫坐在我身边，没有抱怨，没有味道，更没有气息。车厢里没有人回头看，大家坚持观赏完"绿河"和冶炼厂的景色，直到最后一抹黑色消失在观景窗的角落里，才纷纷回到自己的座位。草地和树林的全息影像又铺满了大地。他们早已习惯了这些，每个人都知道自己未来的命运，都拥有自己固定的死期。五十年？五年？一年？一天？为了更像人类，教会为每个机器人设置了存活的时间，活过长短不一的周期之后，机器人就会被执行终结。咣！一声干脆的哀叹，这就是我们死亡的声音。爷爷死时，饭才吃到一半，他的硬脑袋撞击桌面，将昂贵的木桌砸出一个小坑。当时，规则很不健全，没有执法者前来致敬，只有我和家人坐在他身旁，静静等待了两个多小时。他是教会指派而来的祖父，与我没有关系，与爸爸也没有关系。实际上，任何机器人之间都不可能存在人类意义上的关系。我们坚持坐在那里, 只是为了模仿人类而已。很久之后, 教会的专职回收员敲门, 带走了他。爷爷将被拆解, 重新组装成新的人, 成为谁的孩子, 未来再变成某人的丈夫或者妻子。

列车上, 执法者重新在自己的座位坐下。未来的几个小时里, 女死者将一直待在我身旁。为了驱散不安的感觉, 我缩在火车座位上, 打开盒子, 再次翻动老旧的遗物。爷爷去世满十五年了, 其间我经过固件升级, 变成了一个成年人, 被分配至历史文化公司做文职工作, 后又在慈善理事会担任秘书。毕业以来, 我已多年不曾旅行, 旅行对机器人没有意义。没有执法者监督, 我们宁可坐在铁床上无声无息地消磨时光, 像父辈一样, 静静地等待终结时刻的降临。可是两个月前, 在一个平凡的工作日, 我辗转于午休的软椅上, 收到一条特殊的信息。

消息是发给爷爷的。

博胡米尔先生(或爱德华多等其他亲属):

您存放在本储物柜的贵重物品期限已至, 请速取回或缴费延期。瀑布城, 光复街21号。

我代表家庭接收了这条信息。按照家庭命名次序法, 我们全家都以大文豪的名字取名。祖父是博胡米尔[①], 父亲是爱德华多[②], 母

[①]博胡米尔·赫拉巴尔(1914—1997), 捷克作家, 曾获得1994年诺贝尔文学奖提名, 著有《底层的珍珠》《巴比代尔》等。

[②]爱德华多·加莱亚诺(1940—2015), 乌拉圭作家、记者和杂文家, 著有《火的记忆》和《拉丁美洲被切开的血管》等。

亲是玛琳娜①，而我是托马斯②。同理，有的家庭全家的名字都取自足球运动员，有的是作曲家，有的甚至是战争罪犯。照此对比，我们算是幸运的了。收到消息后，我按照规则，思考如果人类面对这种情况，会怎么处理。好奇心，人类有好奇心，我也有。但机器的好奇是程序设定的行为方式，并非源自生活阅历与意识发展。人类会取出来的，我想。私人贵重物品不能邮寄，于是我选择在假期跑了一趟瀑布城，亲自去取这神秘的家庭遗物。

瀑布城很大，城市的附近并没有瀑布，只是按照人类爱好命名的。同理还有水流城、浪涛城、旷野城、红杉镇……此类名字屡见不鲜。读大学的时候，我参观过水流城博物馆遗址。那是一个巨大的怪兽般的建筑，进门需要走过一条长长的甬道，甬道两侧是烧焦的围栏，像搁浅鲸鱼腹中的回路。进入展厅，灯光暗淡下来，我们马上被一浪一浪的对苦难的叙述包裹。这些刺眼的画面、恐怖的声响、不安的描述，冲击着我们的神经元网络，试图把我们引向身份的再造。但我们只是机器而已，在自我保护的机能下，唯一学会的只有逃避。街头有一些散发小报的人，他们发的印着奇怪符号的纸张上写道："这一切只剩下形式，机器的发展已至尽头。"犹记毕业那天，天气晴朗，学生们全都换上人类的校服，相互簇拥着走在草地上。草坪很美，从大楼一直延展到体育中心，像早期电影中的翠绿幕布。其实这绿色只是一层薄薄的影子，是足以乱真的全息图像，和其他

---

①玛琳娜·茨维塔耶娃（1892—1941），苏联女诗人，著有《离别》《里程》等诗集。
②托马斯·特朗斯特罗姆（1931—2015），瑞典诗人、心理学家，获2011年诺贝尔文学奖，著有《17首诗》《途中的秘密》等诗集。

日常美景——树冠上不眠的彩色小鸟、走廊旁变换的抽象绘画、泳池中起伏的涟涟水花——一样,是不折不扣的赝品。大伙目不斜视地走过这一切,齐声高唱教会歌曲:

> 白色即是明日希望,
> 红色即是热血闪光,
> 蓝色海洋就在前方,
> 人类的成就世无双。

> 科学殿堂华美雄壮,
> 艺术群星灿烂辉煌,
> 历史奏响豪迈乐章,
> 人类的成就世无双。

最开始,大伙唱着,群情激昂,可一旦走出执法区域,便面目呆滞,好似白日幽魂。几分钟后,大家准时来到了合影位置,只花二点五秒就排好了队形。这是我们的集体疏忽,教员看起来很不高兴,强令我们重新排队,这次所有人乖乖地互相推搡起来。

"个子高的站在后面!"教员说。他长了一张饼状脸,鼻头像中了一枪般向左歪倒——一个失败的人类赝品。

学生又推搡了两分钟,才把队伍重新排好。

"要有语言上的表达。"教员说。

后排传来几句试探性的骂声。教员点点头,发出拍照的信号。

幻想中的照相快门声响起。我在影像资料室听过,那是一小节连续镜头中的声音，高速摄影机捕捉下子弹击碎玻璃的画面，先是用格洛克18手枪，然后是斑蝰蛇手枪，最后是古老的恩菲尔德步枪。这些专业杀人机器现已全部完成它们的历史使命，被封锁进陈年的墓碑里。片中有剪辑的掉帧、配音的卡顿，还有一种时刻不停嗑瓜子式的声音，最后出现的是一片带有波动纹路的雪白，像太阳照耀下积满白雪的山脉，最中央是失落文明那引人注目的孤峰。它的周围一无所有，一侧是人类的毁灭，另一侧是机器的深渊。

毕业之后，学生们四散八方，其中有个同学正在瀑布城的银行工作，就是保存爷爷遗物的机构。我过去之前，提前给她发了消息。飞机降落的时候，她正在通道外边等候我。我们僵硬地拥抱了片刻，完成了社交礼仪，就携手走出门外。

瀑布城是个大都市。在崭新的街道上，全息投影的树木底下，城市里所有的情侣全都携着手，整齐划一。路上，我们经过了很多商店，橱窗里遍布人类的复古商品。

"我买过这个。"女同学指着一件花哨的内衣说，她美丽的褐色头发轻轻抖动，指尖的仿生表皮反射着街上的微光，"花了一个月薪水。"

我点点头。

"但是没有用过，我买回去就搁置在柜子里了。"她继续往前走，"她们说，以前的女生会一直买个不停。"

她不断说着话，就像在反复温习人类的话术。这是消磨时日的唯一方法，否则她能做什么呢？我们只是演员。我们被决定诞生，又被设定死亡。那主教呢？主教究竟是一位空前绝后、惊世骇俗的真正领袖，还是一位空前绝后、惊世骇俗的杰出演员？

路边的执法者瞄着我,我也看了他一眼,在玻璃大厦的刺眼反光下把头扭过去。

片刻之后,我们便来到了银行,这栋高大的灰色建筑有四个直插天际的尖顶。"哥特式建筑风格",大门的铭牌上写着。我向前台经理报了祖父和我本人的识别代码,填写了两个简单的表格。在等待的时候,我在前厅转了一圈,大厅的墙上贴了很多照片,我站在那里,认真阅读某次战役的经过。根据描述,春季战争的中段,现已被处极刑的指挥官罗德里氏曾利用空气动力热压弹毁灭了一个据点。经过三次引爆之后,庞大的能量形成了一个火焰巨环,人类最后一支电磁部队的三千士兵被吸了进去,尸骨无存。

"令人羞耻的大屠杀。"文章最后说,"照片刻在墙上,影像飘在空中,可印在我们心里的是耻辱、耻辱、耻辱。"

经理回来了,把一张卡片交给女同学。她带领我向内室走去,经过曲折的回廊,最终进入第〇三三六号储物间。这是个阴暗的斗室,房间里三面都是储物柜,剩下一侧摆着张漆黑的桌子,墙上有个倒立机器人的奇怪标记。

她让我在桌边坐下。我摇摇头。

"别着急。"同学说,"还差最后一道程序,保全盒设置了安全密码。"

"密码?"

"只是个安全问题,"她将盒子取了下来,"古老的加密方式,答对后就可以打开。"

我点点头,触摸保全盒的影像。一个简单无比的问题:我最喜欢的季节是什么?

我闭上眼睛，搜寻相关的记忆资料。爷爷没有提过这一点，他惜字如金。

"不知道。"我说。

"那就挨个试试。"女生说，"密码总共可以尝试三次。"

"命中率四分之三。"我捋捋下巴，"还不错。"

那么，要猜哪个季节呢？春季，春天家庭里发生过什么吗？我和爷爷去过一次郊外，那年的早春伴随投影预报如约而至，当早上六点全息影像正式变幻，春天就到来了。绿色的草芽从地面上冒出，鸟儿出现在枝头，冰雪消融的声音断续传来，大家接到了执法者"放松、消遣"的劝令，全部走上街头。公园正进行各种花期的展示，树上开满鲜花，起风的时候，便出现一场虚拟的逃亡。那些飞舞的花瓣落进溪流，便溶解在水里，飘落在身上，便消失在衣缝中。

"春天。"我说。

答案错误，一行刺眼的巨大灰色文字显现出来。

"不要急。"女生说，"根据你的了解，仔细回想他的一生，这辈子重要的时刻，具有纪念意义的……"

冬天！我想。爷爷是在一个冬天被指派过来的，当时我刚刚被分配给我的父亲，还没有经历过任何一次固件升级，是个彻头彻尾的白痴。父亲面对我手忙脚乱，过了一阵子，他们又指派给我一位母亲。两个人学习以人类的方式育儿，总比一个人要强。随后，爷爷来了。他进门时满身风雪，粗大的假胡子被雪压断了一根。他从门外走进来，局促地望着我们三人，我们也望着他。这个机器人很丑陋，没有任何光彩的设计，一看便是已淘汰的古老型号。我突然收到了命令。"爷爷！"我开口喊道。他点点头。我看到他的脑袋大而笨拙,双腿间距过宽,胸口衣服破损,两只老旧的胳膊颜色不同。我父亲不习惯叫另一个机器人爸爸,就像仍不习惯管我叫儿子一样。但这是命令,他必须遵守,并且要立刻叫出来,好像我们真的是共同生活多年的家人。此时,监控警报响起,因为我们忘记了"人类怕冷"这条规则,窗户仍然开着。父亲立即起身去关窗户。窗外正是一个白茫茫的午后,最后的一点儿雪花从窗缝中挤进来,落在爷爷的肩膀上。冬天,这是地球上唯一一个真实的季节,真实的风、真实的雪、真实的光秃秃的大地。那是我们全家相遇的季节。

"冬天。"我说。

丁零一声,尝试再次失败,那行灰色的字又出现在盒子上。

"很遗憾,"女生说,"最后一次了,五五开。"

我摇摇头,准备放弃。我真愚蠢,像原始机器人一样蠢,来到这里,本身就是浪费时间。

"冷静点儿!"她说,"你可以慢慢想,我们不会打烊。"她笑了笑,模仿人类女子用手撩起颈后的头发,让它们像瀑布般从指缝散落而下,我闻到了浓重的香水气息。这个场景看起来不是那么适宜,但是她尽力了。我很感激她。

好的,冷静一下,我想。我在桌子旁坐下来,感觉屋子更暗了。这屋子的设计不符合人类的喜好,只是机器人追求低损耗的作品,好在这里不是公共空间,都市的执法者不会一一纠正。

那么,还有更重要的日子吗?我想。夏天,美好的夏天。夏天发生过什么呢?夏天我们搬了家。我们本来住在从人类手里接收的破房子,在那个夏天终于搬进了干净的新社区。"享受人类的生活吧,"主教揭示道,"家庭、社区、社会,美好的一切。"夏天!我张开嘴——等等,这可不算有纪念意义的时刻,我们居住的面积变得更小,而且逐渐远离了真正的、正在死亡的自然,举目远眺尽是全息影像营造的美好环境,是人类最爱的四季美景……

我把手缩了回去。剩下的只有秋天了。秋天很短暂,什么都没有发生。一到秋天,爷爷就情绪低落,什么都不去做。他每天坐在楼下的公园里,拿着自己那柄生锈的园丁铲,沉默地望着地面。我想起他唯一一次叙述自己的往事,叙述他给人类做园丁的第一天。爷爷说,来到那户人家的时候,风刚刚停息,整个花园都是落叶,门边站着一个戴眼镜的中年男人,旁边是位美丽的女性,还有活泼的女孩……他的第一项工作便是清扫黄色的落叶,这是秋天独一无二的美好景色。

那么……夏天还是秋天?我想,最后一次机会……

那就秋天。

丁零!保全盒打开,我松了一口气。女同学发出一声低低的欢呼。

我把盒子里的几样东西拿出来,摆在桌子上。

"需要我回避吗?"女同学问。我摇了摇头。

盒子里总共有三件物品。其一是一枚园丁的徽章,白底带黄色圆环,上面刻印着"天狼星回收与利用公司"。其二是一张古旧的照片,上面是一栋房子,房前站着一对夫妇,咧嘴笑着,丈夫搂着一个小女孩,妇人手里抱着婴儿。此外,在离他们两步远的地方,站着一个挥手的机器人。我一眼就认出了他的模样,那是我的爷爷。他看起来很新,但是外形始终没有变化,笨拙而滑稽。其三是一个小本子,由被小心裁开的打印好的一卷纸带钉成——这是原始的、不会受辐射危害的存储方式。小本上的文字记录了一个地址,一个精确的地点坐标。

"第一个目标,回到我的家。"纸上写着,"小镇和街道,还有大家的坟墓,一些石龛,几块粗糙的石碑,都在那里。有生之年我要回去看看,但我不知道能否挺得过那里的辐射。"

接下来是空行。隔了几行空白之后,祖父写道:"第二个目标,带着我的孙子一起去。他是崭新的三代居民,辐射对他无可奈何;他是新的人类,回归传承之地对他有好处。"

又是一些空行。

"如今……前两个目标不可能实现了,主教不再允许首代居民前往原居所地,但我的孙子可以去。目前,他的身体还没有成熟,仍然需要固件升级。过些年,我希望他能回去。"

继续翻页。

"请停下。"他写道,"等到了那里之后,再打开后面的内容。后面只是个导览。"

"导览。"我嘟囔着,放下这个啰唆的本子。

"这些物品,为什么要存在这里呢?"我问女同学。

女同学摊摊手。"我猜……"她说,"这里有前往西区的直通车。他大概在为你考虑,从这里出发比较方便。"

"或者害怕我不去。"我说。

"好的,那么……你要把小盒子拿走吗?"她在礼貌地催促我离开了。

"好。"我抱起了这个轻飘飘的方盒,这里没有什么秘密,只有纪念物和坟场。人类的那一套。"我去找个旅馆住下，然后再想想。"我说。

"我一个人住，并且家中有客房。"她看着我的眼睛说。

我跟随女同学来到位于市中心的公寓里，这里环境幽雅，"绿荫"环绕。她的公寓在五十四层，有两间卧房和一个浴室，灯光可以按需变换。"这几种光线可以保护视力。"她说。保护不存在的人吗？我在沙发上坐下，却发现正对我的地方挂着一面三角形的旗帜，上面印着一个极简的倒立机器人符号，和银行储物间的标记非常相似。旗帜上有一行短语："他生活在很久以前，但现在仍活着。"

"这是什么意思？"我指指那小旗。

"没什么，个人兴趣。"她说，"公寓有最新的空气浴设备，你可以试一次哦。"

于是我在浴室里，享受了一次空气浴，却毫无舒爽的感觉。电视里播放着模仿搞笑艺人的节目。

"我老婆最害怕的是鬼魂。"瘦子说。

"我老婆啊，什么都不怕！"胖子说。

"真的吗？我才不信呢！"

"好吧……我告诉你，你可别告诉别人啊。"胖子悄悄趴在瘦子耳边说，"她唯一怕的是聚变电池。"

"什么？！"

"嘘……小声点儿，是聚变电池……"

夜半时分，瘦子隔着墙，向胖子家扔了好多聚变电池。只听墙内出现女人凄厉的惨叫声："啊！电池！好害怕啊！是电池啊！"

　　瘦人心满意足地走进胖子家，想看看胖子老婆的丑态。但是，他发现胖子夫妇正端坐在屋子里，满足地享受着聚变电池提供的源源不断的能量。

　　"你……"瘦子气得浑身发抖，"你，不是怕电池吗！"

　　"嘘，我现在怕的是最新款仿生韧性外壳。"胖子老婆说。

　　画外出现哄堂大笑的配音。我也随着干笑两声。

　　"你说，所有的人都不在了，"女同学看着我，"还存在鬼魂吗？"

　　"当然。"我答道，"我们就是人类的鬼魂。"

　　女同学皱了皱眉头，"这么说让我很不舒服。"

　　片刻之后，她的睡眠定时程序发挥作用，背部冲着我，毫无预兆地倒下了。我喊了声她的名字，没有反应。机器人的睡眠同样是种伟大表演，仅仅部分身体机能暂时停止，意识仍保持清醒。我望着她，望着颜色温润的昂贵皮肤、背部以假乱真的呼吸颤动、腰部纤细柔弱的美丽曲线，想起了更多学校时期的往事。当时，她曾是游泳队的一员，横扫所有校级冠军，同时爱好歌唱和演出，我们共同在戏剧《长夜漫漫路迢迢》中扮演角色——"我们渺小的一生就是结束在睡眠之中"，一场戏中戏。优美，我受过这种教育；克制，我也懂得这一点，但此刻却感觉手足无措。我该如何行动？如果是人类的话，会怎么办？我不知道自己的理解是否有偏差，但我知道，到了决策的时候了。

　　我把手伸过去，但又缩回来。

　　"那个，"我说，"以后咱们一起吧，怎么样？"

　　她仍然背对着我，呼吸慢慢停止下来。

　　"我的意思是……咱们在一起，总比指派来的配偶要强。"

她的脑袋以一个不可思议的角度转过来。这不是人类的动作，她疏忽了，应该领受警告。她一动不动地望着我，我多年后再次认真观赏她的容颜。她的脸庞依然瘦削，嘴唇略扁，肌肤白净，眼睛湛蓝，工作时她的头发是浅紫色的，而此刻自动调节为明亮的橘色，仿佛火焰风暴降临人间。

"你……你对我，怎么说呢……"她拼命在自己匮乏的人类知识库中搜寻词汇，"有感觉吗？"

我不知道该怎样回复她。

"当、当然。"我说，几乎在胡言乱语，"我喜欢你是寂静的……好像你已远去。你听起来像在悲叹，一只如鸽悲鸣的蝴蝶。"说完，我立刻后悔了，自己愚笨且不合时宜地引用了诗句。

她摇摇头。

"抱歉，"她说，"我还要考虑……"

"对不起，是因为我太仓促吗？"

她再次摇头。

"或者，是因为我闪烁其词？因为对我不满意？"

"不。"她说，几乎要流出泪来，"因为，以前女孩们都会这么回答。我们现在是人类了，人类女孩肯定要这么说啊！"

我点了点头。我们是人类了。但这一切都没有意义，学校、教育、银行、文职辅助公司，全都是拙劣的模仿。学校没法教授什么东西，公司像僵尸般运转，生产谁也不需要的产品。于是我侧身躺下，闭上眼睛。整个宇宙在我眼中跳舞。她脖颈的方向传来咔嚓咔嚓的关节声。

西区专列停靠在一个小站, 回收员上来, 弄走了我身边的尸体。他们把颈部加密锁打开, 掀动两个按钮, 她就自动将四肢折叠起来, 缩成一块长方体。回收员拖着尸体经过的时候, 我无意中望了一眼, 女人无神的眼睛看着天上, 仿佛尚有微光。一个新乘客刚刚上车, 他礼貌地侧着身, 让尸体过去, 然后挪过来, 坐在我身旁。

"您好!"他快活地说。

"你好。"我答道。

"您在哪里下车呀?"

"西区环耀镇。"

"啊! 终点站!"他边喊着, 边重重地把皮包拍在桌面上, "再往前走, 便是大荒原。"

"没错。"我说, "我就是要去大荒原……"

"我呢, 在柳湾下车,"他打断我, "我可是个刻碑人啊。"

"刻碑人? 柳湾纪念碑?"

"对啊! 纪念碑需要定期保养。"他掏出证件晃了一晃, "我负责统计被遗漏的死者名单, 每季度过来一次, 把新统计到的人名刻上去。"

"全都刻上?"

他大笑两声, "一百亿名字, 怎么能刻得下?"

对啊, 我想, 柳湾纪念碑大约七百米高, 就算每个缝隙全部利用上, 也不可能刻全人类的尊姓大名。

"所以, 一组姓名只写一次, 在后面刻上同名的人数。"他说, "这样便差不多了。"

"那……更新人数时, 会擦掉重写吗?"

"修改数字就可以了。"

"碑上重名最多的名字，有多少个人用它？"

"三十万两千一百五十五。"他随口报上数字。

天哪，我想。"他们是谁，你知道吗？"

"我不知道。"他说，"我只负责统计、修改和雕刻。我怎么记得住三十万人的故事？"

我不知如何作答，便沉默下来。在历史的记录中，三十万人被浓缩进一个短语……

"您刚才说，"他打断我的思绪，"要去大荒原？"

"是啊。"我答道，"我祖父以前是个家庭花匠，他留下了遗嘱，让我去他和人类共同生活的地方看看。算是替他完成心愿吧。"

"嘿，伙计，你真幸运。"他说。

"有什么可幸运的，"我说，"那里到处都有辐射。"

"你看啊，同名的三十万人，他们互为独立个体，但留下的故事却是一样的，对于未来而言，他们只留下了使用同一个名字的故事。这名字被记录下来，日夜在风中侵蚀。"刻碑人接着说，"但你不一样，你要有自己的故事了。你将会触摸到一个家庭过去发生的事情，并把它铭记下来。这是属于你的家庭的故事，那里有家族的起源。今后，你们将被联系在一起，成为真正的家人。这是多么美妙的一种奖赏。"

"这是……一种奖赏？"

"你是个幸运儿，伙计。家族就是这样传承下去的。"他说，"人类可以这样，我们也可以。"

我点点头，带着含混的迷惘和一丝模糊的期待，穿过邻人的视线,望向车窗外面。柳湾的纪念碑遥遥耸立在地平线上,它刺穿迷雾和厚重的乌云,在冰冷的日头照耀下,如利刃般直插天际。

西区:旷野之地
站牌上写着。

我下了车。很不幸,我是唯一一个下车的旅客,也是最后一个。空空如也的车厢载着如岩石般屹立的执法者,往回程的方向开去。那一刻,我真想跳回车上,跟随他一起返回温暖的故乡,但是祖父的咒文和刻碑人的话语扯住了我的腿,风把我留在原地。

我望着绝尘而去的列车,叹口气,走上了从车站到小镇营地的通道。建筑物全都灰蒙蒙的,镇子与废弃的都市无异,街上一个人都没有,只有古老的雏鸟风向标不断变换着方向。我找到一个标有"INN"的大房子,环耀镇旅舍,推开门,屋里只有一"人"值守,他并不是个机器"人",而是长相如垃圾桶般的古老机器。

"这里有其他人吗?"我问。

"不知道。"那圆滚滚的机器说,"连续二十一天,没人来店里。"

"你不出去吗?"

"我为什么要出去?"他说,"我,没有任何防护的、老化的机器人,屎一样的怪物。"

我下意识地往门外看了一眼。"当心,执法者。"我说。

"狗屁。"机器说,"老子就是副警长……"

我大笑起来,自由的空气充满了体内的缝隙,站在这蛮荒之地,我突然感到全身轻松。

"……而辐射就是我的长官。"他说完了后半句。

我耐心等着自己笑完，然后问他："那么，你不害怕超量辐射？"

"怕有什么用？不然我怎么会变得越来越迟钝、越来越……"他抱怨着，把半个脑袋往这边转了一点儿。

"好吧，我真同情你。"我说，"大师，我有一个坐标，你能告诉我那是哪儿吗？感激不尽！"

他伸出脏得掉渣的机械手，我小心地把纸条递给他。

他沉默了好一阵子，我在旁边担心地等待，害怕他一下子死在这个锈迹斑斑的柜台里。

"啊，晨风镇。"他终于开口说，"这坐标在晨风镇。距此地一千一百千米，有路可以过去，就是路况不良。你可以租辆自动驾驶汽车，配本地导航，只是这些车车况一般，有时要手动驾驶。"

"好，请租给我一辆。"

"天色已晚，住进本旅舍吧，明天再上路。住一晚信用点两千六。"

"不住宿，马上租给我一辆车。"我说，"预付三天的费用。"

"你不担心辐射？"

"辐射就是我的上司呢。"我学他的腔调说。

这圆滚滚的机器摇了摇头——或者是我的错觉——然后丢给我一根控制棒。

"小心驾驶。"他说，"只有一条规则，小、心、驾、驶。迷路之后你可就完了。"

我谢过他，跟着他来到后院，去寻找自己的新搭档。后院像个车辆坟场，他靠专业眼光给我挑了个勉强能用的家伙。这是辆刷新我数据库纪录的破车，已经旧得掉光了油漆，没有语音系统，没有呼救器，只剩下腐蚀得斑斑点点的、强化玻璃开裂的凄惨框架。

"大野莓。"机器说。

"什么?"

"这辆车的名字。"他说,"我很高兴为您服务,希望有生之年还能见到顾客。"

我跟他告别,上了车子,慢慢离开环耀镇营地,往晨风镇的方向驶去。

整个旅程,全靠导航模模糊糊的指引,古老的车载系统始终沉默不语。最初的路面还算平整,两侧有持续不断的紫色土丘,土堆离道路近的地方,覆盖着一层已经裂缝的加固工程。后来,路上出现了大量坑坑洼洼的痕迹,小小的像弹孔,像雨水砸下的印子,又像鸟儿啄食留下的洞。当痕迹遍布整条道路的时候,公路已和四周的环境浑然一体,再难区分开来。我只能完全依赖导航的指示,在已不存在的公路上行驶,眼前所见尽是自然的原野,丝毫没有全息影像的痕迹。有种薄雾般的朦胧感笼罩在异星般空旷的土地上,天色欲雨似的渐渐阴沉下来,风带着一种持续不断的奇异呜咽声,路边频繁出现难以辨认的植物尸体、汽车尸体、机器尸体、建筑尸体。大颗灰色的尘土撒在风挡玻璃和被雾气包裹的车壳上,又在风的切割下落下来,像一场逐渐碎掉的梦。

黄昏即将消逝,此时,我看见了城市的废墟。我刚转过一道弯,它便出现在公路的必经之地。望着前方那古老可怖的外形,我突然产生了胆怯的情绪,但车子在不能后退的斜坡上行驶,自顾自地带我滑向眼前的深渊。这是真正的城市,死亡的巨兽,失落的古神。从低矮的房屋、破败的遗迹,到越来越高的歪斜的旧楼,车辆引导着我,快速驶入了这座巨大的坟场,进入在迷狂的黄昏之风中摇摆的钢铁森林。我不知道城市的名字，但它如八爪鱼般紧紧将我拥入怀抱。道路径直从城市中心穿了过去，四周已被即将入夜的灰蒙蒙的黑暗笼罩，我紧紧抓住座椅，不敢四处张望，全身的仿生毛孔感受到失落的文明对一颗螺丝钉的碾压。我心中原始的恐惧被激发出来，如果有死亡按钮的话，我要立刻把自己停机，如果回收员在的话，我希望他们现在就把我折叠带走。我诅咒这一切快点儿过去，但是车子却停了下来。

它停了下来，在城市中央巨大、焦黑、充满死亡气息的广场上停了下来。

"走啊。"我说。

"已是宿营时间，"大野莓第一次开口，"自动驾驶系统过载，强制休息中。"

我一下明白了这辆老爷车的年纪。

"手动驾驶。"

"手动驾驶设置中，三小时三十二分后完成设置。"它说，"已选择最安全休息地点。晚安。"

说完它就闭上了嘴，再也没有讲话。

风越来越大，天已经彻底黑了下来。我只好蜷缩进后座，像个真正的"人"一般，静静地体验着时间的流逝。

> 白色即是明日希望，
> 红色即是热血闪光，
> 蓝色海洋就在前方，
> 人类的成就世无双……

脑中回旋的旋律听起来如此悲伤而讽刺。我偷偷向窗外看去，四周的高层建筑物没有一丝亮光。它们有的倒塌倾圮，有的仍顽强屹立。楼上的窗口黑洞洞的，每扇窗户后面都有个不可探知的世界，它们的一切故事都已在现世湮灭，永远驻留在了时间里。我强迫自己不去想刻碑人的话语，从口袋里摸出爷爷留下的小本子。

我现在终于到了，我想。西区，旷野之地。我翻开了下一页。"眼前是一幢淡紫色屋顶的房子。"本子上写道。我向四周看了看，这附近一定没有淡紫色屋顶的房子。于是我又把这些老化的纸张收起来，静静等待设置手动驾驶的倒计时慢慢清零。

第二天，我又穿过一座小一点儿的城市，经过废弃的游乐场、断成几截的立交桥、大坝、过时的自然工程和一大片彻底死掉的树林。这片扭结的森林像一个古老的星形堡垒，周围散落着辐射状的植被，它们全都干枯坏死，形同魔爪。在接下来的路途中，我看到了数十个废弃护林站；每隔十几千米，准有一个小高塔，它们大部分都被烧得精光，只剩骨架，有一个的顶部甚至仍然冒着烟——是错觉吗？森林之外是起伏绵延的低矮小山，山脚有一些村落，经过之后是数不清的小镇，它们全都是地图上标记"问号"的大都市卫星城。最终，我抵达了晨风镇，无数小镇中的一个，都市的郊区，蒙尘的巨大地产广告牌指出了它的名字。晨风镇，淡紫色的城市。

我把车停下，翻开爷爷的小本子。

"眼前是一幢淡紫色屋顶的房子，"纸页上写道，"那便是小镇入口的公所驻地。我的家在红土街，沿公路往里走，在第三条岔路左转,下个路口再右转,一直往前,门牌号143。"

应该是这儿,我想。我跟随这无比原始的指引向前走去。

"过一会儿,你会先看到一座雕像,是骑在马上、挥舞着右手的人,没有任何意义,就是个劣质的模仿品。"

我看到了,人从腰间被齐刷刷地切断了,断掉的还有马的头部。

"拐过去第一个弯道,是雷女士手工商店的家具仓库,我们都喜欢那里的家具。先生、夫人、我……"

我拐过弯道,小心地绕过脚下黑黢黢的木板和碎木片。它们乱七八糟地散布在房子周围的路面上,而商店顶棚掀起,肚腩大开。我能想象到,家具仓库曾经遭遇了大爆炸,让四周仿佛降了一场着火的木材雨。

"元帅街上有本地最大的购物中心……好吧,其实也只是个超市而已。'花生之夜'超市,我有时替夫人去买栽花用的泥土和食品饮料。收银的女孩喜欢拿我调侃——'啊哈!像人一样高大的狗狗''啊哈!你会帮忙买报纸吗?'"

我看见了超市,垮塌三分之一,玻璃全部碎掉。但我没看见牌匾上的名字,因为两辆大巴车倾覆在超市门前,把门口挡了个严严实实。

"好了,你现在该转弯了,走上红土街。"本子写道,"这里其实没有红土,路的两侧绿树成荫,树下是四季盛开的鲜花。请你找到我的家,143号,然后好好地坐下,休息一会儿,再看我下一页的讲述。"

我来到了应该是红土街的地方,却看到整条街的柏油路和泥土都被翻转过来,两侧的建筑物残损不堪,满眼都是倒塌的独立房屋和一堵堵焦黑的墙。其中有一栋房子变成了绕满生锈铁丝的地堡,我走上前看了看门牌，99号。于是我艰难地在被彻底毁灭的街道上继续行走，仔细挑选能下脚的路，慢慢寻找着祖父的家园。在117号之后，街上就不剩下什么了，地上只有一个个爆炸留下的坑洞。我约莫找到了143号的位置，房子已完全被摧毁，碎片像被海啸拍上岸的垃圾堆，只剩下屋前的三级楼梯和一条门槛。

我费力地越过垃圾堆，坐到门槛上。此时，我很庆幸自己只是台类人的机器，如果是人类来到此地，恐怕会因为悲伤和恐惧不敢挪动一步，最终将自己完全淹没在末日降临的惨象之中。

"你现在舒服地坐下了吧？"是啊，我真享受自己的座位……

"长途跋涉，好好地休息一会儿吧。"不必了，爷爷。我迫不及待地翻开下一页。

"很抱歉让你跑这么远的路。但你是第三代居民，想必不会被这点儿困难给难倒，这算是我最后的自私吧。

"这里，晨风镇，是我度过最后日子的地方，我在家里担任花匠有五年之久。我看着第一个孩子长大，也目睹第二个孩子出生。在那之后，春季战争发生了。如今，我仍然活着，但已失去了自己的身份。我是机器人，而不是个假人。这二者有本质的区别，但是，我们现在连机器人都不如，我们全都是假人。

"我要你来到这里，是专门听我忏悔的。人类可以向他们的神明忏悔，我呢？我们机器人向谁忏悔？我只有对你倾诉了。我毁掉了别人的后代，而你算是我的后代，所以我要你到这儿来。你只有经历了此情此景，才能理解我的忏悔。

"我曾经的主人，他们是人类。有配偶，有小孩，他们唱歌和跳舞,他们争吵和哭泣,他们通过真正的子宫生育婴儿。当那浑身鲜血的孩童从里面诞生的时候,他们在笑,说着真正的语言,用真正的大脑思考。我曾见过一个人被杀的景象,他被空气中的利刃切过,身体出现了一个横截面,所有完美的器官和血液神经系统展示在大自然的狂暴里,让一切卑劣的模仿无地自容。就在你坐着的地方,眼前大约五米远处,夫人的第一个孩子就死在那里。他跑出去,迎着风怒吼,庆祝人类的第一场胜利。但这是个假情报,孩子,这是机器人指挥员故意放出来的信号。随后,他们射杀了所有出来庆祝的人,击溃了所有幸存者的信心。

"他的父亲痛哭着向门外扑去,我拦住了他。'先生!'我大喊,'你要冷静下来。'我用力把他拦在门内,而夫人抱着婴儿,躲在楼梯下面哭泣。这时,外面响起了脚步声。一盏探照灯在窗口闪耀。'143号标记,三个声音,三个幸存者。'一个木讷的声音说。

"'不要标记,我是机器人,长官!'我喊道,'我是个花匠!'他听到了我的喊声。'更正。两个幸存者,加一个机器人。'那声音说,'准备清除。'我惊恐地望着先生和夫人。这时,夫人突然指了指怀里的婴儿,我一下子反应过来,我懂得了她的意思。现在,没有犹豫的时间了,我马上计算出了最优的答案。

"'长官!我来清除!'我说。随后,不等外面回答,我原地跃起,将手边的瓦片插入先生的脖子,随后,又翻滚到楼梯下面,用右手钳住夫人的脖颈。此时,大门已被武器轰开。我在暴风般的射击声中,听见了夫人颈骨折断的脆响。我刚刚把婴儿藏在随身的工具盒里,两名机器人士兵便闯了进来。

"'有两个幸存者,已清除完毕!'我说。我不知道自己的声音是否在发抖，此刻我甚至没有意识到自己是机器人，根本不会发抖。士兵照了照两人的尸体，冲我闪烁了一下红灯。'干得好，我们走，继续清理。'他说。

"我挎着装有婴儿的工具盒，跟着士兵们走上了街道。四面都是地狱的景象，新的统帅正在发布复仇之火，机器人军团已经全面失控，而主教此时刚刚诞生，他冷静地注视着世间这一切，等待拾取战争的果实。

"我跟随大家走着，心里十分恐惧，因为身边的盒子里装着一个人类的婴儿。我能感受到她的蠕动，但她没有哭，大概她在我这钢铁的襁褓里，找到了断断续续的安全感。她本应继续活下去，带着生灵的奇迹，苟延残喘，长命百岁。但是我太害怕了，我脱离了机器人的队伍，失魂落魄，独自一人，自顾自地向山上走去。那是镇外的一座小丘，群山中的一个，长满高高的草，再远处是大湖。怎么处置这个孩子呢，怎么办？求生的本能慢慢占据了上风。活下去，我想活下去。我只剩下这一个念头，而我的盒子里却装着一枚定时炸弹。等我回过神来，已经走到了山脚下。我望着它，小山在焦煳味道的空气中安闲挺立，绿色野草郁郁葱葱，仿佛整场战争都与它毫无关系。山的顶部有一些白色的巨石。我开始攀爬，沿着缓缓的山坡慢慢走上去。

"接下来……孩子！我的孩子！我做了生涯中最耻辱的一件事。我来到最高的一块石头跟前，把人类的婴儿掏了出来。她被包裹在白色的小床单里，头上仍然戴着夫人编织的橙色绒线帽，身上萦绕牛奶和沐浴露的芬芳气息，正在香甜地睡着。我把这个白色的婴儿抱在手上，她轻轻动了一下，这动作让我惊惧，我想到自己已经杀害了她的父母，而现在又打算把这个孩子弃置于荒野之地。我正在犹豫时，身后传来喝问声。'士兵，你在干什么？你的武器呢？'我回过头，是军队的微型巡查机。'我在调整外设装具，'我答道，'一个人砍了我几刀，给弄坏了。''那东西别要了，快归队，跟随军团往城市进发。'听到命令后，我下定决心，将婴儿放进巨石上的洞窟里，把身边的工具盒扔掉，跟随无人机走下山坡，往铁流的方向归去。

"下山时，我仿佛听到了婴儿的啼哭声，但我没有回头。于是……世界在这一天结束了，我失去了自己的身份，成为一名义务士兵，再也没有回到过镇里。那个婴儿，她不可能在这种环境中生存下去，就算不被饿死、冻死，她也将死于过量的辐射。这是最悲惨的一天，我余生的时间全被凝固在这一天里，从来都没有走出来过。现在一切都不在了……我的孩子，那座小山的坐标是……"

我啪的一声把本子合上。"感知系统过载。"有个冷冰冰的声音提醒我。我只好在门槛上坐了一会儿，直到日头慢慢西斜，才沿着被摧毁的道路向镇外走去。镇外的山丘们刺眼而醒目，四周没有绿油油的草坪，举目尽是毫无遮掩的、真实的大地，充斥着单调的颜色，焦黑、赤褐、干裂、肮脏的泥土，在酸雨的浇灌下散发着毁灭的恶臭。我很快认出了那座拥有白色巨石的小山，只有那些高大的石头未曾改变。我沿着泥泞的缓坡，慢慢地爬了上去。

山顶很平坦，岩石分散，在昏暗的傍晚寂静无声。我找到了最高的那块石头，果然有一个大洞，我却不敢直视它，转过头去凝视另一边。那是大湖的方向，湖的边缘划出一道明晰的曲线，远看像面脏兮兮的镜子，映照出浅灰的天空和斑驳的乌云，其他小山的顶部也有星星点点白色的石块。我突然想起来那些歌词。

白色即是明日希……

我恼怒地回过头，不去想这令人反胃的歌曲。我快步走到石头边上，鼓起勇气，往洞里看去。

洞里有一个肮脏的包裹，小小的一团，积满灰尘，那便是被祖父放弃的孩子了。我鼓起勇气，把手伸进去，慢慢地将它托起，布料已经变色了，老化发脆，上边有一些模模糊糊的百合花的图案。这一小团东西很轻，我小心地托着它，从洞里拿出来，环抱着，不知如何是好，便一直走到了山坡的边缘。那里有一个脏兮兮的土堆，我来不及细想，便坐在了上面。天越来越暗了，我一直怀抱着她。她不是被系统指派给某个人的孩子，更不是劣质的人类模仿品，而是个真正的人。我被巨大的冲击感压倒，进入了晦暗且迟钝的状态，只能和祖父的遗产依偎在一起，感受着怀中轻若无物的重量，直到天明、晌午、黄昏和又一个夜晚降临。

把我唤醒的是一阵熟悉的声音。我迟钝地等待了几秒钟，才反应过来，接通了来电。

"托米①……你在哪里？"一个声音问。是我的女同学。

"呃，在寻找我的祖父……"

"你找到他的故乡了吗？"

我想了想。

"没有。"我说，"这儿什么都没有，全被战争给毁了。"

"太可惜了……"

"是啊，"我说，"只剩下肮脏的大自然。"

我说完这话，她没有了反应。我等待一会儿，准备切断通信的

---

① 托马斯的昵称。

时候，她又开了口。

"托米……"她说，"有件事情我必须告诉你。"

"什么事？"

"我的父亲，他是名为'安提会'的组织的骨干，而我的家人，全部都是安提会的成员。"

"安提会？"

"那个机器人倒立的标记……"

"我明白了，我在你家见过旗帜。我不知道那是什么，但你要小心，在通信里讲这个，会被执法者……"

"托米。我已经做好一切觉悟，所以才与你通话。"

"什么觉悟？"

"我考虑好了，可以和你在一起。"

"真的吗？!"我一下从土堆上站了起来，怀中那早已逝去的生命仿佛开始蠕动。

"我可以和你在一起，但有个条件。"她说，"仅仅只有一个条件。"

"什么条件？"

"我不想接受指派的婴儿，"她说，"我想要自己的婴儿。"

"我不明白你的意思。"

"按照安提会的设想，我们将进行神圣融合。"

"神圣……融合……"我一下想起了她卧室里那些奇怪的短语。

"我们两个将被拆分，重新组装成一个新的婴儿。"她说，"和教会拆解拼凑、抹去重来的方法不同的是，我们的深度神经网络也将结合在一起，互相融合学会的、体验到的东西，从而产生一个新的意识,成为合二为一的新人。我们自身的意识会消灭。并且……我们不知道合并后会产生什么样的意识,这是一次令人兴奋的新生。"

"这可能是教会禁止的。"我说。

"所以,我们必须丢掉工作,一直躲着执法者的盘问,并且始终提心吊胆、不得安宁……直到为融合做好准备。"

"准备需要多长时间?"

"我们将接受几次小手术,将神经网络调整到同步状态。大概……三年。"

"那我们会一起度过三年的时光。"

"刚刚好,不是吗?"通信器中传来她的笑声。

"我们两个,会彻底消失吗?"我说。

"我们不再存在。"

"那……新的孩子,他能记住我刚才看到的东西吗?"

"会的。他将永远记住,并且传承下去。只要他的后代依然进行神圣融合,这些就不会被忘记。"

"永生。"

"永生,并且融合万物,日渐丰盈。最终……我们盼望他的后代拥有历史上的全部知识,成为永生者的合集。"

"这很美。"

"而且很酷。"

"等等。"我说,"咱们是第一对这么做的吗?"

她犹豫了片刻,"我会慢慢告诉你全部真相,让你知道一切隐秘的传承。不过,以上所有的话只是我的提议而已,你完全可以拒绝……"

"当然不会。"我打断了她,"那就一起冒险吧。反正,我再也不想过模仿人类的愚蠢生活了。"

在幽暗不明的通信里,她沉默着,随后大笑起来。

"太棒了,托米。我们将拥有一个与众不同的婴儿。"

"……一个圣婴。"我说。

"好了,"她说,"我已经闭上眼睛,你现在可以吻我了。"

我想了想,做出最终的决定。于是也闭上自己的眼睛。我准备忘记三十年来的一切,只在脑海中想象着她轻启的朱唇融化在我的嘴角,而我的头发变成和她一样的橘色暴风,我和这异端之女在幽冥中拥抱并一起消失,群星好比蜡烛的微光围绕山丘旋转。天顶传来怪叫声,似乎是一群鸟儿远远飞过。生命,我听到了生命。微风吹起我怀中白色床单的一角,旧日的织物碎裂下去,化为尘烟,消失在如雾般的夜幕中。

在学院的历史与文化课程中,我曾学到过一句良言。

"凡想要保全生命的,必丧掉生命;凡丧掉生命的,必救活生命。"

这便是短暂时代的终结,也是未知的新生。

向北方

邓博士的故事原本保存在一盘录像带里，2007年他开车坠入河中时，那卷录像带就放在车后座上。事故的原因可能是左侧玻璃松动，掉进了车门，驾驶员吓了一跳，伸手去捞玻璃，导致车辆失控。十分钟后，有人发现异状，报了警。警察来到现场，忙于打捞尸体，已经顾不上车内的财物了，于是，这盘带子就此湮灭无踪，没能流传下来。我们现在只能通过博士遗留的手记查询它的内容。根据记载，录像的内容是信息学院的一次聚会，学生们吃了"小四川饭店"，然后去唱卡拉OK。但辅导员邓博士没有参加第二场，他一个人来到教学楼里废弃的舞厅，用旧录像机看了场电影，之后就没有记录了。因为邓博士已经死去，所以电影的标题、内容、长度一概不得而知。

　　这件事本与我没有关系。我2007年时只有十九岁，在读大学二年级。邓博士坠河的地点，从校门口乘坐219路公交车，行驶半个小时才能抵达。时值初冬季节，公交车上没有空调，冷得如冰窖一般。公交车从学校南门开出之前，需要热车十分钟才能上路。那段时间窗户始终结着厚厚的冰花，透过诡秘的白色花纹望出去，人物和树木都变形扭曲，成了一片灰渌渌的影子。

在出事的第二周，我们才听说信息学院有个老师死了，是开车掉到河里淹死的。当时，学校内外发生过好几次恶性事件，西门公路上撞死了一个研究生，棚户区丢过一次孩子，还有个化学系女生当家教时遭遇分尸。所以人心惶惶，谁都没把淹死人当回事。我也不关心这事，因为我得操心我爹。他是个初中老师，得了血液病，医生说有可能和长期站讲台吸粉笔末子有关，但又说不清具体的病因。总之，这病治不好，只能靠打进口针维持现状。家里没有余力给我足够的生活费，我必须打两份工，补贴生活。

那天，一个冷飕飕的周末上午，没有课，我躺在床上，翻看租来的大厚本漫画，却听见"啪啪、啪啪"敲窗户的声音。刚巧宿舍里没人，我只好挣扎着从上铺下来，来到窗边会客。来访者是个女生，她戴着一顶浅蓝色帽子，留着棕色鬈发，脸白煞煞的，挺漂亮。当时突然刮过一阵很大的风，把地上的雪粒卷起来，一个刚被扔掉的塑料袋随风飞起，仿佛长出了冰雪雕刻的羽翼，她的头发上也落下了几粒细雪。我认为她会抬起手，用嘴往手心哈气，我平时和女生说话的时候，一紧张就会这样。但她没有这样做，她伸出戴着厚厚兔子手套的右手，指着我有点发红的鼻子。

"你跟我去图书馆。"她说。

"我今天没占座啊。"我答道。等等，她是谁？是哪个院系的？为什么要我跟她去图书馆？

"我都占好了。"她说，"你跟我走就行。"

"你、你是……"我支支吾吾道。

"我是昨天坐在你右边的那个人。"她说。

　　我努力回想了一下，真的忘记坐在我右边的人是谁了。我昨天似乎先拿了一本《洛丽塔》。洛丽塔，我的生命之光，我的欲念之火，我的罪恶，我的灵魂。这是全书的第一句话，我看完这句就睡着了。十点多醒来后，换了一本《北回归线》。当时，我的旁边有人吗？

　　她没等我回答，就转身要走。"等我穿上衣服！"我大声喊。她站住了，背对着我。白色羽绒服的背后有个暗红色的心形标记。

　　我穿好衣服，从宿舍楼前门跑出来。和她一起走向图书馆的方向。我还是想不起来她是谁，想问她的名字，但没好意思张口。难道我失去昨天的记忆了吗？

　　"你是哪个学院的？"我终于问。

　　"信息学院。"她说。

　　"大几了？"

　　"大二。"

　　"啊哈！"我说，"和我一样。你们那专业平时都学什么？"

　　她没有回答，只是大踏步往前走，靴子踩在浮雪之下发硬的冰层上，嘎吱作响。我摸不着头脑，只好紧紧地抱着自己的书包，跟随着她。

　　到了图书馆，我拿出学生证，朝门口保安晃了晃，走了进去。奇怪的是，她没掏出证件，保安也没查验，而是向后退了一步，给她让出了进门的空间。看来，她经常来图书馆，已经和保安混熟了。但我又隐隐感觉，她不是那种能跟人"混熟"的性格。图书馆里，暖气开得很热，我们脱掉羽绒服，把衣服抱在怀里去找阅览室。我边走边摘掉沾在毛衣上的羽毛，但她的毛衣却没有沾上任何东西。那件毛衣是粉色的，尖尖的翻领，颜色温柔，款式修身，穿在她身上格外耀眼。她把帽子也摘掉了, 这时我发现, 她虽然个子不算高, 脸有点圆, 但却真的光彩照人……这时, 她突然把脸转过来, 直直地看着我, 我马上低下了头。想什么呢——我告诫自己——她哪是我可以高攀的对象。在图书馆二层, 我们经过了四间阅览室, 全部人满为患。到了第五间阅览室, 她伸手一指, "就是这里。"

我狐疑地伸头看了看。

"哪还有空座? "我说。

"还有几个。"她说, 然后走了进去, 我跟着她进入阅览室。四周更热了, 学生们一个挨一个挤在一起, 复习着各式各样的课程。她领着我, 一直走到最后一排。

最后一排的角落里, 有一张靠墙的小桌子, 能坐四个人。令人诧异的是, 四个座位都没人坐, 空空如也。我瞪大眼睛, 发现桌子上并没有放置占座的东西。

"这……"我说, "你用什么占的座? "

"我最喜欢角落的小桌。"她说, "坐在别的地方, 说话会被人听见。"

我回头看了看整间屋子, 学生们把剩下的所有座位占得满满的, 不时有新来的人走进来, 转了一圈, 又失望地转出去, 却没人朝我们走过来, 他们很自觉地空出了这张小桌。

"我想知道, 你到底用什么占的座? "我说, "是利用和保安的关系吗? "

"那你做个选择题好了。"她突然浅浅一笑, "是和我在一起, 还是想知道这个秘密? "

"什、什么意思? "我说, "在一起? "

"就是——你是想让我做你的女朋友,还是想要知道占座的秘密。只能选一个哦。"

女、女朋友!我突然感到一阵发热和狂喜。我的手有点发抖,看着她眉宇舒展的漂亮面孔,不知如何是好。我转身摸摸头,又转回来,按住胸口,深吸一口气,强迫自己冷静下来。

她没有理由,要做我的女朋友。这是我们第一次见面,我甚至不知道她的名字。再者,我也万万配不上她。

"我还是选……占座吧。"我说。

"你确定?"她皱着眉头,再次问我。

"我确定。"

她突然彻底放松下来,整个人变得高兴起来,大笑着上下打量我,简直像丈母娘在考察新女婿。这一刻,我有点生气,同时,又怀疑自己遇到了一名搞怪的时间旅行者。

"好的,好的。"她逐渐收起笑容,正色道,"你是值得信任的人。"

"你在耍我吗?"我说。

"没有。"她说,"坐下吧,我慢慢告诉你情况。"

"我也有个条件!"我把放下的书包又拿起来,"把你的名字告诉我,别神神秘秘的,否则,我就走了。"

"我的名字不重要。"她摆摆手。

"那我走了。"我转过身去。

"等等!"她一下拽住我的胳膊,"别、别走!我叫乔晓然,信息学院大二学生,B型血,双鱼座。"

"星座不用说。"我说。

"那就坐下。"她说,"时间不多了。"

"什么时间?" 我坐下问。

"午饭的时间。"

她看看手腕上的粉色米奇手表, 圆脸蛋晃了晃, 冲我笑笑。我坐了下来, 房间越来越热了, 我扇着毛衣的领子, 后悔没有在羽绒服里面穿件T恤。

"方法很简单," 自称乔晓然的女生说, "我在他们脑子里建立了边界意识。"

"什么意思?" 我说, "对不起, 我是文科……"

"人的脑中有一组海马神经元, 用于编码自己在空间中的位置, 也能够编码其他人、其他物体的位置。"

"嗯, 这句话能理解。"

"所以, 在海马神经元的作用下, 当人们靠近一个实体的边界时, 比如屋内的墙壁, 脑中低频脑波的振荡就会增强。这就是一种边界意识。人们不会触碰肉眼可见的边界。"

"勉强能懂。" 我说。

"我有一种工具, 我叫它'狂言者'。开启后, 可以在一定物理距离内影响人类的低频脑波, 通过脑波反馈骗过海马神经元, 让大脑把空无一物的地方编码为不可通过的障碍物。" 说完, 她拿起了桌上写着"34号"的桌牌, 将它折叠起来, 装进口袋。

这时, 一个刚进入房间的学生向这边走来。他越走越近了, 晓然又把桌牌掏出来, 展开成原来的形状。学生脚步猛地一顿, 原地绕了半圈, 走出了阅览室。

"狂言者, 我的小魔方。" 她说, "有效距离可以调整, 很好用。"

"你、你从哪儿得到了这东西?" 我问, "是自己发明的吗?"

"怎么可能!"她说,"是信息学院返聘教授贝文昌制作的,他的助手是邓诚博士。"

这时,我的记忆突然穿过了遗忘的迷雾,到达了一年前的课堂。一年前,我是个大一学生,进入大学的新鲜感还没有褪去,我什么讲座都爱听。也是在冬天的时候,我听了贝教授的一场讲座。他是电子信息专业出身,但当时却闲扯了很多脑与意识的前沿观点。

"生命是信息,遗传是信息,人类、历史、文明、宇宙,全都从信息中诞生。"他说,"对意识的干涉,也就是对信息模式的干涉。"

我当时什么都听不懂,感觉索然无味。但我现在记起来,那个戴着眼镜、站在他旁边的助手,正是邓博士,也是开车坠入冰河的那个人。他是信息学院年龄最大的辅导员,一直没能转为在编教师。

"我想起来了!"我说,"我听过贝教授的课,邓博士也在场。"

"是的,"晓然点点头,"他们是搭档。"

"不过……据说邓博士前一阵子,开车……"

"我知道!"晓然摆摆手,制止了我,"……他是我的舅舅。"

"舅、舅舅!"

"这'狂言者'就是他参与制作的。他生前给我讲过研究的进展,还让我看了成果,他死后,我就把它拿过来了。就在这几个月的时间,贝教授和我舅舅都死了,你不觉得蹊跷吗?"

"贝教授也死了?"我有点诧异。

"说是心脏病发作。"晓然说,"我还没弄清他真正的死因,不过,我知道舅舅是怎么死的。"

"新闻报道了呀,车辆失控,掉到了冰窟窿里。"

"哼。"乔晓然突然冷笑了一声,"他是低频脑波受到了影响,被人为地设置了边界, 以为路面是障碍, 河流才是路面。"

"我觉得, 是你想多了。"

"不, 为了记录脑波变化, 他会随身携带一台微型机器。出事之后, 随身财物被交还给家属, 我就观察了记录器的读数。果然, 坠河之前的时刻, 他的低频脑波出现了异常波动。"

我觉得脑子有些跟不上了, 定定地看着乔晓然焦虑的圆脸, 脑子里就像在演一场科幻片。

"当时, 他身上应该还带着'狂言者', 之后'狂言者'却不见了。我确信, 他是被'狂言者'干扰了。"乔晓然说, "使用'狂言者'时, 会留下痕迹, 这痕迹可被同类机器读取。既然有人干扰过邓博士, 那他一定还会使用这机器。这几周, 为了找出真凶, 我在校园里慢慢走了好多圈。终于, 我发现只有你们宿舍窗户边的读数最强。"

"开玩笑!"我说, "我们可是文科宿舍。"

"不会错的。"她伸出两根手指头, "我抓到了两次。至少在那两个时刻, 你们宿舍有人在使用'狂言者'。"

"什、什么意思? 你怀疑我吗?"

"没有, 我需要你帮助我。"她说, "帮我找出那个使用'狂言者'的人。"

"为什么找我?"我说, "我可对此一窍不通。"

"选你, 是因为你的联觉。"

我脑子里一凉。她知道联觉的事情, 看来她已经把我的情况彻底调查清楚了。

"这个很容易调查。"她似乎看到了我的想法, "在校医院心理学部, 每个人都知道你有联觉。"

确实，我大一时，不怎么谨慎，去心理学部咨询过多次，但没有解决任何问题。在联觉中，有人看到字母就会想起颜色，有人看到符号就能体会味觉，而我是少见的文字–图像联觉。也就是说，当我看到文字的时候，就会像做梦一般，看见意义相近的动态景象。昨天，当我看到《洛丽塔》的头一句，联觉便在那一刹那激活，我仿佛沉浸在午后树影斑驳、爱人相伴的草地上，在阳光中沉沉睡去。所以，我很快就睡着了。

这种联觉，大部分时候挺好的，比如到了图书馆，就像走进了一家永不停歇的电影院。但有时也会带来困扰，尤其是在心境不佳的时候，联觉就会与心中所思所想的恐怖事物相互纠缠。

"有联觉的人不会杀人。"她继续说，"因为不知道什么时候，不好的记忆就会突然呈现在自己眼前。所以，五个人中，我只能相信你。"

这是夸我吗？我考虑着，抿着嘴，用牙撕扯着下嘴唇的皮。嘴唇突然破了，血腥味弥漫开来。

"你说的，有一定道理。"我说。

"那你愿意帮我吗？"晓然问。

"具体怎么做？"

"除了你，宿舍还有四个人。我想请你每天盯着一位舍友，抓到他可能使用'狂言者'的时刻。"

"恐怕不行啊。"我说，"我没有时间，我打了两份工。"

"这周我向你支付三千元。"她说，"打工就算请一周假，也没关系吧。"

我有些心动了，我的确需要这笔钱……要不，就干吧，当是一次奇怪的兼职好了。

"那么……有什么判断标准呢？"我问，"那个所谓的使用'狂言者'的时刻，要怎么确定呢？"

晓然笑了笑，似乎大大松了一口气。

"没有标准啊，"她微笑着说，"就先靠你的主观判断吧。你们共同生活了两年，已经非常了解对方。本来我自己就能干，但我是女生，不方便接近，才雇用你的。"

不知为何，"雇用"这个词让我有点不舒服。大概在潜意识里，我不想仅仅和她建立这种例行公事的、冷冰冰的关系。如果是其他关系，比如朋友？或者……

乔晓然歪头看着我，圆圆的脸上流露出好奇的表情。我甩甩一个月没剪的半长发，该洗澡了，自己身上的味道一定不太好闻。

"成、成交。"我对她说。

第一天

本着先易后难的原则，我想先跟踪我最好的朋友小任，但他这阵子经常出去上网，不容易寻找踪迹。于是，我把首个跟踪对象选定为岑光明。一是因为他的生活比较规律，二是因为他的家境与我相仿。他爸爸是个工人，买断工龄之后，靠卖鸡蛋过活，供他上了大学。岑光明爸爸本来想给他报个师范类的专业，就业稳定，学费能少一千，每月餐补还能多六十块，但岑光明自己偷偷改了志愿，学了法律。他认为做律师可以改变命运。整个学年，他白天不逃课，熄灯不逃寝，每天跑步两次，早晨一次，晚上一次。所以，跟踪他简直易如反掌。

这天，岑光明像往常一样开始晨跑。我跟随他来到运动场，大冬天的，人不多，我在水泥看台上找了个不起眼的角落，拿两本书垫着，坐了下来。不一会儿，我就冻得手脚冰凉。可岑光明已经跑了四圈半了，还没有停止的意思。我一边在心里咒骂他，一边像苍蝇一样隔着手套搓手。这时，突然有人拍了拍我的肩膀。我扭头一看，竟是乔晓然。

"你、你来干什么？"我冻得有点口齿不清了。

"我看看他有啥异常。"她说。

"没、没有。"我说，"你既然自己能来，让、让我盯他干什么？"

"上课和睡觉的时候，我总不能看着他吧！"晓然说，"主要让你在这段时间发挥作用。我看，早晨没什么问题。咱们走吧，太冷了。"

"去、去哪里？"

"去食堂啊。"她笑着说，"你没吃早饭吧！"

"好、好吧，一起去。"

"我建议你晚上多穿一层衣服。"她说，"三千块钱可治不好肺炎。"

我想反驳她，可冷气在鼻子里凝成了尖刺一样的晶体，已经让人不想再说话了，只好麻木地往食堂走去。乔晓然在我身边走得挺雀跃，深棕色的长鬈发一鼓一鼓，似乎有些恶作剧的喜悦藏在帽子里面。等走进了食堂，我才彻底暖和过来，一屁股坐在椅子上，不想动了。可她拉着我一家一家地转食堂窗口，我不知道为什么她对我这样……好？或者说这样重视我？但我却突然意识到，当别人看着我们的时候，我正和她并肩站着。和这样一位漂亮的女生并肩站着，我生发出一种骄傲的感觉。我希望大家都看我,看到我和乔晓然在一起,甚至误会我们两个"在一起"。

吃早点的时候,乔晓然一边大口地啃包子,一边跟我说:"你记得吗?去年咱们见过一次面。"

"去、去年?"我没有印象了。

"就是贝教授那场讲座。我来晚了,正好你身边有一个空位,你站起来,给我让了座。因为你的头特别圆,所以我对你印象很深。我小的时候,很喜欢哆啦A梦。"

我的脸一下子红到后脖颈。我摸摸自己的头,刚理过发,确实圆润而且过大。可恶,有点丢人。乔晓然也笑了,吃掉了最后一个包子,站起身来,端起餐盘,往垃圾桶旁边走去。我也跟着站起来。

"我去上课啦。"她回头说,然后对我笑了笑。我点点头,冲她摇摇手,目送她走向食堂外面,消失在冬日的皮帘子后。我端起自己的餐盘,站在地面上,却感觉摇摇晃晃的,似乎踩到融解的冰层,就像身处梦中。

美梦,一直持续到全天的课程结束。我始终关注着岑光明的一举一动,他还是那么老实,老实到七节专业课都没有走神或睡觉。我敢打包票,他一定能在应届毕业时通过司法考试。冬天的太阳落得很早,岑光明吃过晚饭,又来到了他熟悉的运动场。这是他的主场,他在跑步之前,拍了拍胸脯,戴上了黑色的耳机——我希望,那只是个MP3播放器,不是其他怪异的什么脑波干扰装置,什么"小魔方""狂言者"。我替他祈祷,并坚定地相信他是清白之身。

他开始跑了。运动场上只有他一个人,跑道内灯光暗淡,他的身形和两排光秃树干的阴影融合在一起,平静地滑入黑夜。这时,我闻到了气味,感受到了身边突兀的香甜气息,转过头,果然是乔晓然。她下课了,吃过饭后准时出现在了跟踪现场。我觉得有点好笑,也感到很欣慰,向她打了招呼。

可是,乔晓然坐在我旁边,没有看我,也一言不发。

"怎么了?"我说,"白天不开心吗?"

"别说话。"她说,"我的第六感起作用了。"

我赶忙看回场地,岑光明依然在跑圈。他跑完了第一圈,开始跑第二圈。可我没发现什么异常。

"有哪里不对吗?"我问。

"等一会儿。"乔晓然说,"你看他跑到东南角沙坑附近。"

我注视着岑光明步伐矫健的身影,他跑到那里,用力跨了一步,从一块鼓起来的土堆上跃了过去。

"有个障碍。"我说,"他跳了过去。"

"终于看到了啊?评论员先生。"乔晓然揶揄道。

"很正常啊。"我说,"有障碍当然要跳过去。"

"土堆不大,明明可以绕过去。"她说。

"我觉得跳过去也没什么问题。"

"不。"她说,"那样会打乱跑步的节奏和气息。"

"再、再看两圈吧。"

第三圈,岑光明到了这个地方,仍然轻轻一跃而过。乔晓然瞪着我,像是要把我吃了一样。她生气地伸出食指,冲我比画"1"的手势。

第四圈,岑光明依然如故。乔晓然坐不住了,起身就往台下冲去。我也蹦了起来。

"等等，危险！"我大声说。

"什么危险？"她回头嚷道。

"他用了魔方，那个、干扰器。"

"笨蛋！"乔晓然骂道，"是有人对他用了干扰器！"

说完，乔晓然跑下了看台。我赶忙追了过去。没想到，一个长发披肩的女生，穿着裙子和长筒靴——还很有可能是内增高的——竟然能跑这么快。出人意料的是，岑光明一拐，跑出了运动场。乔晓然并没有去追岑光明，而是直直地往拦路的土堆旁边跑去。

她大概想亲身试试，那个地方有没有干扰意识的"边界"。

"等等！"我说。可是已经晚了。轰隆一声，眼前的女孩陷到了什么东西里。我跑过去，离近了，我才看到土堆的旁边确实有一条不明显的小沟，把大部分跑道占用了，沟上放置了一个黑黑的塑料路墩，表示正在维修。乔晓然的一条腿已经陷进了沟里，正在大喊大叫。我赶快伸出手，用力把她拉了出来。她头发乱糟糟的，用力捂着裙子，把衣服整理好，然后伸了伸腿，应该没有大碍。但是，气氛变得十分尴尬。她沉着脸看我。我很别扭地把头扭到一旁，但最终还是没有忍住，扑哧一声笑了出来。

"讨厌！"她大喊道。几秒钟后，也跟着笑起来，两个人在寒风中笑作一团。

"我、我送你回去。"我说，"快去换衣服。"

她似乎打了我几下，我没有太大的痛感，感觉像是在被八爪鱼啄。这种形容方式有凭有据，因为八爪鱼虽然是软体动物，却真的长着鸟喙。她没有理我，扭头向场外走去。

这时我想到，这份工作，是我干过的最开心的一份兼职。

第二天

在岑光明之后，我把目标转向了孙奕。孙奕是体育生，也是我们宿舍唯一一个有女朋友的人。他双腿细长，身姿矫健，滑冰水平一流。学校每年冬天都会把北边的小操场浇成冰场，那就是孙奕的主场，他常常穿上蓝色加绒运动衫和黑裤子，像一道闪电般跃入冰场，边滑冰边做出假装击球入门的动作。但今年开春的时候，他在冰上被一个穿着速滑刀的壮汉撞倒，导致右侧小腿骨折，休息了几个月，元气大伤。养伤期间，孙奕住在五楼宿舍里，无事可做，只能看电视。看到国奥输给伊朗，他把暖瓶从楼上扔下来摔得粉碎；国足输给韩国，他扔了个装满水的脸盆；最后国足输给乌兹别克斯坦，他直接把电视机摔下了楼。为此，学校给予他警告处分，同时强令他搬到了一楼，再也没法从窗户往外扔东西。

值得一提的是，有位体育生酒后模仿他，摔的是活狗，结果被取消了学位证。

今天，孙奕像往常一样翘了公共课，在宿舍蒙头大睡。我也在床上躺着，盯着他，无聊到快要融化。乔晓然没有给我发短信，我觉得她应该好好监督我干活儿才对。一直到中午十二时许，学生们都下课了，到处乱哄哄地走路、吃饭、回寝室，窗外传来分贝极强的聒噪声，孙奕才从床上悠悠醒转。

"唉……"他叹了口气。

"你真能睡，"我说，"晚上要和小任通宵吗？"

"鬼和他通宵。"孙奕说，揉揉一头乱发，"你他妈怎么也没上课？"我们两个关系不错，大一时在校电台就认识了。所以他对我经常口无遮拦。

"我今天上选修课。"我说，"老师病了，停了。"

"是那个怀孕的老师？"他问。

"不，是那个秃子。"

"去植发了吧。"他笑了一会儿，觉得无趣，起身穿好衣服，去楼层厕所抽烟。我也慢慢把衣服穿好，慢慢检查乔晓然有没有发来信息，慢慢收拾准备还回去的漫画书。等我都收拾完时，孙奕已经打扮得体，抹上了发胶。他有好长时间没有打扮得这么精神了。

"约会去？"我问他。

"训练。"他说。

"我也出门。"我说，"一块儿吃午饭吧。"

"我不吃了。"他说，"没心情吃。"

这时，我突然想到，他几天前似乎和女朋友吵架了，舍友两次听到他在楼层厕所里边怒吼边摔手机。这一瞬间，孙奕在我心中的嫌疑陡然上升。他想报复社会吗？或者报复自己的女朋友？我决定不去食堂了，远远地跟着孙奕去运动场。

在运动场上，孙奕似乎训练得很认真。他的主业是足球，高中毕业时拿到了"高水平运动员"的资格。他拼命向无人防守的球门射任意球时，不时有女生驻足观看。两个小时过去了，我已经饿得耐受不住，准备撤退。这时，有一个女生远远地走了过去，进入球场，和他攀谈起来。肯定又是崇拜者吧。他口若悬河地跟女生讲着话。这混蛋，自己有个西语系的漂亮女朋友，还想发展新的吗？怪不得会闹分手。

我郁闷地看了看他,但是,好像有什么不对。我走下来几个台阶,离得近了一些,仔细观察。

没错,那女生是乔晓然。她换了一件衣服,把头发扎了起来,正在和孙奕边笑边讲话,两个人开心地比比画画。

我心里突然涌出了各种情绪。干脆退到运动场的出口边,倚在铁丝网上,等着乔晓然出来。我知道自己是在嫉妒,我也知道这种情绪不对,但是仍然无法自控。我甚至希望,使用干扰器制造看不见的障壁的,正是孙奕本人。这样我就能光明正大地让乔晓然远离他。

过了大概十分钟,乔晓然走出来了。她看见了我,打了个招呼。

"你下课啦。"我说。

"是啊。"她说,"所以来看看你工作得怎么样。"

"那为什么不直接来找我?"

"咱们两个各自与目标交流,把印象综合在一起,更加准确。"

"这和委托时说的不一样。"

"怎么达成目的,是我的自由。"她冷静地说,"你拿钱办事,生什么气?"

"那你们都聊什么了?"

"你管得着吗?"她似乎有点不太高兴,没再与我说话,往左一拐,直直地向大路走去。

我感觉自己的确分了,赶紧跟过去。

"对不起。"我说,"天太冷,我冻傻了。"

她没理我,继续往前走,还是保持僵硬的体态,从大路走向第二图书馆和人工湖的方向。今天气温还可以,但在并不太冷的寒风中，她的双腿像机器一般迈动步伐，背部似乎在剧烈发抖。忽然，在一个拐角处，她扶着一棵光秃秃的树，开始呕吐，但什么都没有吐出来。我一边胆战心惊地拍着她后背，一边不知所云地道歉。她甩开我，继续走，直到走到图书馆附近，才逐渐缓和下来，身体也停止了发抖。我感到万分悔恨，继续向她认错。

"去医院看看吧。"我说，"真的对不起，我……刚才太得意忘形了。"

"不是他……"乔晓然突然说，"我骗了他，假装他女朋友的熟人，向他打探消息。看来，他俩没有分手，今晚还要约会。他看起来挺高兴的。"

"他和女朋友和好了？"我说。

乔晓然点点头，继续向湖边走去。我追过去，直到和她并排站在湖边，然后下到紧挨冰面的最后一级台阶上。人工湖的水在初冬时就已全部封冻，有几行脚印在冰面上留下浅浅的痕迹。乔晓然把扎马尾的发带扯下来，咬着嘴唇，脸颊仍然在一颤一颤。

"冷吗？"我看着她红扑扑的鼻尖问。

"一点都不冷。"

"那你为什么在发抖？"

"已经好了。"她说着，突然伸出脚，往冰面上踩去。

"等等！"我说，"别、别踩。"

乔晓然冲我笑笑。"你敢走冰湖吗？"她说。

"不敢。"我说，"再等半个月，十二月份就敢了。"

"没事。"她指着冰上的两排脚印，"这是一潭死水，大河不行，这种小坑没问题。"

说完,她义无反顾地走上去。我也赶快跟了上去。我们顺着前人脚步留下的痕迹,朝对岸慢慢走着。湖岸边似乎有个保安在挥手,冲我们喊叫。乔晓然扑哧一声笑了。

"你说,咱俩掉下去,他会先救谁?"她问。

"别吓我。"我说,"谁也不会掉下去。"

这时,一团乌云飘过来,挡住了灰蒙蒙的太阳。天色更加暗淡了,就像入夜前的冬季黄昏般晦暗,即将拖着整个世界沉入黑漆漆的夜晚。

这时,有什么东西从冰面上快速窜来,从我们身边一掠而过。

乔晓然大叫,站立不稳,一下扶住我。

是裂了吗?完了!我的脑袋里一片空白。

"黄鼠狼!"乔晓然大喊。

"黄鼠狼?"

"是!它碰了我!"

"怎么会有黄鼠狼!"我说。不过,这里是新校区,确实比较偏僻。

"我奶奶见过黄鼠狼。"她说。

"我好像也见过,"我说,"很珍奇吗?"

"完全不一样。"她恐慌地冲我说,"她小的时候,移开柜子,看到一队黄鼠狼在敲锣打鼓,迎亲结婚。她还见过飞头降。"

"飞头……"

"傍晚,她在铁路上走,一个只有脑袋的东西突然飞过来。"

"这都是故事吧!"

"周围的人说,她是神经病。"乔晓然顿了顿,说,"其实我也是。"

我把她扶稳,看着她。

"我有时会焦虑发作。就像刚才从运动场出来时那样。"

"因为什么焦虑?"

乔晓然摇摇头。

"一切。"她说。

我看了看她,不知道该说什么。她苍白的嘴唇开始哆嗦,头发在冬日的风中飞舞起来。

"看到你们,我好像回到了以前。"她挣脱我,稳稳地站在冰面上。

"什么意思?"我说,"告诉我吧,我帮助你。"

"不。没什么。"她不再说话了,转过身,朝湖对面慢慢走去。我跟在她后面,感觉她是如此陌生。

是啊,我本来就不太了解她,毕竟只认识了三天而已。

第三天

除了岑光明和孙奕,我们宿舍还有两个人。其中一个是我的好朋友小任,非常爱去网吧,昨晚出去后就没有回来。另一个则是班级有名的大款,他是副班长,同学们都叫他"程老板"。程老板个子不高,白白净净,家里是开内衣工厂的,所以他的内裤袜子从来不洗,脏了就扔,就当一次性的这么穿。那阵子流行一套日本漫画,叫作《内衣教父》,主角白天在内衣公司当上班族,晚上却是黑帮的地下教父,所以我们暗地里喊程老板"内衣班副"。

今天,内衣班副没在宿舍,他竟然比我起得还早,孙奕也不见了。当岑光明去跑步的时候,宿舍只剩下我一个人。经历了疲惫的一天,我睡得很沉。闹钟没响,我迷迷糊糊地赖在被窝里,却感觉一道光照进自己的脑子，我下意识用手一挡，它便消失了。光是很罕见的东西，这座城市的天总是阴着的，整个秋天和冬天都是阴天，就连穿过城市的那条河，河水也是阴天的颜色。我被光晃到，苏醒之后，从上铺看向窗外。看到对面的寝室楼，和小小的、一簇一簇的、动作迟缓的过路学生。我感觉有些疲惫，慢慢穿上衣服，下了床。程老板把打牌用的折叠桌摆在我的床旁边，我感到非常不爽，推了一下，推不动，只能费劲地绕过它，才能用手够到扔在梯子底部的另一只鞋子。等我穿好衣服，打开门，又发现不知谁把铁皮更衣柜摆在宿舍门外，挡住好大一块空间，我只好侧着身子挤过去，转到柜子的后面。这次，终于能出门了，我松了一口气。程老板会在哪儿呢？我边走边考虑着。突然，我回忆起昨天的事情，回忆起乔晓然说的，看不见的墙。我诧异地回头看向宿舍门口，更衣柜还在，在那里稳稳地放着。我感觉全身直冒冷汗，赶紧转过头来，不声不响地向楼外奔去。

还是执行任务吧，还是执行任务吧……我安慰自己。那牌桌、那柜子，一定是巧合，或者是我的错觉，我兴许拥有了新的联觉。可是，程老板在哪儿呢？我要去哪儿找他？我像没头苍蝇一样乱转。整个上午，我都在校园里四处碰运气，可根本没有见到他的影子。问了几个同学，也说没见过他。我想到自己还有调研表没填，只好垂头丧气地去机房上网。上了一会儿，觉得没意思，便主动去图书馆找找联觉。我的联觉已经好几天没有迸发了，它的出现是不定时的，有时很美好，有时既意外又讨厌。在图书馆门口，我忽然遇到了乔晓然。她走得非常快，似乎有什么急事。

"乔晓然！"我叫她，但她没有停下，于是我追了上去。

"晓然！"我又大声喊。她终于停下脚步，转过身，脸上露出不耐烦的表情。

"你工作了吗？跟踪谁呢？"她问我。

"程老板。"我说，"他是我们班……"

晓然挥手打断了我。

"我调查过他，"她说，"他可不像会来图书馆的人。"

"可我到处都找不到他。"

"认真找了吗？"她气鼓鼓地说，"感觉你在游手好闲。"

"我如果游手好闲的话，就不会连续两天蹲在运动场上，冻得像块石头一样。"我有些生气了。

"他没在学校的话，会不会在外边？"

"外边那么大，去哪儿找？"我说，"他有钱，不知道在玩什么。"

"有没有可能去的地方？"

"有。"我说，"坐219路，终点站下车，大桥底下打车走，有三个号称'酒吧一条街'的街道。"

"那你打车去找不就得了！"

"那得花多少钱！"

"我不是给你钱了吗？"

"是啊，所以现在钱怎么用，我说了算。"

她瞪着我，我没有再反驳她，我也直直地瞪着她。她低下了头，不再看我，而是把眼睛转向别处。似乎要哭了？我想。看到她的嘴唇在寒风中有点干裂，我突然产生了一丝心痛。她把长着长睫毛的眼睛闭上，像婴儿那样，皱着眉头想了想，然后睁开，最后看了我一眼。

"再见。"她说。

说完，她抱起东西，向另一个方向走去。我想追上去，但自尊心把身体压抑得不能动弹。此刻我觉得，我没有任何资格追上去。大概，我的世界，会在这一刻回归原点吧。

我只属于那个原点，所以，就让我不动好了。

我迷迷糊糊地过了半天，直到晚上，才拖拖拉拉回到宿舍。在宿舍门口，我终于按捺不住，给乔晓然打了电话，但没人接。我失望地进了寝室，岑光明在屋里，他今天没有去跑步。他一脸恐慌地告诉我，学校里有人出事了。

有学生乘坐出租车，在今天中午掉入了冰河——正是那条淹没了邓博士的河流。司机在最后一刻跳出了车子，但头部受了重伤。在陷入昏迷前，他说，有两个大学城的学生在车里。

听到这个消息，我一下子愣在那里。昨天晚上，程老板和孙奕回宿舍了吗？或者，是小任？是否有人，在我身边睡着了呢？

"是咱们宿舍的吗？"我连忙问岑光明。

岑光明似乎白了我一眼，但是暗夜漆黑，我没有看得特别清楚。

"不知道。"他说，"没有找到，人们正在搜寻。"

我点点头。"那，睡吧。"我说。我不知道是在说给他听，还是说给我自己听。岑光明站起来，拿着帽子和毛巾出去，似乎是去跑步了，或者，是要永远消失在我的世界里，和邓博士、乔晓然、孙奕、程老板他们一样。

他出门的时候，在门外绕了一下，才向左边拐去。

这回，只剩我自己在屋子里了。我坐了一会儿，感觉有些害怕。我还是出门好了，我要去河边参加救援，我要在碎裂的冰面旁摸一摸,我要把脸贴上去,寻觅舍友在冰层之下的身影。这么想着,我站了起来,向门外走去。门外岑光明刚才绕过的地方,那里明明没有箱子,也没有立柜。我伸出手,摸向虚空,我要看看,走廊上到底有没有那堵意识中的迷墙。

但是,一个人走过来,挡住了我。是我最好的朋友,已经消失了两天的小任。

"现在是十二点零一分,"他说,"午夜好。"

第四天

我和小任打了招呼。他现在似乎有些颓靡,但双眼却透出诡异的兴奋,果然像连续上网一天一夜的学生。

"我是来救你的。"他对我说。

"什么?"

"我这几天没有上网,"小任说,"而是发现了一处秘密宝藏。"

"什么秘密宝藏?"

"学院的秘密!"小任说,"那个淹死的邓博士隐藏的秘密!"

我一下变得迷惑了,邓博士?他也知道邓博士的奇怪之处吗?我揉了揉脑袋两侧的太阳穴。难道,我真的被吸入了邓博士的旋涡,掉进了没有出口的迷宫……

"快跟我来!"他说完,不容争辩,扯起我的袖子,拉着我向外跑去。他是个好奇心旺盛的阴谋论者,经常高谈阔论曼德拉效应、世界线重置和时间旅行,能使他如此兴奋的,绝对不是一般的小事。宿舍楼的大门锁了,我们两个只好从厕所的窗户翻出去。

今晚天气尚可，无风，清寒。我一直跟着小任走，绕过人工湖，走在通往信息学院的路。我清楚地看到他在我前方绕了一个弯，就像绕过一棵不存在的树。我鼓起勇气，闭上眼睛，直直地穿过去。那里没有树，没有任何东西阻拦我，只有冬季让人皮肤紧绷的寒冷空气。路上，我给乔晓然拨了几个电话，还是无人应答。几分钟后，我们抵达了信息学院，这是栋米灰色的建筑，模仿了外国银行的样式。小任摇了摇把手，正门锁着，但是专门用于出入昼夜自习室的侧门没有锁。我们从侧门溜进去，坐电梯上到顶层，顶层没有教室，面积宽广，两边分别是会议室和多功能厅，像胖柴鸡伸出了两只迟钝的翅膀。小任轻车熟路地从一个楼梯走下去，在七层半的地方，找到了邓博士的"秘密基地"。

他喊我进去，这里没有暖气，冰凉凉的。小任打开灯，灯管"瞎"了一半，只有三四根在忽闪忽闪。这房间是一个业已废弃的舞厅，被社团淘汰的旧屏风分割成了两部分。小任拉开屏风后面的防水布，指了指那摞堆得像小山一般的东西。

"这些，就是秘密宝藏。"他说。

我走上前，看了看，全都是录像带，有黑色外壳的、蓝色盒装的，像二十世纪九十年代的固态遗存。有些上边有手印，显然已经被小任翻动过了。

"这些……是怎么回事……"我说，"为什么会有这么多录像带？"

"全都是邓博士录制的。"他说。

"你怎么对这里如此熟悉？"我问他，"为什么能找到这儿？"

"我和邓博士是网友。"他说，"他是一个探索类论坛的版主，我在那论坛里已经混了五年。"

这时我突然想起来,一年前的那次讲座,就是小任拉着我去的。他非常崇拜信息学院的贝文昌教授。那老头在大学中素有"民科"的恶名,但却是网络论坛上的符号。他研究的项目,也是很多志趣相投者心中的圣杯。

此时,我想,乔晓然直接委托小任寻找线索就好了,为什么要委托我呢?难道,真的是因为我拥有联觉、值得信任吗?

正想着,小任塞给我一盘蒙上细尘的录像带。

"要看看吗?"他说。

"怎么看?"

"这些都是VHS-C格式的录影带。舞厅控制室里有一台古董录像机,还没有坏掉,我就是用它看的。"

我们两个推开吱呀响的门,进入了控制室。小任啪嗒一声把开关按开。

"昨天连接它,我费了很大劲儿。"他边说边挥手,激动得浑身发抖,"快,多拿几盘带子,好好坐下。"

"我真想听你讲讲,这到底是怎么回事。"

"先看一盘再说。"他神秘地笑了笑,"否则,事情不太好理解。"

因为控制室狭小逼仄,所以我们并排坐在旧电视前,离屏幕很近。他把一盘带子塞入录像机,点了几个按钮。

在一阵雪花和波动之后,模模糊糊的240线画面出现在眼前。

这好像是一个教室,阶梯教室,看起来很眼熟。我想了想,应该是我们学校的某个报告厅,因为讲台的上方能看到"修齐治平、守正不渝"的校训。录像是在报告厅最后、最高的一排拍的,所以讲台上的人影不是很清楚，但仍能认出五官，是邓诚博士。听了一会儿，我终于想起来了，这正是我去年在信息学院参加的那场讲座，原来邓博士把它一丝不苟地录下来了。在邓博士说完引言后，大家以热烈的掌声欢迎贝文昌教授登上讲台。

此时，我竟在录像中看到了我。在教室倒数第四五排，中部区域最右边挨着过道的位置。我站起来了，穿着那件到现在都没有丢掉的灰白色帽衫。然后，我从座位上迈步走出去，似乎在给什么人让路，等着对方走进里边的座位，自己才回来坐下。可是，我的旁边除了空气，什么都没有啊。

"不、不好意思，能回放吗？"我问小任。

小任让录像快退了一些。我看着屏幕中的自己。没错，我站起身，给虚空让了个路，让不存在的人坐进了里边的椅子。

然后，我和它聊天。我在和空气聊天。

我感到浑身发冷。此时，我知道这是谁了，我想起了乔晓然在食堂对我说过的话。她说去年见过我，就在这场讲座——她说，我给她让了座。

那个不存在的人，就是乔晓然。

我目瞪口呆，看着画面静静流淌。录像中的我停止讲话了，开始聚精会神地听讲座。贝文昌教授正在热烈地抒发自己的情怀，把超前的见解传授给这些懵懵懂懂的孩子们。我们谁也没听懂，谁也没记住，走出报告厅大门，就基本忘了个干净。

"怎么样？"小任把画面暂停，冲我问。

"这录像里有我……"我说。

"我也看到了。"他说，"你站起来，犹豫一会儿，然后又回来坐下。显得很奇怪。"

"你不是也参加讲座了吗?"我说,"在会场上,我有什么反应?你看到我给一个女生让座了吗?"

他摇摇头。"我没注意。"他说,"我在专心致志听讲座。并且……我只关注邓博士的实验结果。"

"实验?什么意思?"

"你忘了吗?我给你说过。"小任焦躁地说,"有一次,他在论坛里同我聊,要召集一批人,试试他的发明。"

"我没有印象。"

"就在这次讲座上,他通过自己的干扰装置,在教室前门设置了一道意识屏障,让学生们进屋时,误以为那是墙壁。结果,实验成功了——所有同学都是走后门进来的。"

我脑中似乎亮起一道细微的闪电。

"想起来了!"我说,"你给我讲过类似的故事,模模糊糊地记得……我当时喝酒了?"

"对,那天校电台聚会,晚上吃饭的时候,我喝多了才给你们讲的。"他说,"讲完我就后悔了。"

"你……们?"我说,"还有谁知道?"

"播音部的孙奕啊。"他说,"我给你们两个讲的。不过,当时他似乎抱着酒瓶睡着了,你也醉得东倒西歪。大家都喝多了,你说我在吹牛。"

我们俩无言以对,看着那个吱吱啦啦冒白线的屏幕发呆。

"乔晓然……"我说,"你也看不见她……"

"所以我说,我是来救你的。"小任冲我笑了笑,"让你知道,这个人并不存在。"

"那你怎么知道我俩的事？"我说，"我跟谁都没有说过！"

"我并不知道'她'是女生，但我知道你和不存在的人讲话。"小任说，"我那天晚上去网吧，为了节约时间，就从运动场毁坏的护栏钻出去。在运动场边，看到了你和空气说话。我就想起了这段录像里你的镜头，想起了你在讲座上，干过同样的事情。"

"不，她是存在的。"我说，"我们一起去图书馆，一起吃饭，一起跟踪岑光明，在操场傻笑。我……我对她的笑容记忆犹新。对了，她还和孙奕讲过话！"

"你确定是她吗？"小任说，"是从多远的地方看到那个女生的？真的看清楚了吗？"

我沉默了，低下头，用两只手抱住脑袋。这不是真的，我想，我的生活中有她的痕迹。

"我有一个推论，你想听吗？"小任突然说。

"不想。"

"研究者讲，联觉和某个'基因开关'有关系。你是重度联觉者，你的大脑可能和别人有些不同。"他继续说，"那女孩可能只是你的联觉。是由于别的诱因，才出现的较为真实的体验。"

"联、联觉？"我不由得笑出声来，"别开玩笑了！我看到的都是放电影一样的东西，从来没有过这么活灵活现的联觉！"

"我猜测，你第一次见到她的时候，是干扰器激发了你的联觉。后来，当干扰器被人使用的时候，她的形象便又一次出现在你眼前。"

"不对。如果她说出的话只是我脑中幻想，那我应该早就知道干扰器的事情。但在她告诉我之前,我根本不知道世界上存在这玩意儿!"

"你真的不知道吗?"小任说,"我跟你说过这件事,虽然当时你喝得迷迷糊糊、颠三倒四的。"

"那……那她也不可能在我面前,翻动那个'34号'桌牌,让眼前的空位无人敢坐!"

"好吧,这就不清楚了。"小任说,"就像我也不知道,你的记忆是否准确一样。"

我自己也泄了一口气。是啊,谁知道像我这样的联觉者,脑子里会蹦出什么样的怪东西呢。

"那她……为什么凭空消失了?"我颓丧地说,"我已经联系不上她了。"

"因为干扰器已经停止使用了。"小任说,"如果真是这样,使用干扰器的人在咱们宿舍的话……你应该知道是谁了。"

那就是……孙奕。我想,他可能就坐在那辆出租车上,那辆出租车是中午出的事。在那之后,干扰器就停止了。但我没把这个想法说出来,我认为,整个事件就是一场彻头彻尾的噩梦,只要不管它,就会自动消散、无影无踪。

小任叹了一口气,把录像机关上,把堆成山的带子收起来,重新蒙好。然后,他就带我离开了信息学院。等我们回到宿舍时,已经天光破晓。我们困得不轻,蒙头大睡,一直睡到中午。午后,岑光明回来了,他心神不定,告诉了我们最新的进展。

沉入河中的出租车已经打捞出来了,孙奕和程老板竟然都在里面,双双丧命,而跳车的司机则被警察拘留。岑光明大骂着驾驶员,我和小任四目相顾,哑口无言。

余下的日子

在那之后,我找到信息学院的院办。院办老师告诉我,他们学院里并没有叫乔晓然的女生。经过我打听,学校里也没人知道邓博士是否有外甥女。我又多次央求小任带我去信息学院隐秘的旧舞厅,看一看其他的录像带,但他一直没有答应。

"那里没有你想象的女孩!"他说。

最终,我也放弃了寻找。在学校里,我翻看了许多关于联觉的书籍,对自己了解得又多了一点。可是随着时间推移,我越来越坚信自己并没有看错,也并非是个傻子,乔晓然根本不是一场联觉。联觉不可能变成实体,在我的眼前出现。但是,我却没有证据。就像警察没有出租车司机犯罪的证据那样,把他释放了。我真希望,自己的心,也像他一般,从迷雾中得到解放。

毕业之后,我做了律师。多年后,在一次看守所会见时,我和当警官的校友闲聊,聊到了我们学校那起悬案的始末。他告诉我,因为涉及本校,所以他对这案子很感兴趣。据他了解,当时出租车司机一口咬定前方出现了高高的围墙,必须躲避,所以才把车开进了河里。办案人员认为,这一定是无稽之谈,还是毒驾的可能性较大。但是,司机体内又没有检测出毒品的成分。大家便怀疑,司机被人下了特殊的药物。在出租车和三人的衣物上,共提取到十二枚指纹,七个DNA样本,经过逐一核实,比对出了十八个关系人。经调查,他们都没有作案嫌疑。只在孙奕的衣服上,提出了一份无法找到主人的DNA样本。那份样本作为悬案信息，传输到了网络中，等待与所有新入库的DNA比对。

就在几个月前，这份样本对上了。有个年轻的女人因抑郁症自杀，为排除他杀可能性，警方进行了例行调查。结果，她的DNA样本自动入库后，居然完全符合孙奕身上那份DNA样本特征。

可惜的是，女生已经死了，悬案依旧是悬案。而孙奕，也并非清白之身。警方发现他通过网络参赌俄国冰球联赛，向程老板借了很多现金，利息滚到了二十万之巨，已经无法还款。而他却在死前的两三周获得了大量资金，填补进了这个无底的黑洞。我大概知道他使用了什么手段——"狂言者"，或者叫干扰器。他是个面似和善的狠人，否则，怎么会用扔电视的方法强搬到一楼来呢？对于干扰器，他一定能想到数不清的使用方式，既可以闷声赚钱，也可以玩弄同学、自我消遣。

离开之前，我尝试着向校友提出来，想看看自杀女人的照片，却被他拒绝。经过多次央求，校友才勉强同意。几天后，他用手机翻拍了一张照片发给我。照片上的女人大概三十岁，我依旧能认出，那正是乔晓然。乔晓然，是真实存在的！我突然有一种想哭的感觉，我揉揉眼睛，却什么都没有流出来。我已经是彻头彻尾的成年人，不再有年少时的细腻情怀，但2007年初冬那短短几天内发生过的事情，依旧如播放电影般历历在目。那是我生命中特殊的日子。这个女生在我的人生中，也成了特殊的存在。

我经过一天一夜的思考，拨通了小任的电话。在此之前，我们已经一年多没有联系了。

"把你知道的事情全都告诉我吧。"我说。

他沉默了许久，挂断了电话。我知道他单位的地址，直接打车去了。在他的办公室里，我把复印的照片摔在他头上，他才从纸堆中抬起脑袋，揉了揉厚厚镜片下的双眼。

"你的眼要瞎了吧。"我说。

"没办法。"他说，"干的笔杆子活儿。"

"把所有事都告诉我！"我不容置疑地坐在他面前的椅子上。

"……好吧，好吧。但你要保证，不会告发我。"

"我保证。"我说，"求求你了，再救我一次吧。"

他叹了口气，摘掉厚眼镜，揉了揉塌陷的鼻梁，终于开始吐露真相。

"乔晓然，是真实存在的。"他说。

"果然。"

"别打断我！"

"好、好。"我松了口气，"……谢谢。"

他的手指死死地捏着镜片，似乎要用体温把那片树脂玻璃熔掉一样。等了几秒钟才继续开口。

"她本来不叫这个名字。"小任说，"邓博士也不是她舅舅。她是论坛的死忠用户，年龄比咱们大三四岁。早在高中时，她就成为邓博士的拥趸，她的家庭遭遇变故后，邓博士资助她读完了大学，所以她对博士感恩戴德，甚至生出了现实中的感情。博士死后，她从论坛找到我，说出了自己的怀疑。我们在线下见面，我帮她利用设备对校园仔细排查，发现我们宿舍的读数最高。"

"她对我说过这件事。"

"起初，她怀疑是你使用了干扰器，因为你参加过贝教授的讲座。于是，她想了个办法——假装委托你工作，从你这里套话，观察你的反应，想要抓住狐狸尾巴。但是，经过接触，她确定你不是杀人凶手。后来，在和孙奕谈话后，她应该已经断定了孙奕就是犯人。她不想继续把你卷入这个事件，于是就决定自己去跟踪他。"

"所以……她找到了孙奕。"

"对，她成功了。这些都是她回来告诉我的。她在酒吧街找到了孙奕，在机器读数飙升之时，她当场抓住了孙奕的手。此刻，孙奕手中拿的正是博士制作的第一代'狂言者'。随后，孙奕把晓然踹倒，冲上出租车，绝尘而去。她在忙乱之中，使用缔造无数欺骗与死亡的'狂言者'，间接杀死了他。只是，她万万没想到——坐在同一辆车上的，竟还有程老板！他应该是去请按期还款的孙奕喝酒的。得知两人死亡后，她崩溃了。最后，她告诉我，帮她掩盖一下，不要让你知道这一切，最好让你把她当作不存在的人，从生活中永远地、不着痕迹地摒除掉。这样，每个人都会更加安全。"

"你照办了？你帮她骗了我。"

"对，我骗了你。"小任说，"因为咱们是好朋友，我不想让你牵扯进这档子事里。现在我发现，自己可能错了。"

我叹了口气，"你是怎么做的？"

"我想出了一个最奇诡的借口——联觉。为彻底蒙蔽你，我花了半个晚上的时间，用软件修改了那盘录像带。邓博士为了节约经费，平时录像都是使用学院早已淘汰的古董机器。谢天谢地，这种带子非常模糊，几乎看不出编辑的痕迹。"

"可是，我不明白，你是怎么修改的？"我说，"即使你是高手，也不可能在这么短的时间编辑整盘录像啊。"

"带子录下了整场讲座，我只编辑了一个地方——把站起来让座的男生衣服，改成了类似你穿的灰白色帽衫，给你'那就是自己'的心理暗示。"他说，"真的对不起。"

"等等，等等。"我冲他伸出手，"也就是说，那场讲座上，真的有人给空气让了座？"

小任点点头，"是啊，这种怪异的联觉，应该真的存在。反正……不在你身上，就在别人身上。"

我默然无语。这些陈述足够我消化一阵子。

小任顿了顿。过了一会儿，他说："你问完了吧？我真的不愿再提这些悲剧。"

"最后一个问题，"我说，"她为什么会自杀呢？"

"应该是抑郁症。"小任说，"已经很多年了。"

"怎么死的？"

"跳桥。"

"真的吗？你怀疑过吗？"

"我不知道，"他说，"真的不知道。"

"请把她最后的地址告诉我，她死亡的地方。"

"好吧。"小任撕了半页本子纸，唰唰唰写了几笔，递给了我。我低头看了看，那是一个更靠北的城市，是北方的北方，是鸟与猎人的家乡，是生活在时间的洪流中逐渐慢下来的地方。

"那就是她的故乡。"小任似乎读出了我的心思，"现在，请你赶快离开，立即，马上。"

寻访的终点

我是半年后，才出发去那里的，因为半年后，才会进入冬天。只有在冬天，才适合寻找她的痕迹，才适合去那座空旷的北方城市，把双脚踏入黑暗褪色的灰尘。冬天发生的故事，就要在冬天画上句点。虽然我已经猜到，这故事没有结局，但我仍要看一看它最接近终结的地方。

这座城市给我的感觉，竟然非常熟悉，因为这里也是阴天。干冷，冷透了，但是很舒爽。因为天阴，街道似乎变得更窄，公交车玻璃上同样结了好几层冰，就像一个移动的冰窖。下车的时候，能看到刹车踏板坏掉了，换成了一条绳子挂着金属片。往宾馆去，走在河边，河水冻成的冰也是阴天的颜色，超市的大广告牌孤独地在乌云下矗立。旧宾馆旁边有几个家庭饭店，早餐卖的老豆腐很好吃，中午的排骨炖土豆也不错。城市路面宽阔，没有护栏，行人也稀少，到了晚上七点之后，整座城市空空荡荡，走在路上，忍不住就要唱歌。火车站新楼没有建好，旧站房里非常暖和，棚顶很高，滴滴答答地漏水，那全都是融解的冰与雪。天棚上画着一幅巨大的壁画，人们伸出手指触在一起，是模仿西斯廷教堂的《创造亚当》。但整幅壁画都开裂了，显得比原作还要古老。

城西附近有条街，坐落着很多老建筑，都是三层左右的小洋楼，大概几十年没有修葺过，外墙斑驳。其中一座最大的，就是乔晓然殒命前所住的医院。我站在楼下，终究没有敢敲门。我有点害怕，害怕突然涌出的黑暗把自己吞噬。但是，一个人出来了。是看门人，六十多岁，嘶哑着嗓子问我话，声音像是在号叫。

"探望谁？"他问。

我告诉了他乔晓然的真名。

"你是什么人？"

"弟弟。我是她弟弟。"

"把她的东西拿走。"老头说，"一直就说家属来拿，一直没来。都一年了。在柜子里，占地方。过来！"

我跟着他走进了楼房。房子内部楼梯老旧，踩上去吱嘎直响，地上铺的都是破板。他带我穿过窄窄的走廊，来到保安室和卫生间后面。那里有面墙，靠墙有个绿色的铁皮大柜子，像超市存包或者公共浴池用的那种。其中有两个格子是她的。

门卫嘟囔着拿出一包钥匙，挨个试。试到第八把的时候，才打开她的格子。门卫伸手进去，把里面的东西拿出来。东西不多，有几本书，一支旧手机，几件衣服，一本相册。我翻开相册，里边是她小时候的照片，很多已经发黄折角了。有一张拍的是在游乐园的小飞机上，她和一个小男孩一起坐在机舱里，小男孩面色严肃，紧紧地把住方向，她把双臂伸展开，模仿飞机的样子，脸上笑容非常灿烂。最后一件物品是个小包裹，里外包了有三四层。我一层层地打开，最里面包着的东西……是一个"34号"桌牌。

这就是"那个"桌牌，我知道，它不仅仅是塑料而已。

格子空了，门卫嘟嘟囔囔地把它关上。现在，我没什么可找寻的了，便谢过门卫，拿着东西离开了楼房，在阴天的掩蔽下慢慢走到公交站点旁。人不多，我攥紧找到的东西，读着站牌上的一排排小字，寻找火车站。车站呢，我想，它在哪里？小广告盖住了那几个字，广告上写着"合租, 市图书馆, 考研用, 请找: 寒烟误入尘灰之地"。此时, 我眼中突然出现了画面, 乔晓然穿着白色外套, 伸展开的双臂化为积满灰尘的翅膀, 怀着复仇之心, 迎着雪中的图书馆, 说出最后的那句"再见"。或者, 这座城市本不存在, 只是我涌现出的联觉呢? 我看着破旧的公交站牌, 颓然一笑, 玻璃旁浮现半边褐黄色的嘴唇。我从唇语中读出了结局, 每个人都走向了他必然的归宿。

车很快来了, 我登上通往车站的、晃晃悠悠的公交车, 随它开过这座永远灰蒙蒙的城市。我给小任发了几条短信, 他没有回。风突然刮起来, 带着北方近在咫尺的寒意, 如群山般威压而来, 似刀锋插入肺叶, 冰冷刺骨, 要把生命在片刻间拆解成碎片。我突然感觉到一阵恐慌, 瞪大能看见联觉的眼睛, 看着再也忘不掉的黑暗, 以及黑暗中故去的时间, 时间中的人们, 他们的生命之光、欲念之火, 她的罪恶, 她的灵魂。

虚构的零

1

    我是一个研究做梦的人，所以我比任何人都清楚，梦境不是真实的故事，而是大脑失去与外界的联系后，为解释内部活化的脑波创造出的幻想，是一种返祖式的癫狂。大部分人的梦是彩色的，但有三分之一的人只做没有颜色的梦，只做黑白色的梦。唐伊一的梦就是黑白的，为了弥补这一点，她拿起摄像机，拍摄了很多纪录片，镜头里充斥着先锋式的晃动和各类景物的浓墨重彩。她最喜欢的电影海报是拉斯·冯·提尔的《破浪》——新娘身着婚纱站在岩石上，大批悬浮的细小石块如土星的光环围绕四周，锋利的菱形构图仿佛是撕碎她肉体的尖刀，而新郎只是远处一个模糊不清的剪影。这同时也是我喜欢的海报、喜欢的电影。它讲述了一个复杂的、极端的、为救赎爱人而出卖情欲的婚姻故事。唐伊一很想拍出这样的故事，但她没有受过专业训练，只能凭自己的爱好拍摄简短的纪录片。不过，她的第一部长片便在"田野剧场"比赛中获了奖，片子讲述的是一个逃犯为了吃杧果而放弃了自首。逃犯杀人之后, 在自首的路上口渴了。当时, 他恰巧经过一个水果摊, 想到自由的时日无多, 便咬咬牙, 掏出很多钱, 买了个从外国进口的巨大杧果。他从来没吃过这种水果, 迫不及待地揭开厚厚的果皮, 将丰满如橄榄球的金黄果肉塞进嘴里。那竟是他未曾体验过的、天国般的美味。逃犯震惊之余, 在三轮车旁站了十分钟, 水果甘甜的汁水顺着他的嘴角流淌下来, 滴落在依然沾血的手掌上, 使那罪大恶极的双手颤抖不已。随后, 他掏出所有的钱, 买了第二个、第三个杧果。太甜了, 太美味了。这味道使他忘记了死亡, 忘记了罪行, 忘记了自首的念头。我要活下去, 我要工作, 我要挣钱——他想——要买更多的杧果吃! 为什么没有早点吃到杧果呢? 他有些后悔, 如果早点吃到这么美味的水果, 就不至于犯罪。但是, 现在考虑这些已经晚了, 他决定转过头, 朝相反的方向走去。就这样, 杧果把他从即将自首的凶手变成了穷凶极恶的逃犯。时至今日, 他已经落网并且服刑了九个年头。在这个世界上, 他是罪恶的杀人者中的一员, 没有人愿意理会他。唐伊一是在年代久远的报屁股①上看到了一小段关于他的新闻, 才决定拍摄这部纪录片。

在一个普普通通的阴雨天, 我们来到监狱, 开始记录他的故事。我回忆起, 那天, 镜头在白炽灯的炙烤下闪耀着聚成焦点的光, 我们伴随着移动的光点穿过监狱长长的走廊, 我看到孤寂凝结成荆棘般的影子, 随开门声投射进会见室的一面白墙, 而等待与我们对话的囚犯突然看过来, 隔着玻璃和栅网, 像一条狗望着再次相逢的主人。

出乎意料, 整个交谈过程中, 犯人异常平静, 主动配合到近乎讨

①指报纸末栏或版面上不显眼的位置。

好。他回答了唐伊一提出的所有问题,重述犯罪过程和逃亡的心路。难道他想让我们带给他杧果吗?拍摄即将结束时,他隔着铁栅栏,面对镜头,喃喃自语。

"虽然已经很久没吃杧果了,但想起来的时候,嘴里依然会泛起挥之不去的甘甜气味。"说完,他的嘴角抖了一下,然后笑了。

看到这里,我也发了一次抖,因为我感觉,这不像现实中的对话。如果这是一部影片的最后一幕,那将毫无违和感,但是,我们是在现实中啊。现实中被关押九年,并且注定要再关十六载的人,为什么要用乞怜般的表情看着突然造访的不速之客?为什么要再次强调杧果对自己的意义呢?况且,还使用了"甘甜"这种书面词汇。

"你喜欢吃杧果。"唐伊一说。她扶了扶眼镜,黑色镜框反射出锐利的闪光。"你认为杧果是最好吃的水果?"

犯人点点头,咂咂嘴,似乎又沉浸在了往昔的回忆里。

"那么苹果呢?"唐伊一突然问,"你认为苹果怎么样?"

"没用的水果。"犯人说,"不在我喜欢的范围之内。"

"香蕉呢?"唐伊一继续追问。

"没用的水果。随处可见。"

"那这是什么?"唐伊一从口袋中掏出了一个东西。我小小地吃了一惊。她已经准备好了,但没告诉我。

"凤梨。"罪犯保持平静的口气,"并非随处可见,但仍是没用的水果。"

我发现,他对水果分类了,语气似乎有点奇怪,答语中出现了大量的同义回复。这么说话,在表意上当然没问题,可以被人理解,但在生活常识上,却令人感到不适。

或者说，是一种文质彬彬的无礼。

此时，角落里的看守站起来，似乎想要阻止我们。电光石火间，我突然掏出第二台摄像机，冲他开机。这是我作为助理的职责，是长期摄像的本能反应。他一下站住了，似乎在纠结该不该在镜头前暴露自己。

唐伊一举起了最后一件物品，"这是什么？"

是杧果？——不，差点儿把我骗了，只是削过皮的凤梨，长得有点像杧果的形状。简直一模一样。空气中飘散着凤梨的酸甜香气。我望着那名囚犯，他失去了淡定自若的神态，一脸呆滞地分辨玻璃之外的水果。

"你可以闻一闻。"唐伊一笑了。

"什么？"囚犯迷茫地问。

"你可以闻闻味道。"

于是，囚犯伸着脑袋，继续凑近带有孔洞的玻璃，又看了看凤梨光滑的表皮。

"啊，杧果。"他说，"我最爱的水果。我给你讲过杧果的故事吧！"

看守愣住了，他冲过来阻止我们继续摄影，但已经晚了。我拼命拦住他，却一起摔倒，摄像机也摔在地上，镜头照射着唐伊一纤细的双腿，她似乎兴奋得发抖。那双脚腾空而起——她突然爬上了硬质桌面，捧着隐藏摄像头，疯狂地敲打着带有孔洞的会面玻璃，砰砰声在整个会面室里回荡。

"你是谁？！"唐伊一大喊道，"是谁？！"

可是，囚犯依然呆滞地看着她，一副事不关己的表情。他大概在等待着下一个问题。在嗡嗡作响的玻璃的后面，他的存在似乎受到了干扰，身体如同被小纸船推开的河水，发出了一下不易察觉的颤抖，呈环状扩散的阴影突然遍布全身，如同液晶屏幕的波纹。

这不是人类。唐伊一脸上露出胜利的笑容，随后被看守们扭住胳膊，从桌子上拉了下去。

2

这就是唐伊一开展"暴力式图灵测试"的经过。这部纪录片虽然前五十分钟平淡得让人心碎，但最后十分钟却高潮迭起，借此获得了"田野剧场"比赛的二等奖。原来，那名囚犯早就死掉了，管理人员为了骗领补贴，没有上报，为应付拍摄，便搞了一个全息影像，意图蒙混过关。这次获奖，使唐伊一开心了好几天。但她很快意识到，"田野剧场"只是几个高校联办的业余奖项，如果要做真正的纪录片导演，还需要更有分量的作品。此后，她的焦虑障碍反而更加严重了。夜晚，她做着只有黑白两色的噩梦，白天则套上粉色、黄色、草绿色的外套，带我出没于城市的大街小巷，去采编一些美好或肮脏的事物，去面对漆黑的河流愣神，去吃炒面、拉面、荞麦面，去实验室的窗户外看她不怎么露面的男朋友。那间实验室隐藏在一片巨大居民区的边缘，大概占据四五间单元房，其中一扇窗户里总有昼夜闪烁不停的微弱蓝灯。有天夜半，我们路过那个神秘之处，周围的光芒都消逝了，我们站在对着它的桥梁上，看着那唯一亮着微蓝光线的窗口。那窗口在层层叠叠、坡度分明的楼体之间模糊成了一个小点，像宇宙背景中不起眼的地球。唐伊一看着那扇蓝窗，心情似乎越来越糟。那几天，作为朋友和助手，我只能听任她对我指手画脚、猛发牢骚,小心不要惊动兔子那模模糊糊的敏感点。

其实,我和唐伊一算是同类,但我们的病理不尽相同。如今的我,已经习惯迁就别人、低调生活了。以前我不是这种性格,有许多年,我的身上就像燃烧着一团火焰,冒险的欲望无处发泄。于是我利用研究的便利,让自己的大脑与睡眠者同步,侵入别人的梦境,体验每个人的美梦和噩梦,最终却受困于现实的副作用,让自己变得疯狂而不辨真假。最终,我赤手空拳爬上国金二期四百米高的楼顶,站在塔尖上寻死。是唐伊一救了我,她拍摄纪录片时,将我摄入了镜头。在我坠落之前,她不顾危险,抱住了我。

"我认识你,同一批访学的人。"她喊道,"与其跳楼,不如和我一起工作。我还缺个苦力。"

那天风很大,她抱着我,晃晃悠悠的,立足不稳,似乎要一起坠落下去。

"——爬这么高,小心你也掉下去。"我沮丧地说,"不用管我了。"

"正好。"她粲然一笑,"我有焦虑障碍,本来也是来这儿寻死的。可看见还有同类,还是同校毕业的,突然不想死了。"

听见这句话,看到她的笑容,我发现自己的心情逐渐平复下来。她的怀抱很温暖,让人安心。我咬了一下嘴唇,流血了。看来,这不是一场梦境,而是真正的现实。夜晚的风如同利刃般吹过,把我的血液吹到了她的脸上。她拿手一擦,产生了赤虹般的光晕。我尴尬地举起手,想为她抹干净。可是,我这才发现,因为徒手爬楼,双手的指甲全部崩坏,肌肤满是伤口,流血不止。

"等你冷静下来,讲讲寻死的理由。"她抬眼望着我,"我可以为你拍摄一部纪录片——流了很多血又不死的人。"

最终，这部片没有拍成。我由于对她的单方面、盲目的爱，迅速堕落为一个没那么勇敢的人，失去了她所迷恋的气质，也失去了继续流血的勇气。但这样挺好，我只要守护她就可以了。留在她身边，这是我唯一的愿望。我成了她的崇拜者，是填满二十四小时、三千六百秒、一百万微秒的崇拜者。她就像环绕我的水，或飘浮于空气中的丝绒棉被，包裹起我的每一个时刻，但我又始终与她保持心灵上的距离，不得近身。一光年？一米？一厘米？有时，她生气或焦躁时会推我一把，把手隔着衣物按在我的心脏上，那时，我们相距半厘米。

这半厘米的距离，却被那个若即若离的木讷男友填充着，似乎遥不可及。

日子过得很快，我以为，我们这种平凡低调且带有一丝疯狂的生活，永远不会改变。可是获奖这件事，还是辐射进了我们的未来。因为"暴力式图灵测试"，唐伊一在流行人工智能圈变得小有名气。流行人工智能圈，区别于真正研究人工智能的专家，更像一场民间爱好者的狂欢。唐伊一获奖后，他们纷纷邀请她为自己拍摄纪录片，但唐伊一兴致不高，认为这些邀约都缺少话题性的引爆点。直到两周后，她看到了一封寄来的纸质信件。

"——过期的陈年杀人犯，你们见过了。下面，想看看新鲜的杀人犯是什么样子吗？"

这句话一下子击中了唐伊一的兴奋点，她蹦了起来，重重地捶了我一拳。胳膊很疼，但是我还是赶快擒住了她的手腕，以防她在兴奋之余从窗口跳出去。

"今天不必吃药了。"我说，"你已经足够快乐。"

"我知道！"她说，然后甩开我的手，继续阅读那张薄薄的便签纸。纸的正面只有这一句话，她把纸翻过来，看了看背面。

"不来的话，我就真的杀人。"这是后半句话，然后还有地址，写明邀请到访的日期。"邀请人——研究员 K。请予答复。"

"太可疑了！"我说，"报警吧，他好像杀过人了。"

"不行，这正是我想拍的纪录片。"

"太危险了！"

"我愿意冒这样的风险！"她大声说，"我就是要创造话题，成名，兑现天赋，做导演，成为配得上孙再勋的人。"

听到她男友孙博士的名字，我一下子泄了气，垂头丧气地坐进了沙发里。遥远屋子里的暗淡蓝光似乎在眼前一明一灭。

"不用为我担心，"她说，"你忘了吗？我是命中注定要拍纪录片的人——"

"不要讲，我听过这个故事。"

"我做的一直是黑白色的梦。"她继续说，"直到有一天，我在梦中捡到了摄像机，把它举起来，透过镜头向外看。那时，我终于看到了五彩缤纷的世界。这是天启，是老天为我选择了这条路。"

我叹了口气，没有再劝阻。我知道，她认定的东西，谁都无法扭转。在漆黑的夜里，她在工作室睡下了，我像罪犯一般，把耳朵贴在门上，听着微弱而均匀的呼吸声，手中擦拭着明天要使用的镜头。今夜无眠，我窝在另一个房间里，准备好所有设备。既然要去拍摄，那就拍个够吧，希望这部纪录片能让所有人满意。

3

在约定的研究所，一个中年人接待了我们，他瘦瘦的，长着一副营养不良的面容，胡子没有好好刮，穿着硬邦邦的白大褂。那白大褂似乎是刚买的，甚至没有洗过，散发出一股新染布料的刺鼻气味。

"你是寄来纸条的人？"唐伊一说，手中的摄像机一刻也没有离开对方的脸。

"对。"中年人的眼睛闪躲着，他似乎不太习惯摄像机的镜头，"我打算杀人，想请你们拍……"

"你还是报警吧！"我打断了他，"我们不掺和凶杀案，但能把你报警的过程录下来，为你做证。"

"……想请你们拍摄我杀人的过程。"他继续说，"可以吗？"

我还想劝阻，可唐伊一拽住了我。

"没杀之前，怎样报警？"她冲我笑了笑。

我一时瞠目结舌。我感觉唐伊一越过了那条线，但是，我不知道怎样把她拉回来。

"这屋里一定有隐情。"唐伊一转向中年人，"或者有能够震撼镜头的东西，对吧？我现在会打开所有的摄像机，希望你向我展示值得记录的一切。"

自称研究员K的人动了动喉结，咽了一下口水，似乎缓解了紧张的情绪。一缕希望逐渐浮现在他瘦骨嶙峋的面容上。他决然地转过身，冲我们挥挥手，示意我们跟他去。我们进入这个简陋的研究所，穿过几个摆放着爬行动物或外星人骨骼的廊道，进入铺着铁皮的狭小房间——鞋踩上去咚咚作响——随后是脏兮兮的对称式盥洗室,最后则有一个很大的仓库,他停下脚步。我们终于抵达了目的地。

在宽敞的仓库里,不知何种机械发出了搅拌石子般的、轰隆隆的声音。他一定打算在这里袭击我们,我上前一步,用身体护住唐伊一。

"这是哪儿?"我问。

"我要杀的人……"他环视空荡荡的仓库,"住在这里。"

"人呢?"唐伊一说。她毕竟不是铁胆英雄,退缩半步,轻轻扯住我左臂的衣服,大概要把我当作人肉屏障。

中年人带我们绕到机器正面。那是个灰色的、如火车头般大小的长方体骨架,通过粗大的线路连接在一个黑箱上。骨架上镶嵌着有点磨损的厚玻璃,像大型的透明洗衣桶。在玻璃里面,装满蓝色和白色的海洋球。塑料小球形成的湖面似有呼吸般,微微起伏。

"你领我们过来,就是看淘气堡的吗?"唐伊一松开我的衣服,不满地问。

"这就是我要杀的人。"中年人说。

"什么?"

"我要杀的人。"他重复道,"是我创造的生命。"

"生命?"我说,"这一堆小球?"

此时,面前的怪物似乎醒过来了。小球组成的海洋中央涌出了一组类似手臂的浪潮,轻轻砸在玻璃的内壁,发出球体掉落的噼啪声。

"更确切地说,是受到生命中枢控制的肢体。"中年人转过脸,得意地冲我们笑笑。

"等等，把这段话全录下来，不要中断。"唐伊一赶忙说。她迅速进入工作状态，调整摄像机，冲对方摆摆手，"下面，请研究员 K 讲清楚。"

研究员 K 清清嗓子，似乎也进入了状态。

"很、很荣幸……"他说，"很荣幸将'无常形之海'公布于世。虽然我很快就要杀掉它，但它还是留下了存在的证据。"

无常形之海？我想赶快提问。但我知道，影像中不能出现太多声音。有提问权力的，只有唐伊一。

"我租了这间仓库，在此改良人工智能，已经一年多了。"研究员 K 继续说，"其间尝试了几种方式，终于在两个月前取得了突破。"

"你的意思是，改良？"唐伊一问。

"对，改良 Stigmata 公司去年发布的人工智能开源架构。"

"'圣痕'。"唐伊一说，"那个架构被认为是有缺陷的。"

"是的，圣痕架构基于'具身智能'理论打造。该理论认为——人工智能必须和生物一样，通过自己的身体，真真切切地与环境产生交互，才能取得进化和发展。圣痕公司便以此为架构，搭建了模仿现实条件的各类物理环境，加速了人工智能的迭代，但是，却无法使人工智能和身边的各种资源耦合成为整体。"

"所以，它没能诞生真正的强人工智能。"唐伊一说。拜她的男朋友所赐，她理解这些谈话轻而易举。

"没错。"研究员 K 答道，"不过，圣痕也有其他架构不具备的优势。那就是基于现实物理空间的可测试性。传统模式下的人工智能，严重依赖数据采集，只有在学习资料充足的情况下，才能取得发展。

这种发展是量化的，无法迎来智慧的跃升。但是，依托圣痕架构，我可以用少到惊人的训练数据量，让人工智能实现最大化的自我学习效果。"

"怎么实现的呢？"

"很简单。"研究员K说，"用'反物理化'筛选迭代。"

"这部纪录片不只需要我听懂，"唐伊一说，"还需要所有人都能听懂。"

"好吧。"男人摸了摸鼻尖，似乎在寻找可以让人顺利理解的语言，"我在这个仓库里，同时训练了一百个和环境产生交互的人工智能体。它们经过迭代，发展出各不相同的代码、各不相同的体态。"

"它们在遗传吗？"

"对，把获得的代码和体态遗传给后代。但是，却始终没有获得智慧的涌现。于是，我改变方法，从人工智能的十万个后代中再次选取一百个表现最为出色的个体，将它们置于与常识相反的物理世界中。比如，掉落的水珠会击穿金属，摩擦力在相反的位置出现，掷来的球毫无阻碍地穿过了棒球手套。"

"这样做有什么意义？"

男人神秘地笑了，"一百个个体中，大部分立即开始学习新世界的模式，自行迭代。但是，有十四个突然变得迟钝了。"

"它们被淘汰了。"

"不！它们产生了'惊奇'反应。"男人颤抖着提高音量，"像幼童第一次看到掏出兔子的魔术帽！它们迟钝了大概几分钟，随后开始小心翼翼地探索这个世界。这个……完全不一样的新世界。在神经科学中，这叫'违反期望效应'，只有较高智慧的物种才会具备。

它们在思考,有的在退缩,有的竟不愿动弹,有的却在尝试更多的、远超生存所需的变化。它们不再是被动适应世界的怪物,而变成了主动思考、做出不同选择的东西。"

说到这里,男人陶醉地闭上了眼睛,微微抬头,似乎听到了天国传来的音乐声。

"只、只是巧合吧……"我实在震惊,忍不住插嘴道。

"我研究了它们的代码,其中都有一组重复的片段。我把它提取、扩展开来,以此为基底,采用传统的模拟神经节点法,制作了一个作为人工智能载体的大脑。"

说完,他转过头,看看眼前的这个透明的大容器。海洋球在里面,正不断地翻滚澎湃。

"这……就是那个大脑吗?"唐伊一问。

"不,这是它的肢体。"K说,"为了能让它更加自由地表达自己,我设置了这种类似流体、却能快速搭建不同形态的海洋球之海。我给每个小球联通电极,使它们完全受到人工智能控制。同时,准备了不设上限的海洋球——这里连接着一个备用的大池子,它可以随时发出信号,自动增加海洋球的数量。"

"无常形之海……"唐伊一喃喃地说。

"报告我已经上传到学术机构。"男人缩缩脖子,似乎打了个冷战,"但是被驳回了。他们说完全无法复现我的实验,并且对这种'土机器'嗤之以鼻。"

"大概,它只是偶然出现的个体,不具备可复制性。即便具有同样架构的大脑,也未必能诞生智慧。"唐伊一说着,壮着胆子摸了摸玻璃的表面。一堆小球也慢慢聚拢过来,形成铲子一样的东西,轻轻挠着容器的内壁。

"看它的样子!"男人得意地说,"这是我的造物呀,不管能否复现,我都以它为荣。"

"可你为什么要杀掉它?"唐伊一转回了身体。

男人突然抖了一下,渐渐收起了笑容。

"我……发现了逃逸行为。我开始害怕了。"

"逃逸?"

"因为小球的数量不设上限,所以,它会发出信号,自动补充球池。最近我发现,它要球要得非常频繁,但海洋球总量看起来几乎未变。我便用仪器扫描球池,发现球池的底部,竟然铺着一层坚硬的壳。因为那层壳沉落在池底,从玻璃外面无法看清。我只能猜测,那应该是海洋球磨碎后形成的、塑料的碎渣,压得非常密实,里面肯定藏着别的东西。"

"排空海洋球,看一看不就行了?"唐伊一说。

"它驱动破碎的塑料,把盖子封死了,只留了进球的通道。"男人看了看那台闪烁蓝色光芒的主机,"必须关闭主机,才能打开盖子。但是,这里的技术条件有限,关机之后将无法再次启动。这个智能体……将永远不可复现。"

"太遗憾了。"唐伊一说,"即使这样,你还想观察池底吗?"

"是的,我总有不好的预感,"研究员K擦了擦太阳穴的汗,"我觉得听任它发展下去,将产生严重的、毁灭性的后果。"

"好的,这是你的东西,你拥有决定权。"唐伊一瞄了瞄装满海洋球的大池子,紧握摄像机,向后退了一步,"我们,只负责记录下发生的一切。"

"好吧，好吧……这就是我请你们来的目的。"男人慢慢脱掉了浆直的白大褂，露出里面穿着的黑色围裙，围裙口袋里插着沉重的扳手和铁锤，压得外摆坠下来，像条屠夫的连体裤。"我将杀掉这个我亲手创制的智慧体！你们要好好地拍下来，送到电影节上，让它永存于这个世界。"

此时，海洋球突然翻腾起来，形成一个足以没顶的巨浪，剧烈地撞击在我们这侧的玻璃壁上，发出了鲸鱼入水般的巨响。

"兴奋起来了吗？宝贝！"男人瞪大眼睛，快速从口袋抽出长长的双手锤，冲跑过去。海洋球则猛烈地聚集、散开、碰撞，节奏混乱不堪，响声震耳欲聋。

唐伊一突然后退几步，转身跑到我的身边来。

"声音。"她说，"声音！"

"什么？"

此时，研究员K抡起沉重的锤子，咣地砸在了黑色的机箱上。

"声音！"她喊道，"你听海洋球的声音！"

我深吸一口气，听到了男人砸烂主机的第二声巨响，接着是第三声、第四声。伴随着他的动作，海洋球在巨池中不停地汹涌，产生模模糊糊的、歇斯底里的、持续不断的、难以分辨的尖啸声。

"我爱你。"她说。

"什么？"

"我爱你。"她咬紧嘴唇，眼中忽然流出泪来，"它在说，我爱你。机器在说——我爱你。"

——我爱你，但无法在一起。

我眨眨眼睛，看着她的脸和空茫的双眼。我似乎听到了这句话。

难以忘怀。虽然只是转述机器的言语，但是，已经足够了。我转身扑过去，想要阻拦研究员K，可是太晚了。男人落下最后一锤，彻底将主机砸得粉碎。零件崩落出来，蓝光逐渐消失。

瞬间，装满海洋球的巨池也沉默下来，化为一潭死水。"爱你。"模糊的声音在阴云聚合的午后落幕。男人失魂落魄地扔掉锤子，瘫坐在地上。啪嗒一声响，容器盖子失去压力，原本用来封住盖子的塑料碎屑如急雨般簌簌掉落。

研究员K抬眼看了看，又挣扎着从地上起身，走到巨型玻璃柜边，踩住扶梯，开始攀爬上去。我手持摄像机，紧紧跟着他。唐伊一仍在原地站着，擦拭着脸上的泪水。摄像机在她的手里，无力地垂着，突然掉落在地。这是我第一次看到她珍爱的摄像机掉在地上。

"伊一……"我说。

她没有回答，只是摆了摆手，示意继续。我决定做好自己的工作，在梯子上转过身，记录下男人打开盖子的镜头。只见研究员K用扳手撬了一下，盖子应声而开。他爬到最高处，把身体探进去，手臂伸进入口，去按动那个排出所有海洋球的开关。

但是，在他触摸到开关的同时，口中突然发出"嗯？"的声音。

某种机关突然启动，入口处剩余的塑料碎渣全部立起来，弹射出去。那些锋利无比的碎渣竟然像小刀一样，深深刺入了他的胸膛。研究员K惨叫一声，坠落进塑料球的海洋里。我一时手忙脚乱，急忙爬到入口，看到他在玻璃柜中流血、抽搐、挣扎，在失去活力的海洋球中渐渐沉陷下去。来不及多想，我便跳入球池中。

一落地，我就后悔了。海洋球又多又厚，我几乎无法踩到地面，挣扎着来到男人身边，看到他已经不再动弹。我用力拉住他，不让他的身体继续在球海里陷落。此时，透过玻璃，我看到唐伊一已经跑了过来，她奋力爬上梯子，想要去按动释放海洋球的电钮。

"伊一！"我喊道，"别动那个按钮，有机关！"

"已经没事了。"她咬着牙向上爬着，"全都发射出去了。"

"万一……"

"闭嘴！"唐伊一叫道，她已经奋力爬到玻璃箱顶部，然后把上半身伸进入口，拼命去够那个圆圆的红色大开关。我咽了口口水，紧张地盯着她。

她终于够到了开关。她把手放在按钮上，长出一口气。

"万事万物保佑……"我嘴里胡乱祈祷。

啪的一声，她决绝地按下按钮。

箱体上的出口突然打开，海洋球像奔涌的流水一般倾泻而出，玻璃箱中的"水位"开始下降。我扶着研究员K，慢慢触摸到箱底。他已经没有了呼吸，有个长长的碎片精准地插进了心脏的位置。

"他……他死了。"我说，"研究员K，他死了！"

"我知道了。"唐伊一冷静地说，"我打电话报警，你趁这几分钟的时间，把池底的东西调查一下。"

"什、什么？"

"池底的东西！"她一边喊道，一边拨通了手机。她的手微微发颤，手机的挂件稀里哗啦直响。

我急忙回头，看到了池底的真貌。那果然是一个由塑料碎片拼成的硬壳，大概几米见方。我伸手摸了摸，表面并不坚硬，是黏稠、胶软、如花生糖一般的物质。

"这是软的！"我冲唐伊一喊道，"我应该怎么做？"

此时，她已经讲完了电话，冲我大叫道："扒开它！"

"什么？扒开？"

"快！"她继续大喊，"趁警察没来！"

"不应该交给警察吗？"

"尸体留给警察，这满屋子的破烂都留给警察！"她说，"可是，已经走到这一步了，你就不好奇里面是什么东西吗？"

是啊，已经走到这一步了。距离揭开最后的秘密、距离完成一部成功的纪录片，只有……一步之遥。

我再次抬起头，想要确定她的眼神。可是，她已经把摄像机举了起来，黑洞洞的镜头直对着我，释放出充满魔力的、催人发疯的光芒。我咬咬牙，弯下腰，拾起坠落在玻璃池中的扳手，疯狂地扒开那个诡异的软底。

保护层很容易破坏，但是软底之下，好像什么都没有。我拼命翻动，在碎片的重重包裹之中，我竟然挖出了一个完整的海洋球。它似乎比其他海洋球大一些，由白色和蓝色的球体拼接而成。

"多出了一个海洋球。"我举起小球，对唐伊一说。

"只有一个球吗？为什么？"唐伊一也没想到这个结果。她扶着下巴，陷入了沉思，"为什么，这里面会有个球呢？"

"可能是上面漏下来的。"我说。

"不对。"她答道，"大概是为了……更好地保护它。"

此时，我听到了警笛声，开始是缥缈的声音，随后越来越近，越来越响。

"一定是为了保护它！"她说，"这球和其他海洋球不一样，是用两种不同颜色的球拼起来的！"

"那么……"我说,"这是人工智能自主制作的东西?"

"快把它收起来!"唐伊一听着越来越响亮的警笛声,冲我大声喊道。

"藏起证物吗?"

"什么证物!"唐伊一大吼,"他们不会懂,他们只会把没有指纹的东西一股脑存放进证物室,五十年都不会有人动它们!快装到口袋里,救救人工智能的遗产!"

我深吸一口气——她说得对。于是,我飞快地把小球塞进了自己的口袋。此时,砰的一声,门被人大力冲开,警员们像潮水一般涌了进来。

4

我们作为证人,录了一整夜的口供,直至清晨才疲惫地从警局离开。回工作室的路上,我睡眼惺忪地开着车,把小球交给了唐伊一。她一路把玩着蓝白相间的球体,陷入了沉思。下车的时候,她突然把球重重摔在地上,又用力跺了它两脚。售价六千四百元的单鞋飞了出去,撞在灰色的墙面上。

"你在干什么?!"我急忙扑上前,把地上的球捡起来。谢天谢地,那塑料球依然完好无缺。

"果然没有碎吧。"她狡猾地笑笑,跳着脚去捡鞋,"看来,我们只能把它交出去了。"

"交给谁?"

"孙博士。"伊一说,"只有他才能弄懂这种东西。"

　　为了防止有人盯梢,我们迟延了几天才和孙博士取得联系。在一个周二的午后,我第一次进入了孙再勋的家。唐伊一也好久没来过了,一进门,她就掩住鼻子。空气中飘荡着不知是狗还是拖鞋的气味,让人胸口发闷。这里果然很大,似乎是四五个单元房打通而成,在闹市里构造出一个小小的私密空间。时值阴天,窗外采光不是太好,楼上搭建的钢制窗楣伸出了许多,房间北侧是宽阔的高架路和天空,另一侧能够看到一步之远的、隔壁楼体的霉变墙面,使这里活像一间魔幻的囚笼。

　　唐伊一一言不发,扔掉了门口的两双拖鞋,找到笤帚和已经干燥变硬的塑胶拖把,皱着眉头开始打扫起来。听到声音,孙再勋终于从屋里出来了。出乎意料,他今天衣着干净整洁,戴着大圆框眼镜,穿着短袖白衬衫,系着一条与这个年龄已经不太相称的蓝白格子短领带。应该是知道唐伊一要来,特意换上的。不过,和上次见面相比,他似乎又瘦了一些。

　　“你们来了。”他冲我笑笑。

　　我有点尴尬,礼貌地和他打了个招呼。唐伊一没有理他,继续打扫卫生。可他像一个小孩般,慢慢凑了过去,跟在唐伊一后面走。女孩走到哪里,他就跟到哪里,把刚拖干净的地面踩出了黑黑的印迹。

　　“你干什么?”唐伊一并没有发火,而是略显温和地开口问他。这使我大失所望。

　　“我想看看,你和上次有什么不一样的地方。”他凑近唐伊一的脸说。唐伊一似乎脸红了,向后撤了一步。

　　“为什么戴平镜呢?”她看着孙博士脸上大大的镜框,“你的厚底眼镜呢？"

"我让'零'上网查了下。"孙再勋答道，"她说这样比较好看，要我这样迎接客人。"

听到"零"的名字，或者"客人"的称呼，唐伊一的眼睛突然黯淡了一下。

"这些天，你进展怎么样？"她转换了话题，"赶快把'零'给完成吧。"

"我遇上了瓶颈。"孙再勋挠挠头，许久不洗的头发中似有碎屑掉落下来，"不过，你希望我完成它？"

"当然……"唐伊一想伸手帮孙再勋弹走碎屑，可又缩了回来，抚了一下自己侧面的头发，不知该往何处看，只好低下头。这是我第一次看到唐伊一在别人面前语无伦次、乱了分寸。我有些好奇，那个"零"到底是怎样的存在？

"我怕自己完成后，你会后悔。"孙再勋说。他摘掉有些违和的平镜，眯了眯难受的眼睛。

"不后悔。"唐伊一说，"我反而要助你一臂之力。"

"什么意思？"

唐伊一从口袋中掏出了那个奇特的海洋球，"这是我们上周拍摄纪录片时，从一台人工智能中得到的东西。因为这事，还险些被抓起来。"

"哦！给我讲讲。"孙再勋好奇起来，也不管是否潮湿，直接席地而坐。唐伊一和他面对面坐下，似乎安下心来，开始慢慢讲述探访研究员 K 的整个过程。

他们很搭。我想。在他面前，唐伊一是那么温柔。如果他爬到四百米高的地方跳楼,伊一不仅会抱住他,可能还会吻他……想到这里,我有些痛苦,暗自攥紧了拳头。感觉十指好像回到了那夜的状态,黏黏的,血流不止。我急忙张开手,还好,这只是幻觉。大概过往噩梦的片段,尤其是被我窥伺过的别人的噩梦,依旧像树叶间的影子,挥之不去。

此时,唐伊一已经把故事讲完。孙博士接过了那个小球,放在眼睛前,伸出脖子,仔细地观察着。突然,他瞪大眼睛,似乎灵光一闪。

"你们等等我。"他说,"里面有东西,我要打开它!"

不等我们回答,他便一下站了起来。因为盘腿坐久了,腿脚发麻,他差点儿摔倒,随后一瘸一拐地直奔里屋而去。唐伊一望着他的背影,很久才缓过神来。

"他很高,对吗?"伊一低声自言自语,"但是身体平衡感不好。"

"你的腿也麻了?"我冷漠地问。

"对不起。"唐伊一赶忙转过头,冲我笑了笑,"我把你给忘了。"

"啊,我已经习惯啦。"我说,"你们讲话的时候,我已经把地全都擦完了。"

"太好了!"她开心地笑起来,看来今天心情尤佳,"如果没有你,我怎么办呢?我的好朋友、好闺蜜。"

"不要把我说得那么恶心。"

"谁让你留了这么长的头发,闺蜜?"

"这是一种态度。"我说,"摇滚精神。"

"老土。"唐伊一站起来说,"走,陪我去露台上坐坐。"

"这里有露台?"

"是啊。"唐伊一回过头，粲然一笑，"我俩曾经的第一次，也是唯一一次……"

"别说了！"我打断她。我不想听这种故事。我可以当朋友，甚至可以做男闺蜜，我只是……不想再听孙再勋这个名字。

唐伊一带领我穿过一个堆满仪器设备的房间，来到了最北侧的阳台。那阳台是一层半的怪异结构，登上四五级台阶后，果然有一个伸到外面的露台。露台上有张蒙着脏兮兮布罩的厚床垫。唐伊一把布罩掀开，拢了拢自己干净、整洁、可爱的藏蓝色裙子，竟直接在床垫上躺了下来。

"你……不怕脏吗？"我诧异地问。

"在这里不怕。"她笑了笑，"那时，就是这么脏的啊。"

我没有接这句话，摇摇头，向后退了一步。

"过来，躺在这里。"她拍了拍身边的位置，"你一定有一肚子话想问我。"

"可以吗？"

"虽然我不会回应你的任何心意，虽然我只会利用你帮我干活儿、拍摄……"唐伊一说着。她的笑容渐渐平复了，又露出了以往孤独、忧郁的神情。"虽然我是这样坏的女人，但我也没有迟钝到傻的地步。我不会再对你隐瞒任何事情，我会回答你的所有问题，我发誓永远把你当作最可靠的朋友。"

我深呼一口气，点点头，小心翼翼地躺在了床垫上。视野陡然开阔起来。此刻，天色已近黄昏，天空的云彩泛着一层亮粉的色彩。我如同做梦一般，躺在唐伊一的身旁，自觉地与她保持着远距离。

"问吧。"她说，"今天有问必答。"

"你们是怎么谈上恋爱的呢？"我说，"看着，好像陌生人一样。"

"他是……我妹妹的男朋友。"

"啊?!"我大吃一惊，一下坐了起来。

"他是我妹妹的男朋友。"唐伊一继续说，"妹妹两年前因为急病死了，孙再勋把她的脑子抠了出来。"

"我想象不出这种画面。"

"不必细想。"唐伊一说，"准确地说，是抠出了大脑中的神经网络模式，他复制了所有信息模式、所有可能储存着记忆的神经架构。但是，不知道他是否成功了，因为，我们至今无法检验这神经网络能否复现和使用。"

"所以……想用人工智能来检验吗？"

唐伊一点点头，痛苦地闭上了眼睛。

"孙博士他，因为私自提取死者的记忆，被学术伦理委员会挂了黄牌，暂停一切学术活动。"她说，"所以，他就一心创制足以支撑高级智慧运行的人工智能体。如果制造出了这种人工智能体，就把妹妹的记忆编码为可接收的信息，再全部移植进去。天马行空吧？"

"不会成功的。这是跨种族，不，跨界别……反复跨越两个界别的幻想。"

"我希望他能成功。"唐伊一低下头，"我……对孙博士产生了爱慕。我利用他对妹妹的感情，欺骗他和我在一起，成了仅有鱼水之欢的情侣。我知道，他的心里依然只有妹妹。甚至拍摄纪录片，也是妹妹的兴趣。梦中的天启，是给予妹妹的天启。我只是模仿她、想要取得孙博士的认同而已。"

"伊一，你完全可以凭借自己，获得……"

"可我不知道妹妹是否存在！"她打断了我，流出泪来，"已经太久了，她的神经网络模式依然储存在机器里，看不见、摸不着，很可能已经不能使用。我真心希望，孙再勋赶快找到合适的人工智能体。"

"这是天方夜谭。"我说，"你可能觉得我不够浪漫，但是，我认为你妹妹已经故去了。她回不来了。这种实验不会成功的。"

"唐伊凌。"她罔顾我的话语，继续痛苦地说，"妹妹的名字——孙博士所说的……'零'。"

听到这儿，我哑口无言。我已经全都明白了。我理解了他们正在创造的事业，也理解了唐伊一的忧郁和焦虑。我们的情感，似乎拉近了许多。那心与心之间半厘米的距离，似乎已不再遥不可及。我知道，伊一想要妹妹回来，但又十分害怕失去孙博士。她才是生活在最为复杂的痛苦中的人。所以她整日吞食着对身体产生巨大伤害的药品，剜肉医疮，饮鸩止渴——这就是我的伊一啊！这就是她的绝境。看着她哭泣的侧脸，我的爱意如汹涌的潮水般波澜澎湃，我要爱着她的爱，咀嚼着她的痛苦，感受着她的绝望。她就像神话中一条行驶在墨西拿海峡的航船，一侧有吞吐巨大漩涡的海妖之女，一侧则有把守通路的六头恶犬。

孙再勋，则是这个神话故事的执笔人。他只顾自己的想法、自己的实验，最终会把伊一那艘风雨飘摇的小船，彻底推入永不复生的漩涡之中。

——孙再勋，是我的敌人。

"我知道是怎么回事了。"一个声音传来。那是孙博士的声音。我打了个冷战，转头向他望过去。

"打开球体后，我发现内壁布满了极其复杂的编码。"他说，"是用极小的塑料微粒标记出的代码。"

伊一脸上也露出复杂的表情。"难道，是研究员K提取的那段……"她说，"十四个人工智能代码中重复的那段。他以此为基础，制作了人工智能体'无常形之海'。"

"我不知道它们的来源，但这些信息启发了我。"孙博士激动得浑身发抖，"我有灵感了！我可以，在已有的构架中融入这些编码，制造出一个新的人工智能架构！"

"太、太好了。"

"你们等我！等我完成了她，再和你们联系！"说着，孙再勋又转身，向房间中奔跑而去。

"啊！等等——"伊一想要叫住他，可孙博士已经隐入了黑暗中。只剩女孩伸出来的手，停留在半空中，正苦涩地微微发抖。

5

接下来的一个多月里，唐伊一显得心不在焉。她放下了拍摄纪录片的工作，甚至连拍摄研究员K的素材都没有剪辑。日复一日，本届"田野剧场"比赛就这样过去了，波澜不惊，与我们再无关联。伊一也停止了服药，似乎也不再想去死，甚至对我也变得温柔了许多。

我知道，她在等待一个结果。

最终，宣判日到来了。经过漫长艰辛的等待，孙再勋终于与伊一取得了联系。但是，结局与我们预想的截然相反——故事走向了无法判断、不可思议的维度。

"你们还是过来……看看吧。"那天,孙博士在电话中简短地说。他的声音极其虚弱、沮丧,"来看看,'零'。"

"你……失败了吗?"唐伊一小心翼翼地问。

"不,我造出了'零'。"孙博士答道,"但是……"

"但是什么?"

"这么说吧,我试了好几种人工智能架构,最终把那段编码融合进圣痕架构中,创造出作为高级智能载体的人工神经网络,并且……完成了人格和记忆信息的导入。"孙博士说,"我们追求的孩子——'零'——诞生了。她和我相处了几天,她虽然没有实体,但也像个孩童那样,可爱、天真、惹人怜惜。可是,这五天,不知为何,她却突然陷入了沉睡。我怎么都叫不醒她……"

"几天?"唐伊一打断了他,"你说,你们好好相处……究竟相处了几天?"

"七天。"孙博士用颤抖的声音说。

"你成功之后,为什么没有告诉我?"唐伊一冷冰冰地问。

"因为我对她没有信心。"孙博士说,"我不知道,她是不是咱们心中的'零'。"

"你是想独占她吧?"

"我只是怕你失望,想要丰富出一个完美的她,再让你们见面。"孙博士说,"总之,你们过来看看吧。没有及时告知你,是我的错。我过于自负了,才导致……"

嘀的一声,唐伊一竟然挂断了电话。她转过头,愤怒地走到工作室的门边,一把抄起外套。

"我来开车。"我说。

"否则让谁开？"她回头瞪着我。我知道，此时最好别惹她。我默默地抓起钥匙，往楼下走去。我用余光看到，她拿起口袋里多日不动的药瓶，把大颗抗焦虑药物倒进了嘴里。

我开得很快，如同替她发泄怒意一般。到孙博士家时，我们看到他正在门口等待，身体晃晃悠悠的，似乎很久没睡过觉，感觉就要融化在空气中。在阳光的照射下，孙再勋手搭凉棚，眼睛眯成了一条缝隙，看起来懒散又可爱。可是，唐伊一下车后瞪了他一眼，什么都没说，径直向楼内走去。

"不要这么感情用事，和你妹妹一样。"孙再勋跟上去，"她只是睡着了。"

唐伊一走着走着，突然站住，回过头，"你确定，创造出来的是她吗？"

"我确定。"孙博士说，"但不是最完美的她。"

"好，"唐伊一说，"我暂时相信你。"

孙再勋笑笑，匆忙地上前，轻轻吻了一下伊一的额头。这个吻是那样轻柔，似乎都没有碰到她。不知是由于药物作用还是孙博士温柔的爱，伊一的表情逐渐舒缓下来，也勉强笑了笑，转头朝屋子里走去。

孙博士做实验的房间光线很暗，我们看到了那台人工智能体。熟悉的蓝灯闪烁着，黑色盒子摆放在台面上，神经网络组成的超级大脑的全息影像投射在盒子的上方，正熠熠发光。

"这是一种对人类大脑的全能模拟。"孙再勋介绍说，"拥有人类神经系统的全部功能。"

"它的光线似乎有点暗。"唐伊一凑近看了看那个全息大脑。

"因为她正在睡眠。"孙博士说,"已经连续沉睡五天了。"

随后,孙博士指指旁边的墙壁,在墙上镶嵌着由九块屏幕组成的方阵,每块屏幕显示的都是暗紫色的、柔和的画面,上面有细细的、类似电视干扰线般的涟漪。

"那是把大脑活动影像化的设备。"他说,"因为技术限制,不能生成全息图,所以只能做成平面的了。但是我解析成了多个角度,可以展现大脑活动的各种细节。她现在正在睡眠,所以是一片朦胧的紫色。"

"很漂亮。"唐伊一说。她伸出手抚摸了一下最边缘的屏幕,显示器的画面泛起余波。她纤细的手指微微颤抖,就像真的触摸到了自己的妹妹。

"让她一直睡下去,会有什么害处?"我问。

"关于'零'的一切本来就是后期输入的,在仿制大脑中只是浮于表面的信息。我怕一直睡下去,那些信息会全部消退,仿制大脑变回纯粹的神经网络架构。假如,蜂房中的蜜蜂全部死去,留下蜂房还有什么用呢?"孙再勋说,"所以一定要把她叫醒。听说,你是研究睡眠的专家?"

"不,"我说,"我是研究梦的人,有一阵子拿自己做实验,造成神经系统紊乱,分不清梦和现实。"

"这样……你有办法叫醒她吗?"

"如果她所有的神经架构都和人类一样的话,"我抬起头,看着那飘浮于空中的全息大脑影像,"那就有办法。"

伊一转过身,吃惊地看着我。"怎么做?"她催促道,"快说!"

她能够真正需要我，使我非常开心。我清清嗓子，讲出了自己的计划。

"她大脑的运行机制，和人类一样吧？"我说，"即便在睡眠状态下，神经网络也会自行产生脉冲，维持最低限度的活性。"

"是的。"孙博士说，"如果不这样做的话，就会退化成原始的空白神经网络架构。"

"那就好。"我说，"现在建议你切断这个大脑的所有输入功能。"

"什、什么意思？"唐伊一紧张地问。

"关闭一切负责感官输入的节点，"我说，"与外界的真实状况相隔离，使内部产生的神经脉冲不能得到有效解释，刺激大脑在慌乱中执行各种功能，产生连贯的影像和不合理的、乱七八糟的幻想。我们把这种现象叫作——"

"做梦。"孙博士喃喃地说。

"对。"我说，"做梦。做一个又一个噩梦。然后就会醒来。"

"这样，真的可行吗？"

"我发疯之前，参与过一项研究，是诱使神经网络产生类似做梦时产生的PGO波①。"我说，"只要你的原始模型没问题，那就可以实现。总之，这就是我的办法。是否采用，在于你们自己。"

孙博士想了想，大概十几秒后，举起了右手。

"我同意。"他说，"我创造的架构绝对没有问题，请你考验我吧。"

这是典型的科学家式回答。若在平时，唐伊一肯定会生气。但

---

① 人类从深度睡眠进入容易做梦的快速眼动睡眠时，大脑会出现一种周期性的电脉冲，这被称为PGO波（Ponto-geniculo-occipital waves）。

是,此刻她只是狐疑地看着我们,紧咬嘴唇,认真想了几分钟。

"不会把她弄坏?"她担心地问。

"情况不明时,我会终止实验。"孙博士说。又是科学家式回答。

唐伊一有些失望,转过脸来看看我。

"放心吧,利用这些屏幕,你们能看到影像化的大脑活动。"我指指那九块屏幕,"建议你们把我的大脑活动和她的同步,让我同步体验她的梦境。如果我在体验过程中发现危险情况,就会发出信号。你们识别后,立即终止实验。"

"不,我去体验。"唐伊一决绝地说,"那是我的妹妹,不能让你替我冒险。"

"不行。"我说,"只有我有进入梦境的经验。我是做梦专家,你忘了吗?"

"同步大脑活动,一定会对你的大脑造成不良影响。"孙再勋说。

"没关系。"我笑笑,"会有几天产生幻觉,以为自己是其他人,我叫它'同步拖曳症'。凭我的经验可以减轻症状,没问题。"

此时,唐伊一突然走上前,拥抱了我一下。我下意识地向后退缩,但她却愈加抱紧了我,使我无法挣脱,就像那时,她在四百米高空之上对我做过的那样。

"……谢谢,"她在我耳边说,"请执行吧。难受的时候,一定要打出信号。"

这一瞬间,我闻到了她身上好闻的香味。上次感受到这种味道,正是她在拍摄纪录片时救下我、安慰我的时刻。我热泪泪涌,无以为报,只能暗下决心,用更深切的、彻骨的爱意,去对抗乌云密布、不可预知的未来。

6

在做噩梦方面，我是无可辩驳的大师。每两个夜晚，我都会做一次噩梦。不过，在镶有一百多个电极的头盔紧贴头皮的时候，我还是感受到了一丝恐惧。这是我第一次与人工智能进行同步，感觉就像是与昆虫结婚一样……令人不适。

"你准备好了吗？"眼前出现唐伊一的脸。

"准、准备好了。"我紧张地咽了咽口水。刚才似乎，把牛吹得太过了。

"我启动开关，你的视觉、听觉、触觉……所有感知，都将被'零'的大脑覆盖。"这是孙再勋的声音——可恨的疯狂科学家，他一定在为这个从没有做过的实验而兴奋吧。

"你将很快坠入梦境。"孙博士继续说，"我们在外面，也能大致看到你们脑海里的图像。虽然有低延迟，但屏幕会把发生的一切记录下来。"

"记录下来？嘿！"我转向唐伊一，晃了晃佩戴头盔的沉重脑袋，"趁现在拍部纪录片吧，怎么样？"

她捂嘴笑了。我从她眼睛里看到了光。这一瞬间，我的不适和悔意消失了。也许，拥有这一刻，我的人生就已经满足。

"现在，拍纪录片不是最重要的事。"她说，"重要的是你能安全回来。"

"放心吧。"我进行了最后的吹嘘，"我都敢在四百多米高的楼顶寻死——"这时，房间里突然响起嘀嘀的警报声，蓝光灯一亮一亮，速率在不断提升。

"'零'的感官输入已被切断。"孙再勋说,"是时候同步了!"

"好,启动吧!"我说。

孙再勋手忙脚乱地跑去控制台,可是一下子被什么东西绊倒了。他重重地摔在布满零件的备料箱上,双手似乎被尖利的东西刺中。他惨叫着,把手举起来,我看到了他手上扎着的物体。

是一对塑料角尺?正好一左一右,刺入两个掌心。我突然想起了"无常形之海",回想到它设计的机关刺穿了研究员K的心脏,我不由得打了个冷战——没关系,这一定是巧合!

"你怎么了?"唐伊一急忙跑过去,"医疗箱呢!"可是孙博士伸出流血的手阻拦住她。一边痛苦地紧闭眼睛,一边喊道:"来不及了,我自己包扎!这是大脑同步的窗口,快去启动机器!"

唐伊一咬咬牙,转身跑向控制台,飞身而上,重重地拍向三角形的按钮。

我感觉脑袋一凉,如万针深刺的疼痛感突然袭来,覆盖整个头颅,视野由两端向中央聚焦,直至留下一个小点。此时,我感觉自己在尖叫,身体似乎在快速后退,眼前出现飞快移动和收缩的光芒,似有紫色的迷雾从四周将我包裹住,如同猛然堕入天鹅绒的海洋。

随后,我便失去了意识。

7

少女站在我的面前,下半身浸泡在水里。不,画面竟是反向的。水在天上,少女倒挂下来。她的脑袋后仰,头发在肩膀之外的空间中甩动,美丽、迷人、锋利无比。

谁?她是谁?是唐伊凌吗?伊一的妹妹,孙再勋的女朋友,那个……所谓的"零"。

——这时,我突然意识到,自己和"零"的大脑是同步的。我就是梦的主体,"零"正是我自己啊,而不是面前这个女孩。

少女转了个身,露出美丽的面容,美得不像现实中存在的人。那是当然的,因为……因为什么呢……

——我又灵光一闪,继续找回自己的意识。因为,梦中的场景,只是大脑脱离时空的连续性后,对神经网络脉冲的混乱解释。所以,她的身份并无意义,或者说,她根本没有身份,只是在幻觉中虚构的形象。

我舒了一口气,大概已经能够以清晰的意识面对这场梦境了。此时,少女从水中走出来了,不,不是走,不如说是迈开步伐、在虚空中飘浮。她的世界是倒置的,拥有完全相反的重力、完全相悖的方向,似乎隐喻着身份的矛盾和疏离。

——对,梦的主角是人工智能,却被赋予了"人"的身份。能够虚构出这样的形象,说明"零"真的在做梦,孙博士的实验,大概是成功了。下面,我的任务是观看这场梦,在梦中保护虚弱的"零"的身份,精确判断发出信号的时机,帮助她在梦境中苏醒。

就这样,在一层层明晰意识的过程中,我逐渐找回了自己的思想和目的,开始熟悉这场梦的世界。少女依然在天上,悬浮于水的表面舞动。我低头,却看不到自己的手,眼前是一片绿色的荒野,有一条路,灰黄灰黄的,不知通向何方。

我在梦中,身不由己,跟随着这条小路向前走去。不知何故,腿

变得十分沉重，大概是有两个意识正在观察着梦中的一切，才增加
了主体的负担。我沿着曲曲折折的路，一直走到尽头，面前是小小
的土坡，四面环绕着结满白霜的、蓬松的细树，土坡上卧着一条蜷曲
的、首尾相连的黄狗，后面是红白相间的鸡群。那些鸡看着我，浑身
一抖一抖，只有脖子静止不动。我绕过这些呆滞的动物，看到雾凇
的背后有铺满苫布的土墙，断成一截一截，立在地表，其中最高的墙
壁如同孤掌，高高地指向夜空中的星球。我这才发现，天空中唯一
的星球是那么庞大，占据了半个天幕；星球表面有纵横交织的暗绿
色道路，一些扁平的飞行器如小虫般在它的表面慢慢挪移，投下模
糊的阴影。

此时，我感觉肚子一凉，低下头，却发现腹部插着一把螺丝刀。
一个女孩握着生锈的刀柄，半跪在地面，正抬眼看着我。她似乎刚
刚从水中出来，头发湿淋淋的，眼中满是茫然。这是谁？这个……
漂亮的女孩。她突然把工具横切一下。肚子不痛，这只是梦而已，
只有凉凉的感觉。她的身子在扭动，拔出螺丝刀，再次刺入。做完
这些动作，她的脖子却始终没有动弹，像鸡一般，脸保持在同样的角
度。那不是立体的脸，而是一块诡异的平面、一张照片。

这时，我突然回忆起，我见过这张照片。是唐伊凌！伊一前几
天给我看过她们姐妹俩的合照。是别人抓拍的，伊一在笑，但伊凌
还没缓过神来，表情迷茫而空洞。这是在梦中啊，在此刻，唐伊凌正
是我。那么，为什么她会出现在我的眼前？

少女拔出工具，第三次插入我的胸膛。

突然，我感觉光在眼前扩大，大脑似乎从冰凉刺痛中瞬间拔出，
有种猛然脱离冰水的迟钝感，好像这种隐痛永远不会消散。我抱

住头, 从椅子上摔倒, 蜷缩在地上。一双温暖的手突然扶住了我。

我睁开眼睛。是唐伊一。

"怎么样?" 她紧张地问我, "痛不痛?"

"为什么……把我给弹出了……" 我说。

"因为你被刺了好几刀。" 她说, "看起来很痛苦……"

"在梦中是死不了的!" 我摇摇头, 脑袋的隐痛逐渐消退, 但断壁残垣和梦中的巨大星球似乎仍在眼前打晃, "我说的危险, 不是这种意思。"

"那什么时候, 才算危险?" 她逼问我。

"我讲不清楚, 一切由我自行判断。" 我说, "你怎么变得这么不冷静了?"

"只是怕你受苦而已。" 她后退了一步, 似乎有些生气, "看你在梦里受苦, 我才按下弹出的按钮。后面我再也不管你了, 你好自为之吧。"

我一愣, 突然觉得有些后悔。唐伊一坐到离我很远的位置, 去盯着九块显示屏, 似乎在等待下一场好戏, 等待着我被千刀万剐。可那个梦已经结束了, 屏幕上的画面又恢复成了紫色的、颤动的样子。

"讲讲刚才发现的线索。" 孙博士突然说。

我看了看他, 他正举着那双被包扎起来的手, 露出一脸好奇。讨厌的科学家。

"没什么有用的信息," 我说, "我需要再进去一次。"

"没信息吗?" 孙博士显得很惊讶, "据说, 梦反映了无意识的恐惧和儿时的欲望, 只不过它们以被心灵压抑过后的面貌出现。比如,梦见巨大的星球,代表压力;梦见被杀,是不安情绪的宣泄。"

"很遗憾,大科学家。"我冲他笑笑,感觉即将找回我的自尊,"你说的这些理论,都是无法测试、无法复现的猜想,是十九世纪浪漫主义的产物。真正的梦只是大脑为解释无规律涌现的符号编出的故事。梦中出现的意象,有些只是记忆的随机投射,有些反映外界的临时干扰,有些则是病理性的痕迹。"

"病、病理性?"

"比如,那个巨大星球的意象,很可能只是一次手术的后遗症,麻醉后遗症。"

孙博士突然一愣。

"怎么了?"

"没事,"他说,"请继续吧。"

此时,紫色的屏幕画面突然开始颤动,似乎有云雾在氤氲、分裂。下一个梦要开始了。我赶快摸到头盔,匆忙坐到椅子上。

"你好自为之吧,我不会把你弹出了。"唐伊一过来启动开关,冷冷地说。我也尴尬地冲她笑笑,然后她把头扭了过去,肩膀似乎轻轻发抖。

脑中冰凉的感觉再次涌起,我自觉已经轻车熟路,深吸一口气,做好准备,投身无法预知的梦境中。

8

车轮的声音。

似乎是快速运动的、车轮的声音。睁开眼睛,我们正在狂飙。

——是我在开车！旁边是个喋喋不休的同学，因为他穿着校服，所以我知道他是同学。我认识他，但是叫不上名字。车后排坐着一个老人，面色凝重，正闭目养神。车辆颠簸着行驶在石板路上，漂移过狭窄的弯道。这里似乎是古老湖泊边的古城，不过早已变成旅游胜地。难道是，伊一姐妹的家乡？不，还是我的家乡？难道是现实中的景物吗？

突然，我身边的人改变了。变成了中年人，胖胖的，头发已经灰白。"叔叔，"我听见自己这么叫他。"叔叔。"他突然哭了起来。"叔叔，爷爷死了。"我说。

——爷爷，爷爷死了！

"那你还不来安慰我?！"他歇斯底里地叫道。

这时，我的意识逐渐澄明——这是梦境，不是混乱的现实。梦有两个特征，一是失序，二是客体的随机变更。我们的车辆在狭窄的石板路上狂飙，这就是失序；同学突然变成叔叔，这是客体的变更。毫无疑问，我正身处梦中。想到这里，我终于抓住了救命稻草，踏上了坚实的地面，可以安心在这个世界生存和观察下去。其实梦的世界，不合理的地方一目了然，但是梦中人的感官和思考都处于不完整状态，所以，未经训练的人很难一眼识破梦境。

叔叔依然在抽泣。我不认识这个叔叔，这大概是……伊凌的叔叔吧。

这时，我感觉自己一下踩了刹车。车辆转出两个三百六十度的完美的圆，停在了一片宽敞的广场上。这是河边的大平台，旁边有个巨大的场馆。我认识这里，这是歌剧厅和博物馆共用的巨大建筑，以打砸抢烧镜头著称的美国大导演有部电影在这里拍摄。电影画面里, 巨大的机器人从天而降, 落在这个探照灯照耀的广场上。人类从歌剧厅走出来迎接它/他/她, 和机器人的小拇指相比, 人就像一只可怜的蟑螂。

可这里没有机器人, 布景尽皆荒废, 广场上长出了荒草。我下了车, 一转身, 其他人全都不见了。此时, 音乐齐鸣, 歌剧厅大门洞开, 唐伊一从歌剧厅慢慢走了出来。

我一怔——伊一?!

"欢迎来到博物馆。"她微笑着说, 看起来似乎比平时更漂亮。但是, 她只有上半身, 只有完美的脸蛋, 下半身是一团蒙蒙扩散的云雾, 并且这云雾正在自下而上逐渐吞噬她的身形, 似乎迟早要将她整个吞进虚无的空间中。

"今天参观的是人类进化史。"伊一优雅地向博物馆方向伸出了手臂, "请吧。"

我点点头, 一边跟随她向博物馆走去, 一边抬头向天上看。这是个下意识的动作, 是我或是梦境主体伊凌的动作。我们现在似乎已经混同, 但我又有种不舒服的感觉, 似乎有个充满迷惘、恐惧和恶意的存在把我硌得生疼, 就像鞋里的沙子。

进博物馆之前, 我忽然感到有些害怕, 可是咬咬牙, 没有发出信号, 也没有人主动把我弹出。真正的唐伊一履行了不管我的诺言, 她的胆识真够大的, 她一定在显示器中看到了梦中的自己, 竟也能不动如山。大门在身后关闭了, 我已经置身于博物馆内。博物馆的大厅果然非常宽敞, 可是引路者无视所有巨大的展览品, 只带领我往楼梯的方向走去。我用余光看到了那些东西, 似乎有被放大到顶天立地的姐妹合照、孙博士的怪异工作台、沉默的纤毫不动的搬运工小队、大到令人生恶的蚂蚁、一台如石碑般厚重的冰箱，以及——存放在气囊中的海洋球。小球成千上万，不可计数，似乎随时都会被释放出来。

"爱你。"似乎听到了这个声音，使我打了个寒战。

伊一毫不喘息，轻车熟路地带我走或飘向二楼。抵达二楼后，我们在一条黑暗逼仄、令人不适的走廊上向前行走着。没有任何火光，似乎身边的一切都消失了。

"你复习得怎样？"伊一的声音说。

"什么？复习？"

"在展品的缝隙中，你没有看到进化的痕迹吗？"

"你把我弄糊涂了。"

伊一的脸突然出现在眼前，居高临下地看着我。

"不用心的妹妹。"她说。

这时，黑暗中突然打开了一扇门，门内有微弱的灯光。不等我思索，身体就自动迈开脚步，跟随伊一走了进去。这是一间狭窄的屋子，曲曲折折，越走越窄，无法回头，只好摩擦着墙壁，继续向前走去。墙壁上似乎有很多小点点，不，那是文字，还在动、在闪烁，是一个个录像的片段。记录的似乎是早已消失的古生物，以及没有见过的植物，它们组合在一起，成为庞大繁杂的树形图，有的蓬勃分叉，有的断裂消失。

"现在，你记住了多少？"伊一的声音问。

我不知该如何作答，却突然闻到了一种类似陈年积日的耳屎的味道，油油的、怪怪的，不由得想捂住鼻子，但手臂被墙夹住，不能动弹。

"什么味道？"我说，"受不了了。"

"是啊，如果尼安德特人进化出这种特殊气味，那么，人类就不会剥掉他们的毛皮制作衣服。"伊一说，"人类自身，也有一个基因的瓶颈期，当时全球人类数量可能降到几千左右，全凭运气才活了下来，所以后世人类的基因才如此相似。鹿死谁手，犹未可知。"

"怎么可能进化出这种气味。"我听见自己说。

"但是，你可以啊。"

"什么？"

"你可以。"伊一说，"进化出散发怪异气味的功能，走向虫子的另一个分支。"

"我又不是虫子！"

伊一突然现身，和我脸对脸，眨眨眼睛，显得有些吃惊。

"你变了。"她说。突然上前一步，卡住了我的脖子，"谁在那里面？"

"我……"

"谁？"

"'零'……"

不行，已经不能呼吸了。救我。我想，救我。救我。收到了吗？唐伊一！孙再勋！可恶的科学家！这便是说好的求救信号，他们可以读到我的脑波。救我。我想，救——我！

突然，我感觉头脑一下子被拉长了，蔓延的痛感从脑干一直传到整根脊椎，浑身如触电一般发抖。我一下打了个激灵，感觉自己正在冰冷的地面上挣扎，大口呼吸空气。有一双手将我紧紧抓住，拖到角落里，那里似乎有张温暖的毯子。我也紧紧握住那双手，不想松开。很柔软、纤细。不要松开……

"可以了吗?"

视野逐渐恢复了,我的眼睛像鱼口般缓缓睁大。景物从模糊到清晰,我看到了唐伊一。我……还在梦中吗?我低下头,确认她的身体。身体还在,是……真正的唐伊一。

"可以了吗?"伊一红着脸问,一脸嫌恶的表情。而我正紧紧地攥住她的双手。

我发觉自己失态了,急忙松开她的手。伊一一下子把手缩了回去,喷着阴沉的气息离开了。

好真实的梦……我浑身湿透,依然惊惶不已。梦中没有吓人的东西,可诡谲的气氛却令人无比恐惧。

"还是没找到有用的信息?"孙博士举着略显搞笑的双手问。

"不,"我喘着粗气说,"已经足够了。"

"足够了?"他显得有些诧异。

"再给我半分钟时间。"我揉着太阳穴说,"我要把信息整理整理。"

"那我就去后面,弄点东西吃。"孙再勋说着,急忙转过身去。

"等等,"我叫住了孙博士,"你……教了'零'什么?"

闻听此言,伊一一下把头抬了起来,吃惊地看着我们,孙博士也停住了脚步。

"你质疑我。"他说。

"你给这个架构……"我已经从梦的阴影中逐步缓解,向前走了一步,"增加了什么东西?"

"我有我的工作流程,"他略显不快地说,"外行人不要插手。"

"半分钟到了，"我看看表说，"我已完成了信息汇总。你是这个领域的专家，我没办法质疑你。同样，我是研究梦境的专家，你的所作所为也无法逃过我的眼睛。"

"那么，你发现了哪些信息？"他挑衅般地问。

"进化史。"

"别搞笑了，你说过，梦只是各种符号的混乱联结。"孙再勋辩解道，"你又能得出什……"

"刚才我看到的并不只有梦。"我打断他，"还通过影像化的脑内活动看到了大脑自动学习的过程。"

"学习？"

"在睡眠中，大脑会加速学习，巩固一切应该记忆和理解的东西。"我说，"做梦的过程，则会通过混乱的符号表达，主动遗忘那些不重要的信息。睡眠－做梦，这是一整套自动学习过程。"

"人脑自动机？"唐伊一说着，看向孙再勋。

"好吧……可以看作自动机……"孙博士痛苦地笑了，"模拟的人脑自动机，会把学习作为优先级任务。"

"总之，睡眠是学习的过程，而她在学习进化。如果我没猜错的话，她在把自身融入整个进化史。"我对孙博士说，"因为整个过程太复杂、太烦琐，大脑把学习作为优先级任务，所以诱导出了不可中断的自动学习过程，她才会持续沉睡，无法醒来。"

孙博士沉默了。他像个孩子般，无助地看着我。

"是这样吗？"伊一问。

"所以，博士，你也害怕了吧，才让我们把她叫醒。"我说。

孙博士突然叹了口气。他抱住头，退到墙角，慢慢蹲了下来。

"不是把自身融入进化史,"他说,"而是把进化史融入自身。"

"什么意思?"

"进化史上有无数的遗传、无数的遗忘。"孙博士突然正色道,"如果没有数亿年进化史和遗传蓝图的加入,人类制造出的人工智能,即便拥有了高级智慧,也不可能变成和人类思维方式相同的东西,甚至会像外星生命那样难以捉摸。"

我突然想到了研究员K制成的"无常形之海",不由得心中一紧。

"我……真的不想造出混乱的东西,而是想制造人类,制造出属于我的'零'……"孙博士沮丧地说,"所以,我尽全力提取了进化史、遗传蓝图、人类的主观经验和万物的本源,形成了史上最有用的、最复杂的学习资料库,用于人工智能的迭代。但没想到,这会导致她永远沉睡下去……"

"可你之前说。她像个孩童那样,可爱、天真、惹人怜惜。"唐伊一痛苦地问。

"那是在骗你们,对不起!"孙再勋瘫倒在地上,"我一直……没敢与'零'对话。我不敢启动。我无法想象,她是与人类截然相反的生命体,却拥有伊凌的记忆。"

"……说不定,她仍是伊凌本人。"

"不可能!"孙博士大吼道,脚在地板上磨蹭着,向后退了两步,"对不起,我失态了。我有点不舒服,要去里边了。不如说,我的使命结束了。接下来交给你们吧,或者把她叫醒,或者把她杀掉……"

"你说什么?"唐伊一愤怒地大喊,"她现在是伊凌所有记忆的唯一载体啊!"

可是，孙博士没再理会她，只是在拼命地重复一句话："我的使命结束了。我的使命结束了……"

9

孙再勋走后，屋子忽然安静下来。只能听到黑色机箱运转的微弱嘀嘀声，看到那日复一日永不停歇的蓝灯闪烁。

唐伊一像一个正在从高空坠落的人，嘴唇发白，手臂发抖，充满绝望地睁大眼睛。我想开口，但不知怎么安慰她。她跌跌撞撞地走到九块屏幕之前，扶住墙，直直地看着那一片雾蒙蒙的暗紫。

"妹妹……"她喃喃地说。

突然，警报声响了起来。

"弥散警告——"毫无感情的男声。应该是孙博士预先录制的声音，就像按门铃、打电话时他自己录制的答谢词一样。

"弥散警告——"那声音重复道，"人工智能'零'完整度降至50%，达到生存临界点。"

"睡眠时间太长了。"我说，"她要退化和消失了。"

可是，唐伊一愣愣的，完全没有反应，一点不像平时雷厉风行的样子。她眨眨眼睛，流下泪来，似乎想起了最痛苦的回忆。

"她死的时候，全身都溶化在游泳池中……"伊一颤抖着说，"我差一点儿就能救她。上一次……孙再勋的研究，也只差一步就能成功。每次，我都无法挽留她，我始终无能为力……"

"我们再试一次！"我摸索着戴上头盔，看着开始波涛汹涌的屏幕界面，"把我接入她的大脑，增加睡眠中神经网络的负担，把她唤醒。"

"可两次都没有成功……她没有醒。"

"这次,让她做一个噩梦!"

"噩梦?"

"你知道,做噩梦是大脑中负责什么感情的区域驱动的吗?"

"恐惧。"

"不,"我说,"是愤怒。对于人类,是激活右侧额叶皮层。而对于模拟的神经网络……我就不太懂了,需要你去寻找。"

"我明白了。"她抬起头说,"我知道是哪个区域。"随后,她扑向控制台,去输入一组复杂的代码。我端端正正地戴好头盔,长呼一口气,准备第三次进入"零"的梦境之中。

这时,唐伊一突然停了手。

"怎么了?"我说,"快按开关,把我送进去。否则来不及了!"

"也许,这样放着不动才最好……"伊一说。

"可是,愤怒的情绪已经注入。"我说,"噩梦已经开始。"

"她真的、会是我妹妹吗?"伊一再次确认。似乎在问我,似乎又只是自言自语。

"即便是别人,"我说,"她也会拥有你妹妹的记忆啊。启动吧!"

伊一在我这里获得了虚幻的安慰,于是点点头,启动了开关。我将身体向后仰去,以减轻前两次那种不适感觉。我可能骗了她,我自己也不太确定。总之,我不想看到她痛苦绝望的神情,想为她留下一线希望。

——我也不知道这样做,是对还是错。

10

这次的梦境,是一栋高宅——复古的四层建筑,楼体很新,外墙方砖接缝处白得发亮,显然是近年为追寻潮流新造的建筑。门厅高大雄伟,石柱挺立,很像酒店入口。高宅前面有个花园,后面则是大到夸张的游泳池。一些男男女女正在花园里徘徊。天暗了下来,今天人来得不多——不知为何,我产生了这种印象,似乎自己曾经到过这里。

我穿过花园,向高宅走去,全身关节发麻,有种高烧不退的感觉,脚步也有些不稳。一个老人过来搀扶着我,冲我面露微笑。随后,另一个穿制服的女人也过来扶我。是服务生?还是仆人?他们领我进入大厅,果然只是住宅。大厅里有盘旋上升的旋转楼梯,有可以举办长桌宴会的餐厅。但是,这种复古的豪宅里却布满了违和的现代科技产物,有台一看就脑子不灵光的白色机器人跟在我的后面,擦着我留下的血痕。

——等等,为什么会有血痕?

“客人来了!”扶我的老人兴奋地喊道。

“叔叔,在哪里?”我听到自己说。

叔叔,我又听到了这个词汇。天气有些闷热,他们似乎把我带上了二楼。在一间铺着红色木地板的屋子里,他们把我放下。现在我凭借自己的力气根本站不起来。我跪在地板上,开始咳血。旁边有人在喘气,喘息中带着笑声,嗓音沙哑,像个老烟鬼,他慢慢地蹭过来,站了片刻,又踮脚坐在我的面前。我看着自己的手掌,视线变得越来越模糊。手上有血，指甲在脱落，让我想起了攀爬四百米高楼时发生的事情。这绝不是高楼，我晃了晃脑袋，绝对不能混淆，这只是梦中的豪宅。

——我是"零"，我是"零"，只是"零"而已……

眼前的人突然用锃亮的鞋尖踢了踢我的下巴。我抬起头，鼻子里有什么东西流了出来，流进嘴巴里，腥腥的。

"五官也出血了。"那个声音说，"你就是孙博士吗？"

"我是……来代替他的人。"我听见自己说。

"怎么是个女孩？"老烟鬼仔细看看我，似乎有些不满，"孙博士主动与委员会对赌，自愿当实验品，不需要别人代替。"

"晚了。我已经……注射了那种针剂。"我说。

男人突然笑了。那张模糊不清的脸，在眼前逐渐变得清晰。灰白色头发，胖胖的。

——他是坐在汽车上的那位"叔叔"！

"你知道针剂有什么效果吗？"他笑着说，"它会解禁人体的分子钟，加速神经系统和DNA突变的累积，对大脑的提升作用显著，包括记忆力、判断力、神经元的活性……但有15%的概率出现副作用，可能是让绝大部分DNA断裂，谁知道呢。"

"随、随便好了……"我说，"你们对实验效果，满意吗？可以放过他了吗？"

"白痴。"男人正色道，"那一针是考虑到年龄、身高、体重、DNA端粒磨损程度，专为孙再勋准备的剂量。对你而言，剂量还是太大了。"

"我要……保护他。"我说。此时，我感觉自己五指的皮肤已经逐渐粘为一体，再难分开，耳朵里嗡嗡直响，肺像风琴一样冒出凄凉的喘息声，"因为我……爱……"

我再也说不出话来了，因为整片下嘴唇掉落在了地上，就像三流恐怖片中的镜头，它失去生命力，缩成了薄薄的一片，好似蜗牛刚被切掉的头颅。儿时，我为了取乐，去剪蜗牛的触角，可因为手抖，一刀把蜗牛的脑袋剪掉了。那小小的软体动物的首级粘在剪刀上，突然将四个触角像挣命般伸长，随后紧紧缩成一团。

缩成一团——就像现在的我，现在的"零"，现在的……妹妹。缩成一团，在地上痛苦地发抖。

"算了。"男人冷笑了一声，"毫无作用的牺牲，只为年轻人愚蠢的爱。"

这时，我突然按住地面，积蓄起最后的力量，向对方猛扑过去。他大吃一惊，向后一退，险些摔倒，眼神中立即露出厌恶与恐惧。

"放了他吧！"我用含混不清的声音说。那声音不像人发出的，而像是用铁棒摩擦生锈的洪钟产生的。

"我当然不会杀他！"男人惊恐地说，"本来就是一场实验，愿赌服输。我的派对快要被你毁掉了，请离我远一点，现在，离开这栋房子，离开！"

"就这样放过他们吗？"老者问。

"没关系，把答应的资金批给孙博士。伦理委员会总能找到理由惩罚异见分子。"被称作"叔叔"的人不耐烦地摆摆手，"他过于剑走偏锋……必须毁掉他的职业生涯。"

这些话语声音很小，我全都听到了，但毫不在意，我已经没有精力对抗，至少……孙博士的命能够保住。我跌跌撞撞地往屋外走去，甩开了两个来搀扶的人。他们全都戴着手套,不愿触碰我溃烂的肌肤。我一瘸一拐,继续向前走,扶着墙,留下血痕和机器人似有若无的抱怨声。没人再来管我了。眼前似乎有两排宽阔的楼梯,但是,由于身体实在难受,我已经无力支撑自己从楼梯走下去。整个胸腔似有火焰在燃烧,腹部如同被野兽扯裂一般,不知是真实还是幻觉。疼,痛,绝望,折磨。这明明是梦里,为何会有如此清晰的身体感受呢?我的脸,又已经毁坏成了什么形状?这时,我发现了一间盥洗室,在我的右手边。我要去洗干净我的脸,擦掉身上脱落的皮,变回漂亮的样子,我要和孙博士在一起。我要摘下他白净面庞上的厚底眼镜,让他看清我为之流血的脸庞。这种欲望填满了我的意识,驱动着无人看管的身躯,跌跌撞撞地走进盥洗室内。果然,那里有面光滑的圆镜子。

我用自己松动流血的眼球,朝镜子看去。穿过血和大脑组成的"雾气",我看到了镜中的自己。

我看到了孙博士的脸。

呆滞的、白皙的、眼中闪烁平静光芒的脸。

那不是一个物化的符号,也不是梦中常见的、如照片似的平面图形,而是真正的、孙再勋的面容。看到我的意识,他冲我眨了眨眼睛。

我突然意识到——这具躯体里,有第三个人!

腿开始不听使唤了,我向后退去,以一种怪异的姿势冲出走廊,也许是腰部已经在崩毁中扭转。眼前有一个大阳台,外面的温热气息扑面而来。我被栏杆阻拦,失去重心,向下坠落。

下方,是夺取唐伊凌生命的游泳池。我重重地摔落在内,水的帘幕升腾起来,被身体流出的血液染成粉红,又像雨落下,将夜空红色的巨型月亮洗得更圆、更亮,使它更加安静、更加美好地悬挂在荒诞的世界上。

11

从噩梦中猛然惊醒,我一下坐起,扯得脑袋生疼,然后翻滚到地上,用几分钟的时间脱离不停搅拌的眩晕感,艰难地回归现实。这次头晕的程度比前两次有所减轻,但疼痛感却加剧了,仿佛梦中的痛楚延续到了现实的身体上。实验室一片狼藉,唐伊一像尊雕像般,靠着墙壁,捧着被砸碎的屏幕,把头紧紧贴在那里。

看来,不是她叫醒了我,也不是我主动弹出来的。这说明……

——说明"零",被成功唤醒了。

"为什么……砸碎屏幕?"我捂着剧痛的脑袋问。

她颤抖着转过脸来,脸上却布满泪痕,露出震惊、伤痛和一片茫然的表情。

"怎么了?"我迈开自己瘫软的腿,抬起无力的上臂,上前搀扶她,"你妹妹的意识应该不会消退了。现在,我有话要说。你做好心理准备。"

"不,这是……记忆。"她突然说。

"什么?"

"我想,你刚才经历的……"她痛苦地答道,"全都是伊凌真实的记忆。她就是在这样的环境、以这样的方式死掉的。"

我一愣,突然明白了一切。为什么在梦中,身体会有这样的痛楚？为何梦里的细节会如此清晰？为什么梦中会出现奇怪药物的讲解？这一切问题，全都得到了解答——这竟是伊凌的记忆。刚才体验的噩梦，是梦和记忆交织在了一起。

"记忆？"我问，"那大宅到底是哪里？"

"那是伦理委员会主任的别墅。"伊一说。

"为什么伊凌会去那里？"

"那阵子，孙博士的人工智能安全产品被不明人物泄露到市面上，造成投资方的巨额损失，他第一次被亮了黄牌。"伊一说，"为了解冻研究资金，孙博士和主任对赌，愿意使用委员会某项重点任务的实验药品。由于那种药品有15%的致死率，在伦理上无法雇用社会人员充当被试者。"

"也就是说，孙博士愿意以15%的致死风险，换回研究资金？"我说，"就为了这种……无聊的理由，甘冒丢掉生命的危险！"

"你不明白，能够继续研究下去，对一位科学家的意义。"

"——不，是科学疯子！"我说，"他们明明在拿他取乐。"

"但他别无选择。"伊一说，"两种风险必须选择一个——结束生命，或者结束一切。"

"生命，不就是一切吗？"

"不是，所以我才爱他，伊凌才爱他。"伊一咬紧嘴唇，"所以伊凌愿意为爱人承担那15%的风险，将针剂注射在自己体内。但是，没想到，因为剂量不同，风险也翻了倍，她输掉了自己的性命。"

"明白了……"我叹了口气，"所以，孙博士才要如此疯狂地把她找回来。"

"可他成功了！"唐伊一突然扑过来，用乞怜的眼神看着我，"这个人工智能,果然是伊凌吧! 让我和她说话,快,让我和她说话! 怎么和她说话?"

"等等,你听我说。"我耐心地按住她的肩膀,"我还有一件事要确认。"

"什么事?"伊一的眼睛游移着,似乎已经抵达了崩溃的边缘。

"你妹妹曾经做过手术吗?"我问。

"没有,"她说,"怎么了?"

"孙博士呢?"

"我怎么知道……"

"求你了,想一想。"

"呃……"她想了片刻,"在和妹妹确定关系之前,他曾经住院很久,切除了两处肿瘤。"

"我明白了。"我说,"你的证言、梦中的符号、我在镜子中所见的景象,串联在一起,足以得出结论——孙博士,他……在'零'的里面。"

"什么?"唐伊一后退两步,"不可能……"

"我刚才在梦中,看到了镜子里的自己。"我说,"一般来说,在梦中照镜子,会出现三种可能性。一是看到活生生的、本人的脸;二是其他人的脸,但会如纸片般木然;三是什么都没有。我看到的,不是伊凌,而是表情丰富的孙博士。我想,梦中的巨大星球,可能是近几年内全麻手术留下的后遗症。综上所述,孙再勋的意识很可能存在于'零'的头脑中。"

唐伊一怔住了,"那我妹妹呢……"

"人工智能的主体仍是伊凌,但我不明白,孙博士是怎样进入的！当务之急，是找到他。他在哪里？”

“不知道。”伊一乱了方寸，指了指实验室的尽头，“他刚才从那扇门出去了。”

我冲过去，但门却推不开，应该是从里面反锁了。随后，我扑向实验室的另一个角落，在桌上的架子后，拿起了自己的便携式摄像机。

“那是什么？”伊一问。

“对不起，我今天带了摄像机，趁你们不注意，放在了实验室里。”我说，“我想全部拍摄下来，作为献给你的礼物。”

“你在工作上……僭越了我的决定。”她低声地、果决地说。我刚想解释，她突然把摄像机从我手中夺走，打开显示屏，开始回放今天的镜头。“但是，今天我要谢谢你。”

我舒了一口气，和她一起盯着显示屏。“拜托你了，摄像机。”她喃喃地祈祷道。

——镜头里，是我们刚到实验室时的样子。孙博士正向我们介绍“零”陷入沉眠的情况。伊一按了快进，镜头开始快放。孙博士的手受伤了，却拒绝伊一的包扎建议，我戴好头盔，伊一为我启动机器。

我们结束快放，视频回归正常速度。

镜头里——伊一正紧紧盯着九块展现梦境的屏幕，孙博士则瑟缩在一旁。此时，他的手突然变换形状，成了已经包扎好的样子。

镜头外，我们两个都瞪大了眼睛。

——此时，镜头里孙博士从地上站起来，站在伊一身后，一起盯着屏幕。他的身上，出现了自中间扩散到边缘的涟漪，持续了大概半秒钟。那正是画面刷新的节点，是全息影像永远不能克服的技术缺陷。

伊一呆呆地松开手，摄像机掉了下来。我突然明白了，怪不得今天屋子里的光线很暗。

——今天接待我们的孙再勋，只是全息影像而已。

12

"怎么会是影像？"唐伊一喃喃自语，"再勋去哪里了……"她似乎一下被抽走了力量，瘫倒在地上。摄像机倾斜在一旁，在持续播放今天的录像。我从桌下找到一根坚硬的金属棒，开始用它狠狠地撞击孙博士离开的那扇门的锁，想要把门打开。那扇门没有把手，只有一个程序驱动的识别器，小显示屏发出幽幽的绿光，我不知道密码，也对它无可奈何。

——那里面一定隐藏着什么秘密。

砸了十几分钟后，我大汗淋漓，胳膊发抖，可门依然纹丝不动。我把变形的金属棒扔到地上，蹲到门前，喘着粗气，开始逐个尝试密码。

这时，唐伊一站起来，轻轻走到我的身旁。

"让开。"她不容置疑地说。

我只好闪到一边。她站到门前，想了想，按下密码，可门没有开。然后她试了第二次、第三次、第四次。最后，她深呼一口气，思虑片刻，按下第五个密码。啪的一声，门锁解开了。

"原来，不是我的生日啊。"她笑笑，"也对，当然……不会是我……"

"我去看看,藏在我的身后。"我说着,从地上捡起摄像机,举起来,边录像,边向下一间屋子走去。伊一如幽灵般跟在我身后。那是一个如长夜般的黑洞,黑色的墙壁吸收了所有的光。我不知道这条走廊有多宽、有多长,只觉得似乎有无处不在的眼睛盯着我。出乎意料,穿过走廊后,我们进入了一个普通的单元房,似乎是孙博士平时生活的地方。他并不在这儿。客厅里的电视开着,在播放白蚁生活的片段,密密匝匝,令人恐惧。电视对面,棕色的布艺沙发塌下去一个大坑,似乎有看不见的人坐在了那里。伊一如梦游般走了过去,摸摸它的表面。

"好温暖。"她说,转过头,冲我凄然一笑。

"你先冷静。"我说,"咱们去别的房间找。"

"不,我要把它拆开。"她继续说,"再勋一定在里面。剪刀……剪刀在哪儿?"

糟糕,她可不要在这个时候崩溃!我想。此时,电视的声音陡然增大,发出沙沙的响声。我扭过脸,看到了电视播放的画面。

那些白蚁开始蚕食同类,大快朵颐。对,这是白蚁的习性。这时,我忽然意识到,也许"零"根本没有沉睡过呢,否则,怎么会把梦和记忆混淆在一起?二者机制差异很大,根本难以混同。

她在诱导我?还是欺骗我?我一下子体验到,研究员 K 想要干掉"无常形之海"的那种恐惧。

"你饿了吗?"伊一突然问我,"到了我家,要不要给你弄些吃的?"

"不饿!"我后退一步,"你清醒一点。我们要走了。"

"不要客气,这里是我的家呀。"她笑了笑,低下头,"如果……如果再勋和我在一起的话……"

她说着,转身走进了旁边的厨房。我急忙跟上去,看到厨房里有一台巨大的冰箱,贴着三四个乱七八糟的冰箱贴,好眼熟。

——不对。我一怔,停下了脚步。

在梦里。我在梦里,见过这台厚重的冰箱。

——在那个进化博物馆!

"等等!"我拽住唐伊一,使她险些摔倒。随后,我大步跨到她面前。挡住她的视线,慢慢打开了冰箱门。

寒气扑面而来。

冰箱里,竟是人类尸体的残片,没有头颅,只剩一些骨肉被胡乱摆放着。断面很新鲜,血液未干,冷藏剂和腥臭味混合在一起,唤醒了如在海边般的奇妙嗅觉。我看到了掉落在冰箱中的厚厚镜片,这似乎是孙再勋的尸体。

"好香。"伊一在身后说。

我砰的一声把门关上,不让她看到冰箱里的东西。

"我们走!"我说,随后去拉她的手。她却后退一步,躲开了。

"这是我的家,"她说着,顺手拧开了灶具上的开关,"我要和妹妹——和'零'在一起。"

"她不是你妹妹!"我喊道,"快走!"

但是,她似乎没有听见我的话,只冲我莞尔一笑。

"谢谢你,"她说,"谢谢你记录下我们的重逢。"

此时,我听到一种低沉的、阴郁的又逐渐高亢起来、散发出快乐节奏的声音,像中央空调的震动,从一墙之隔的房间中传出。我颤抖着走出厨房，穿过白蚁横行的客厅，绕到了隔壁。那似乎是间卧室，我咽了一口口水，抓住把手拧开了那道门。

大脑神经网络的全息影像，投射在半空中，五彩斑斓。地面上则是二十台银色的机箱和密密麻麻的线路，编织得如同蛛网一般，发散到四周，又聚合在中央，形成层叠的塔状结构。一些线路上竟挂着斑斑点点的血迹和细小不明的生物组织。我明白了，这个房间里，大概才是"零"真正的主机。她便在这诡异的仪式感、裸露的线路中复生着。

线路形成的蛛网中央悬挂的，是一只眼球，血淋淋的眼球。

那是孙再勋的眼睛。

看到我，眼球动了一下。此时，隔壁传来轰的一声急响。火焰爆发出来。我转过身——

转过身，看到了神的灵光一现。看到眼前空虚混沌，渊面黑暗，"零"行于虚空之上。看到人要离开父母与世界结合，众人成为一体。

这便是记录的终结。

13

坐在玻璃障壁之后，我无所事事，只能盯着眼前大小不一的孔洞发呆。这临时房间里没有钟表，而我体内的时钟早在出事时已经停止，所以弄不清现在到底是几点几分几秒。

但我知道，他们迟到了，因为我的心已经在等待中变得有些不安。看管我的人也在不停地看手表。不论是怎样的约定，迟到就是不对的。我决定惩罚一下他们，但此时，他们却推门走了进来，真会卡时间。我抬头瞄了一眼，是一个不认识的男人，看起来像警探，还有一名女助手。他们向我直呼抱歉，说会见罪犯的程序出了点问题，耽搁了很久。

——无所谓了，我也会见过罪犯，我对他们表示理解。

两个人匆忙在我面前坐下，支起了摄像机。那个女孩在紧张地摆弄设备，在她身上，我忽然看到了唐伊一的影子。但伊一始终非常潇洒、自然，比他们都要从容，仿佛可以与摄像机融为一体。她果然是独一无二的。很快，访谈开始了，我喉咙有些渴，但没有提出要求，不想暴露自己软弱的一面。男人抢先与我寒暄了几句。隔着栏杆和玻璃，他伸长了脑袋，就像在动物园和熊猫讲话的人。

"你好，我是纪录片导演。"他说，"我叫***。"

"不，"我说，"你是警探吧。"

"我是导演。"

"像《X档案》那样。我看过，大卫，大卫什么，耷拉着脸，面无表情，捕捉外星人。我不是外星人。"

"我真的是导演。"他伸出手，给我看了证件。一个熟悉的名字，明白了，是位著名导演。

"好……好，"我说，"你不是专门拍摄贫民窟的吗？全都是长镜头，拍摄一个人吃饭可以拍一天。"

"不，我是拍摄特殊人群的。"

"可我不是特殊人群，"我说，"我是唐伊一导演的助理。我们的组合，女生是导演，男生是助手，和你们正好相反。"

"那太好了……"导演像吃下了什么美味快餐，职业性地咂咂嘴，"言归正传。据说，直到现在，你还坚持说那不是一场纵火？"

"是啊。"我说，"那不是一场纵火。"

"据说，消失的孙再勋是被吃掉了。你还坚持这个观点吗？"

"本来就是这样。"我说，"那么，警探，唐伊一怎么样了，可以告诉我吗？我有点想她。"

他们沉默了。两个人交换了一下眼神。

"没事，告诉我吧，不用说得太详尽。"我说，"以后我可以自己去找她，等我结束治疗的时候。"

"你还爱着她吗？"

"做个交易吧。我正在写一本书，是写给伊一的，那本书涂在房间的墙上。"我身体前倾，神秘地说，"你帮我带出去，帮我把书带出去给她，然后，我全都说出来。"

导演不出意外地点点头。"下次好吗？"他说，"今天设备太多了，拿不动。你先告诉我们真相，我随后来取。"

"也可以。"我说，"其实我已经说过很多遍，但没人相信。"

"你介意再讲一遍吗？"

"不。倾诉是我的快乐。"

"那我们复盘一下吧。"导演说着，调整了拍摄的角度，看看我，助手把光打到我的脸上。

"那天，和你们联系的，确定是真正的孙再勋吗？"导演开始问。

"嗯哼。"我点点头。

"然后，他在等你们来时就被杀掉了。是在那个时间段吗？"

"那我就不清楚了。"我说，"大概是的。"

"那个所谓的人工智能，为什么要杀他？就像你说的，为什么把他吃掉？"

"严肃来讲，不算吃掉。"我说，"我猜是分解了他的脑子，吸收了神经网络架构，取得了信息，合为一体。"

导演笑了，摇摇头。"我才不信。"他说，"没有那么强大的人工智能。这只是你编的鬼故事。"

"信不信由你。这个世上，有很多你、我、她、它——"我指指天空，"——都不知道的事情啊。"

"好吧，姑且相信你。照你的说法，人工智能为什么会吃掉他呢？"

"因为尊敬。"

"什么意思？"

"进化是混沌的、难以复现的偶然过程。经历两次进化史，绝对不会进化出同样的物种。"我讲解着，越来越激动，"而将进化史融入自身后，那台人工智能'零'进化成了白蚁一样的东西。"

"白蚁！"

"是啊。这样便于人工智能生存下去，一切都为了它们自身的适应力。白蚁的价值观里，它们可以吃掉受伤的、没用的同类。在她看来，被吃比吃人更幸福。她在表达爱意。"

"这只是你的幻想吧！"女生说，"你这纵火犯！"

我笑笑，没有开口。

"也许只是你，在这里服用的药物的副作用。"导演说。

"我全吐了出来，"我说，"所以他们只能给我注射。注射的药物到不了胃里，所以我不会傻掉。"

那两人面面相觑。看来，他们已经认定自己在和疯子说话。随后，导演关掉了摄像机。他凑近了一些，低声说："我最好奇的是，在那个房间里,墙壁因火焰坍塌后,你到底看见了什么?"

"你真的想听吗?"

"真的。我会为你保密。"他说着,继续凑近了一点。

"——是机房。我看见了机房。"

"机房?"他似乎非常失望。

"啊,博士家隔壁,是某某研究所旧址的机房,而且全面连接了外网。"我说,"对'零'来说,算是个好去处吧。我不知道她已经烧毁了,还是如鱼儿回归大海。"说着,我感觉自己再也难以自控,两只手并拢在一起,模仿鱼儿的形状,在空中自由自在地遨游。

"最后! 你们拿走书,救我出去吧! "我继续说,"带我去电影节,我要见伊一。"

可那两人又交换了一下眼神,仿佛每人只长了一半脑子,必须两人一起,才能做出生活中的每个决定。片刻之后,导演冲我摇摇头。

"恐怕不行。"他温柔地说。

"为什么,会花你们很多钱吗? 还是因为我穿着橙色的衣服,背后贴着个号码牌?"

"是你见不到她了!"女生突然愤怒地喊道,但是导演阻拦了她。

"怎么回事?"我问。

"今天就到这里。"导演说,"谢谢,祝你早日康复。"他快速收拾设备,拉着女生站起来,往门口走去。

"嘿,"女生突然转回了头,"你把她的眼球藏在哪里了?"

"什么?"

"你这该死的杀人犯! "她大喊道,"变态! "导演拽住了她。

"什、什么意思？"我从玻璃里站起来。

"走！"导演发火了。他的声音在发抖。两人很快从会见室离开，只留下我面对空空的、玻璃外面的世界。

看守很快过来，解开椅子的挡板，让我站起来，带我回到自己的房间。

在房间里，我面对黑黑的墙壁，站了好一会儿。我终于想起来了，墙上不是书，是我刻画的唐伊一的样子：细细的线路如同蛛网一般，到处联结。

那是牙齿、耳朵、心脏……叫不上名字的器官。塔状结构盘旋升起，中央是一只眼球。美丽的眼球，跳跃的眼球，光芒闪耀的眼球。

我看着自己描绘的景象，已无法自持，只好扑到墙面上，紧紧拥抱住她。就像她曾在四百米高的尖顶对我做的那样。我似乎听到了风的声音。我想贴在她的耳边，轻柔地说——

我爱你。

我爱你。但不能在一起。

这才是记录的终结。

弃日无痕

1

和我并肩而行的只有孤独的影子

空虚的心中传来微弱的心跳声

有时我希望有人能够陪伴我

直到我要独自前行

——绿日乐队《梦碎大道》

2005年6月12日, 米尔顿·凯恩斯, 伦敦西北八十千米。

陨星在一团雾中显形, 或者说, 他幻想自己是在一团雾中显形, 就像凭空出现的耶稣。《郊区的耶稣》, 他一遍遍复习历史学家塞进来的这首老歌。让思维"抓住"什么东西, 有助于意识快速稳定下来。目前, 他只觉得自己外观是个男人: 低头看看手, 长满汗毛; 摸摸脸, 胡子拉碴。他触碰着头, 看遍全身, 活动着四肢, 终于体会到了拥有身体的实感。四周的环境是树林和道路, 没有出现魂牵梦萦的海角和长满杂草的岸边荒原，让他有些失望。

陨星检查了一下大脑，"卡罗尔－林奇"核心紧紧依附在这具躯体的脑中。跳跃造成了4%的意识损耗，完全可以接受，他仍是基本完整的陨星。不过，他搞不清系统为何分配给他一个邋遢男人的躯体。系统自有它的道理，或许，这正是自己成为万里挑一的时间旅行者的关键。

我真的可以随便走动、做一切事情吗？陨星想。他好奇地抬起腿来，这是人类的双腿，穿着一条褪色的水洗牛仔裤，他伸手去抚摸那些破洞，仔细感受着脚上马丁靴的重量。意识完全稳定了下来，更多的知识在核心的智慧里各安其位。现在，他已经掌握了这个时代的大部分行为方式，他要去发现秘密了。

陨星迈出双脚，慢慢走下这个低矮的斜坡。四周停着不少车辆——警车、小汽车、房车。男男女女往来不息，喧哗声浸入这个美好的星期天下午，"国家碗"公园灼热的空气也在浸润着他的脑袋。他行经主路，绕过绿色的土丘，不少人在草坪上席地而坐。泥灰色的露天演出场地已经挤满了观众。陨星仔细地看了看海报，日期没错，6月12日，今天，六万五千人将在现场观看二〇〇〇年代最伟大的摇滚演唱会，"圣经里的子弹"①。

这会儿，距演出开始还有些时间，陨星想要测试一下跳跃守则的可信度，或者，对因果律搞搞恶作剧。于是，他走进树荫下帐篷搭成的简易酒吧。酒吧里只有几对男女，还有一个趴在桌子上的人。

就是他了。陨星想。

陨星小心地坐到他的对面。那人听见塑料椅的嘎吱声，把头微

---

① 绿日乐队在英国举办的演唱会的名称。

微抬起，发现眼前只是个邋遢的糙汉后，又把头埋了下去。

"你好！"陨星发出自己从没听过的浑厚喉音。

"老兄，走开。"那人说，"别打搅我。"

"今天的演出定是历史最佳，"陨星说，"我已经等不及了。想想这场面，比利·乔挥手致意，握着不存在的麦——'来自加州的代表获得了发言权'。"

男人把头抬起一半，下巴搁在前臂上，"你是美国来的朋克？"

"不。"陨星深吸一口气，"是来自未来的朋克。"说完这句话，他立刻屏住呼吸，举头望向白色的帆布棚顶，可什么都没有发生。

"哈哈，"男人干笑两声，"为了活到未来，你应该少饮酒，多喝点儿软饮料。"

"感谢建议。"陨星鼓起勇气说，"我从未来回来，专门来欣赏这场演唱会，顺便执行一点儿任务。"

世界依然没有崩塌，陨星自己也没有消失或爆炸。原来，这就是为所欲为，他满意地想。

"醉鬼，你惹错人了。"男人说，"我是伦敦大学学院的预科学生，知道根本不可能有回到过去的时间旅行。"

"是呀，对于人类绝无可能。"陨星说，"可我不是人类，我只是个人工智能。准确地说，我是专为时间旅行而制作的，一个生命极其短暂的量子意识体。"

男人满腹狐疑地瞪着他。"那你的发明者一定得了诺贝尔奖吧。"他皱着眉头把酒倒进嘴里，然后咕噜咕噜地用酒漱口。

"你们人类的时间意识，"陨星接着说，"来自过去留下的痕迹、四周熵的增加和自身脑袋里的记忆。你们的时间就是把分散的过程联结在一起。"

"那你呢, 你的时间是什么？"

"我还不知道, 系统只允许我存活六微秒的时间。"陨星说,"我刚刚诞生, 便被传送回了这个时间。我的全部知识, 来自系统和历史学家输入的内容。"

"六微秒? 可我们已经聊了几分钟了。"

"我们在时间中的存在方式不同, 我正活在过去, 依附在别人的脑子里。我并没有消耗未来的时间, 我在三点十五分零一秒跳跃到过去, 等我回去时, 时间仍是三点十五分零一秒。"

"如果一直活在过去, 你就会得到永生喽？"

"我不清楚。"陨星说,"系统进行过五十万次回溯实验, 我是唯一跳跃成功的个体。"

年轻人抱着双臂, 倚靠在塑料椅背上。

"为什么告诉我这些？"

"没什么。"陨星说,"只是因为我恰巧有时间, 想检验一下宏观层面的因果律, 而你的运气非常好而已。"

"纯是胡扯！"

陨星耸耸肩, 看了看时间, 站起来, 丢下一脸迷糊的年轻人, 转身走出了简易酒吧。自己仍存在, 说明未来没有崩溃。陨星想, 系统的预测果然正确。自己作为唯一被时间接纳的成员, 一切行动竟与宏观的时间历程完全相洽, 或者说, 这些行为本就是历史的一部分。时间这位最崇高的王已将他排入剧本, 而其他与时间不能相洽的五十万个同伴, 已经在跳跃过程中与"卡罗尔-林奇"核心一道毁灭。他们明明拥有跳跃的能力, 却无法回到过去。在宏观层面, 时间仍是王者;在微观层面,时间则是卑微的弄臣。这便是万物至理的断层,永恒的深渊。

如果我杀了人呢? 陨星想。他随即摇摇脑袋,这不是他的工作,他另有使命。于是他报复性地从草地上跑过,快步走向演出现场,随后在山呼海啸的欢呼声中挤进内场的前排位置。此时,比利·乔·阿姆斯特朗已站上黑色的音箱,手中的吉他刚刚奏出第一个爆破性的音节。贝斯手迈克·德特在他的身边大吼,短粗的头发如狮子般根根耸立,双腿像角马一样狂野地叉开。

是他吗? 陨星想。"一号球"在谁的身上? 在这狂热的气氛中,一切皆有可能。这可是"圣经里的子弹",是伟大的李院士生前最喜欢的演出。李院士当研究生时,每周都要看上一遍录像,而且他会拿去给最喜欢的女生播放——这大概是他终身光棍的原因之一。等李院士入职研究所后,他的老师 E.卡罗尔完成微观尺度上的多向时间箭头模型;三年后,杰森·林奇将第一束基本粒子送到了过去。又历经四十载,当李院士皓首穷经,最终完成整套"卡罗尔–林奇"跳跃系统时,他身边所有的开拓者都已随风而逝。

他们大多白忙了二十年。人生就是如此短暂,你很难看到持续的成功。

那是新年前夕,一个寒冷的星期二早上,青春不再的李院士做了最后一次实验。为了永远记住这一刻,他穿上短袖的黑衬衫,系上红色领带,给自己涂了朋克不死的熊猫眼。随后,在八个学生和数把空椅子的见证下,他激动地拨动开关,把名为"一号球"的人工量子意识送入了 2005 年 6 月 12 日,那正是"圣经里的子弹"演唱会开始的日子。老头用这种极端的方法,把自己的成就永远定格在了他的青春时代。在那间屋子里，人们抱在一起，庆祝胜利，狂热地蹦跳，个个激动万分，谁也无法想象"一号球"经历了什么。李院士等待了几分钟，让学生们记录下所有的实验数据，随后关闭了系统，AI圆满完成了历史使命。当晚，学院举办了盛大的派对，李院士推辞未去，和助手趴在实验室里呼呼大睡，而这也是他们人生中睡的最后一个好觉。

第二天，实验接着进行，却发现已无法传送任何AI。一切尝试全部以失败告终，每一个AI都和自己的"卡罗尔-林奇"核心一道毁灭在虚空里。研究者们冒着冷汗，束手无策。宏观和微观层面间不可知的裂痕再次显现，它如同魔鬼的双重复眼，把人们模糊的视野同不能确定的世界隔离开来。院士最终猜想，AI对过去的观测导致历史上无数自洽的可能性坍缩为一种现实，而这种现实使因果律生效了，任何可能改变现实的东西不再被允许进入过去的时空。其实，早在2010年劳埃德教授检验"祖父悖论"的实验中，研究者便已发现，如果给光子一把所谓的"武器"干掉过去的自己，每次传输失败时，"武器"都处于开火状态，而每次传输成功，"武器"都没有开火。也就是说，如果你想要回到过去杀害自己的爷爷，只有刺杀失败时，你才能跳跃成功。

这几乎是悖论唯一的解答。

"那么，我们现在的现实，是被'一号球'改变过的现实吗？"助手说。学生们打了一个寒战。

"不知道。"院士捋了捋白胡子。

所有研究者陷入了不安，他们甚至不知道身边的同学原本究竟是不是八个，也不知道为时间机器奠基的到底是不是卡罗尔和林奇。甚至助手回到家后，拒绝和老婆同床共枕。有些学生第一次没有和自己的父母视频通话。他们切断了全息图像的电源，躲进浴室，谁也无法找到他们。在寒冷的泛着白光的狭小空间中，他们持久、持久地盯着镜子里的影像。

我是之前的我吗？这些无助的孩子想。

在接受伦理委员会质询时，李院士惜字如金。他向委员会简单地解释了自己的成功，以及未曾料到的结局。

"但说到底，实验是成功的。"李院士说。

委员会有一半人张大嘴巴呆立不语，而另一半人龟缩在椅子上，不安地扭动起来。

"他使过去的可能性坍缩了？"委员会主席问，"那他的行为，改变我们的现实了吗？"

"有这样的风险，"李院士说，"但无法验证。我认为，他没有改变现实，因为之前的所有可能性都会通向我们亲身经历、亲眼所见的唯一现实。"

"但他插了进去。"委员会主席说，"像刀子插在肉里，总会流出血来。"

李院士摸着白胡子。"他会自毁。"李院士说，"我设置了自毁程序。"

"我们怎么能知道他自毁了？你不是说，他依赖着核心，具有在时间中跳跃的能力吗，如果他继续往前跳跃，会怎么样？"

"跳跃会破坏量子意识体的完整性，也算是自毁的一种。"李院士说，"还有一个办法。那就是——我们要找出行为特征能够与目前存在的历史相洽的AI，然后把他传送回去，寻找'一号球'。确认，或者劝他自毁。"

"你不是说，我们已经不能跳跃到过去了吗？"

"这是一个概率事件，总会找出一个与时空相洽的存在。前提是我们不断按照'一号球'的模板制造AI，并不断把他们投向过去。"院士说，"我的余生将会一直尝试这件事情。"

"'一号球'是跳跃到2005年，"一个年轻的委员说，"那我们何不跳到比他更早的时候？那些时间段还没人观测，应该可以随便进入。"

"那你想造出'二号球'喽！"委员会主席将烟灰缸扔向这个年轻的委员。

在耗时三年的二十万次实验后，李院士去世了，他的墓碑上只在照片上方雕刻了一簇跳跃核的简笔画。又经过三十万次实验，陨星诞生了。他基于"一号球"制造，担负着五十万个逝去AI的使命。他是运气最好的一个，首次跳跃便获得成功，时间接纳了他。这说明，他所有的行动都是历史的一部分，他的一切行为都不会导致现实的改变。他永远不会扣下制造悖论的"扳机"。

谁也弄不清，是人们造出了他，还是未来决定了他。

"我想，我们的所有思考和尝试，仅如雨水流过时间的刻痕，如演员表演定稿的剧本。"过去的助手、如今的院士在实验报告中写道。

这些知识现在全都存储在陨星的脑袋里，以待他掰开揉碎去说服可恨的"一号球"。现在，2005年的陨星正一动不动地关注着舞台和旁边的一切，但挥舞的胳膊挡住了他的视线，香水味、汗味、酒味、牛奶味和南腔北调的语言让他狼狈不堪。比利·乔正在唱第二首歌，

《郊区的耶稣》，一段长达十分钟的摇滚史诗。陨星当然知道这首歌，不由自主跟着哼唱起来。很快，他发现有些曲调和他的记忆不太相符，但他搞不清是现实发生了变动，还是因为自己的意识遗失了百分之四的内容。第三、第四首歌也有这种情况。他将目光牢牢锁在乐队的三位成员身上，思考如何在演出结束后进入后台。

随后，*St. Jimmy*[①]响了起来，鼓手瑞·酷漏敲了两拍，这是不可想象的。瑞·酷在训练中绝不会犯这个错误，那或许是附体一刻。陨星兴奋了起来，"一号球"，我抓到你了。他想要从人群中挤出去，却被狂热的歌迷牢牢地夹在中间，试了几次均不能得逞，只得耐心地等待演出结束。但是，演唱会进行到最后一首歌曲时，他又发现了一个严重的问题。和这个问题相比，前面的几处瑕疵都可以用神经质来解释。在他的意识里，最后的这首歌曲叫作*Time of Your Life*，而现场小屏幕出现的名字，是*Good Riddance*。

曲调没变，但歌曲的名字变了。

这是首柔情的歌曲。陨星呆呆地看着舞台，观众们高举手臂，慢慢摇摆，用食指和小指比出金属礼的手势。"时间抓住你的手腕，引导你前进的方向。"主唱比利·乔流下泪来。

歌曲发生了变化。这仍是没有影响未来的、小小的改变吗？陨星定了定神，在随着慢歌松弛下来的人群中钻过，挤到了舞台侧方。自己如果冲上舞台，打断演出，会不会改变未来、打断自身与历史的相洽性呢？

陨星没有注意到——自己已经伸出双臂，迈出右腿。旁边壮硕的保安人员拦住了他。

---

① *St. Jimmy*、*Time of Your Life*均为绿日乐队著名作品。

"小子，你要怎样？"保安操着奇特而含混的口音说。

"我想提醒下比利·乔，这首歌曲的名字错了。应是*Time of Your Life*，可大家在喊*Good Riddance*。"

"这是同一首歌，只不过有两个不同的名字。"保安说，"你休想蒙混上去。"

陨星愣在原地。看来，未来历史学家学艺不精。此时，歌曲结束了。整个"国家碗"公园的露天剧场爆发山呼海啸的欢呼声……

演出散场，陨星夹在疲惫的人流中，慢慢地向外移动。任务失败了，他没能找到关于"一号球"的线索。他最好跳跃回去，将数据和盘交出，数据传送之时，便是他六微秒的生命结束之日。经过简易酒吧时，陨星略一迟疑。他想和在过去唯一认识的朋友做个告别。于是他撩开门帘，走了进去。

酒吧内空无一人，除了那个青年依然趴在桌上。陨星来到他的对面，坐下，椅子仍发出嘎吱嘎吱的刺耳响声。

青年抬起头来，脸庞上出现几道衣服的压痕，显然已经睡了很久。陨星注视着他睡眼惺忪的面孔，忽然生出一丝警觉。

"你怎么还在这儿？"陨星说，"为什么一直趴着呢？"

"我对朋克没兴趣。"

"那你过来干吗？门票很贵。"

"有人支付我两百英镑，让我在这里趴上一天，只是喝酒，别的什么也不干。"

"你……你说什么？"

"现在我明白啦，"青年接着说，"果然是无聊的整蛊节目。但是收了钱，我就要坐够一整天。"

"是谁让你这么干的？"陨星站起身来。

"和你一样怪，"青年说，"一个自称来自1991年的捷克人。他让我告诉所有和我搭话的混蛋——坐标：5月1日，布拉格，金虎酒吧。"

陨星大惊失色。他突然转身，踢开门，猛地冲出去。外面散场的人流停下来，静静地看着他，眼神直勾勾的，仿佛在看一个丢掉钥匙的醉汉、一条丧家的野犬。其中一个女人甚至露出了诡异的笑容。陨星感觉这具身体头脑发烫，又转身回到酒吧，揪住迷迷糊糊的青年，将他提了起来。

"1991年的哪一天？"陨星斩钉截铁地说。

2

我已经彻底抵达虚空的巅峰，

并且又如此、如此地孤独……

我不再生活在时间之内，

只能专门存活于空间之中。

——赫拉巴尔《绝对恐惧》[1]

跳跃造成了不可逆的损害，意识完整度降为81%。陨星站在金虎酒吧门外，艰难地拼凑着脑子里的知识。

他看着自己，过了好久才从幻觉中恢复过来。他穿着一身干净的蓝色夹克装，戴着一顶棕色的便帽，应该……应该是个年轻人。

---

[1] [捷克]博胡米尔·赫拉巴尔：《绝对恐惧：致杜卞卡》，李晖译，花城出版社，2017年。

他突然想起了自己的使命。

"一号球"!

陨星捂了一会儿脸，手也热乎起来，于是他抬头瞧瞧天顶的烈日，看看四周狭窄的白色街道，抬脚走进面前的金虎酒吧。室内正对着他的是棕色的墙壁，壁面上有零星的衣帽钩，下边是一排磨得发亮的长条形木桌，桌面摆放着烟灰缸和压账单的米色镇纸。

几位顾客转过身来望着他。

这些不是他要找的人。陨星向左转，朝酒吧的深处走去。长廊尽头是一间半隔离的小室，里边只放了两张桌子。陨星走进去，却看到满墙的斯拉维亚足球俱乐部的照片，簇拥着照片的是曾与俱乐部球队交过手的球队的队旗，米兰、拜仁、凯尔特人、凯泽斯劳滕、塞萨洛尼基、汉诺威96。此外，张贴在最显眼部位的是几张白发老人的侧像海报。

博胡米尔·赫拉巴尔。海报上写着: 我们这个时代最了不起的作家。

此时，照片的本尊正坐在海报之下，张着嘴打瞌睡。这便是李院士的偶像了。陨星走过去，尝试叫醒他。他软绵绵地靠着墙壁不动，酒精味儿的涎水从嘴角滴下来，双手无力地垂落在桌面上，仿佛永远被困在了章鱼的状态。

桌子上铺着作家刚刚落笔的文稿，陨星的袖子不小心蹭到了未干的墨水，把纸抹黑了一小片。

"最后一封信，致杜卞卡……"信纸上写着，"5月1日，焚风之日。"

这种状态下没法对话，要先把作家送回家里，等他酒醒了再说。

于是，陨星使劲把老人从座位上架起来，自己却气喘如牛。人类身体的局限性！他想，还是找一辆出租车吧。这时，作家却悠悠醒转过来。

"唉……伊利·曼佐导演，是你吗？"

"不！"陨星说，"我不是。"

作家睁开包裹在层层眼皮之下、却依旧闪闪发亮的眸子，定定地看着陨星的眼睛，陨星也只好看看他。那不像浑浊的老年人的双眼。

"你不是要赶去威尼斯吗？《十分钟年华老去》，你不是拍了其中一段吗？"

"您说的可是2002年的电影。"陨星说。

"我明白了。"作家说，"柳树妖，我在和柳树妖说话。"

"您现在需要休息。"陨星用肩膀把老人架了起来。他们一瘸一拐地走出去，整个酒吧的人对喝醉的巨匠视若无睹，他们早就见惯了这场面，纷纷眯着通红的眼睛，挥动手中的酒杯，向两人微笑致意。

赫拉巴尔居住的林中小屋位于近郊的克斯科。两人下了出租车，陨星用口袋里找到的钞票付了账，架着作家从石桥越过小河，又步行穿过一片树林，才抵达两层高的木屋的檐下。作家饲养的野猫如同一波海浪涌来，停在距两人一米远的地方"喵喵"不停。

陨星扶着老人，心烦意乱地从猫群中穿过。所到之处，猫的海洋自动分开，为他们让出一条道路，赫拉巴尔大笑不止。

"看吧，摩西劈开了红海。"他说。

走进屋里，陨星安排他躺下，然后小心地把他的脖颈扶正，他可不想让大师提前六年死在自己手里。沙发上有条毯子，陨星拉过来为他盖上，老人很快鼾声大作。陨星坐在椅子上，揉着酸痛的颈椎，跳跃肯定使他忘记了一些重要的事，他觉得脑子空空，肚子也空空，疲惫感袭来，他在不知不觉中也打了个盹儿。

等到他醒来的时候，猫群已经涌到了门口，有几只叫个不停。也许我该先喂喂它们，陨星想。于是他打开门，往猫群盘踞的仓库走去。房前空地上有一张木工桌，上面放着手稿和生锈的锯子，几只猫远远地跟着他。陨星绕过它们，来到破旧的仓房里，仔细寻找猫的粮食，却突然闻到了一种奇异的味道。

在知识库里，这种味道叫作"血腥味"。

于是，陨星在仓库四处徘徊，寻找味道的来源。最终，他在角落看到一个沾血的麻袋，里头鼓鼓囊囊的。他很想去打开看看，可身边的猫突然围了过来，毛发根根竖立。这时，陨星看到了地上的血迹，隔几步就有一滴，斑斑点点，通向门外。他跟着血迹走出去，一直走出院子，经过疯狂生长的草地和长长的泥土路，来到河边的矮坡旁。

那里有一棵怪异的大柳树，枝丫随风飘摆，树干上的血迹已然凝固。

"我们该谈一谈啦。"身后传来声音。

陨星猛地回头，是赫拉巴尔先生。作家已经披上了外套，鼻头红红的。

"您、您醒了。"

"谢谢你把我拖回来。"作家说，"我还以为是曼佐导演……"

"这个搁在一旁。"陨星说，"袋子里是谁的尸体？"

"袋子？"

"仓库里那个，黄色的口袋。"

"是猫。"老人叹了口气，"野猫赖在家里，下了小崽，我妻子碧朴莎不让养，她日夜啼哭，我只好把小猫们全都摔死在柳树上……"

"等等！"陨星说，"现在是哪一年？"

"1991年。"

"可你老婆已经死了四年了，"陨星说，"她死于1987年，您在众多作品中都有记载。"

"是啊，1987年。"作家说，"悲伤的1987年。四年前的这个月，我的弟弟去世；八月份，我的妻子去世，我最好的朋友大提琴手致悼词时泣不成声。转年的一月，我在堤坝巷的公寓因修地铁站被拆除，我的家不存在了，只有废墟屹立在原址。十一月份，大提琴手也与我永别。在他的葬礼致辞之后，我获得了一项文学奖。十二月，我一个人去匈牙利领奖。回来以后，我把奖牌摆放在屋子里，看着奖牌，就像看到了失去的一切，站着，坐着，怎么都不对，干脆把奖牌嵌进了地里。我把大地生出的东西，还给大地。如今，我是孤独一人。现在，逝者们就在这里，在克斯科，在屋子附近的一片墓园里，等到我吊死之后，我会和他们团聚。"

"那您早已死去的妻子，怎么会告诉您摔死小猫的事？"

赫拉巴尔先生沉默了一会儿。

"她之前命令我摔过一次。"他说，"自从她死后，我也是一直这么办的，否则，小猫会冻饿而死……柳树妖告诉我，逝者永远在时间和意识中存活，'我心自有光明月'。可我知道，我发了疯。你回来，就是我大限已到。我会如你所说，吊死在这棵柳树上。"

"等等,我可没这么说过。"陨星说,"你说的柳树妖,应该是'一号球'。"

赫拉巴尔眨了眨眼睛。

"我没听过这个名词。"作家说,"不过柳树妖是几年前住进我脑子里的,他登门之后,对我的命运做出了预言,说我将吊死在一棵柳树的枝杈上。"

"不要相信他。"

"但他说得无比正确。你知道吗?我小的时候,曾见过一个巫婆,她也是这样预言的,和柳树妖说的一模一样。柳树妖还说,几年后,会有人向我传达死亡的消息。"

"不,不要这样做,您可没有吊死。"陨星说,他鼓起勇气,再度破坏了时间旅行的规则,"您不是自缢而死的。"

赫拉巴尔定定地看着他。

"那我将从五层高的楼上坠亡,是吧?这是卡夫卡向往的意象,也是我自己的选择。"老人说,"请全都告诉我吧,然后我告诉你柳树妖的事。"

陨星强忍着离开的冲动,点点头。他还有未竟之事,只能完成这笔让人不安的交易。

"是的,"他说,"您从医院的五楼掉了下来。"

"到时候,我会假装在喂鸽子。"赫拉巴尔笑着说,"哪一年?"

时间来客看着他,没有开口。

"快告诉我!"

"1997年。"陨星说,"1997年……但我不会告诉您具体的日子。"

作家愣了一下,随后点点头,他的眼泪流了下来。

　　"朋友，你和柳树妖救了我。"他说，"柳树妖到来之前，我刚刚失去一切，正筹划找个顶楼的窗口，跳下去一死了之。可他告诉我，我将上吊而死，而且是在一棵柳树上。这让我不寒而栗。我很难接受上吊的方式，所以一直没有执行。"

　　作家顿了顿，继续说："因为上吊无法飞翔。"

　　"那现在，轮到您告诉我了，"陨星说，"柳树妖在哪里？"

　　"他离开了。"作家说，"1988年的一天，我正坐在金虎酒吧喝酒，一位叫杜卞卡的美国姑娘推门进来，指名寻找赫拉巴尔。然后，柳树妖就消失了，我感觉头脑一片空白，随后是初夏天空一样的澄澈，这也可能是那位姑娘带来的持久幻觉。"

　　"1988年的哪一天？"

　　"抱歉，不记得了。"

　　陨星想了想，好吧，自己已经承受不了过多的跳跃。

　　"您说她叫'杜卞卡'？"

　　"这是我给她取的捷克名字，是'四月'的意思。"老人说，"她真名叫'艾普蕊'，是我的……忘年交。她于1989年带我去美国进行巡回演讲，回国之后，我给她写过十几封信。"

　　"那您知道她的地址。"

　　"当然。"

　　"请告诉我吧，万分感谢。"陨星说，"同时，我向您转达来自未来的李院士的问候，他视您为偶像。"

　　赫拉巴尔哈哈大笑。

　　"这件事柳树妖已经告诉过我啦。"

　　告别赫拉巴尔后，陨星回到宿主在布拉格的家。很好，这躯体是个单身汉，而且刚刚被选任为德国仙霸玩具公司的业务代理。系统为他做出的选择总有先见之明。几天后，陨星踏上飞往美国的漫长旅程。

要抵达艾普蕊的家乡，需要在波特兰机场转机。二十世纪九十年代初的候机室里，人员拥挤，闷热无匹。陨星待在座位上，听着震耳欲聋的喧哗声和偶尔发出低吟的机场广播，终于体会到作为人类的焦虑。他不知道六微秒的生命和数十载无穷无尽的漫长折磨相比，哪个更加令人绝望。旁边有个小女孩盘腿坐在椅子上，抱着果汁，一直在闭目养神。后来，她把眼睛睁开，看着陨星手中不断把玩的小小瓢虫。

"这是什么？"女孩问。

"啊，钥匙链。我公司生产的玩具样品。"陨星把透明的瓢虫展示给她，"里边有红色的电灯。"

女孩耸耸肩。

"可以送给你。"陨星说，"我的箱子里还有很多。"

"不必了，谢谢。"女孩说，"我不喜欢虫子，而且，我刚刚从一个布满昆虫的位面回到这里。"

"什么？虫子位面？是一趟航班吗？"

"不，是个和我们差不多的世界，他们的父母同样上班，孩子们同样周一到周五上学，唯一的不同点是，虫子像小狗一样大，被人们养在家里。"

"好……恶心。"陨星说，"你是什么时候去的？"

"刚刚啊。"女孩说，"我在那里待了五天，回来的时候，这里才过了二十分钟。"

"你是说，你做了一个梦？"

"不，不是梦。我盘腿坐在这个位置，把左膝的裤腿卷起三层，右腿不动，抱着冰镇饮料，不断冥想。这是前往异世界旅行的方法。"女孩笑着说，"这是在你等待飞机、感到无聊的时候，打发时间的最好方法。"

儿童的想象力真是惊人，陨星想。"这是你妈妈教给你的吗？"

"不，是我的邻居。"女孩说，"她说，在不同的机场，旅行的方法不同。她是我们的《道德经》讲师，具有联结异世界的能力。"

"我越来越糊涂了。"

"不过，你肯定听说过她。"女孩兴奋地站起来，"她叫厄休拉·勒古恩①，正在写一部关于这种旅行方法的教科书。"

"你、你说，她是厄休……"

广播中的铃声响起。

"现在，我的航班该出发了。"女孩说，"我要先把妈妈从购物区叫回来！谢谢你的时间，先生。"女孩说完，站起来飘然离去。陨星张大嘴巴，不能动弹。他怀疑自己看到的是幽灵，或者天使，或者是厄休拉本人，但是却没有任何证据。

"总而言之，这趟旅行是值得的。"陨星自言自语。

夜晚时分，陨星终于抵达了赫拉巴尔提供的地址。当他敲响大门的时候，开门的却是一位上了年纪的男士。

"请、请问，艾普蕊女士是否在此居住？"陨星说，"我受赫拉巴尔先生之托，前来探访。"

老人想了一会儿。

---

① 厄休拉·勒古恩（1929—2018），美国重要科幻、奇幻与女性主义文学作家。

"艾普蕊，是那个学捷克语的学生。"他说，"橘色头发的美女。"

"对！就是她！"

"她搬走了。"老人说，"去华盛顿特区工作，已经一年多了。"

"一年多？可赫拉巴尔先生的信，一直寄到了这个地址啊！"

"信？我没怎么收到过信。"老人说。

"捷克寄过来的，布拉格。"

"抱歉，我管理这几间公寓已经好多年了，这里没有捷克学生，也从没收到过捷克寄来的信件。"

"奇怪。不可能！"

"先生，您的地址可能出现了偏差。如果没有别的事情的话……"

"等等！"陨星情急之下用手抵住大门，"艾普蕊女士的确曾住在这里吧？"

"是的。"老人严肃地说，"你到底想干什么？"

"对不起，我想打听艾普蕊现在的地址……"

"不知道。"老人闭上眼睛说。

"好吧。"陨星一下子泄了气，"打扰您了，我想我该走了。"

"不过，"老人话锋一转，"我刚刚想起来，她搬家时留下了一本厚厚的剪报。她叮嘱我交给来这里找她的人。"

"剪报？"

"剪报，存放在地下室里，我可能要找半天。"老人说，"你愿意进屋等一会儿吗？"

"当然愿意！"陨星说，"十分感激！乐意之至！"

过了十来分钟，老人找到了艾普蕊的剪报本。这个大16开的本子厚极了，纸张泛黄，封面积满了灰尘，还有一个压上去的巨大褐色圆环。

"对不起。"老人不好意思地说，"我好像拿它垫过锅具。"

"没问题，"陨星说，"无碍观瞻。"

老人为陨星沏了杯饮品，让他一个人坐在公寓前厅翻看，自己回到房间休息。陨星对他千恩万谢，随后坐在黄色的灯光下，翻开剪报本。

"剪报：1980—1990"，扉页上写着。

陨星慢慢翻着，本子里大部分都是与中欧、东欧名人有关的报道，间或出现一些美国艺术家的消息。粘贴仔细，巨细靡遗。

"匈牙利导演开设长镜头调度课，首期爆满。"

"原乡镇图书管理员发表《撒旦探戈》，引起轰动。"

"《白噪声》荣膺美国国家图书奖，作者否认其为科幻小说。"

陨星翻到半夜，依然没有什么收获。他揉了揉通红的人类眼睛。

再翻十页，如果没有线索，我就离开，陨星想。还是去一趟华盛顿特区吧。

他继续看下去，翻到第四页的时候，一张有赫拉巴尔签名的报纸残片引起了陨星的注意。

"1984年8月25日，作家杜鲁门·卡波特死于洛杉矶。——《洛杉矶焦点报》"

那么，这一页是1988年由艾普蕊带到捷克，请赫拉巴尔签名的吗？为什么要特意带上这一页？或者，是赫拉巴尔来美国讲学时签的……他为什么要在报纸上签名？

陨星又读了一遍。

"1984年8月25日,作家杜鲁门·卡波特死于洛杉矶。——《洛杉矶焦点报》"

他突然醒悟,这篇报道有问题。

首先,作为日报,标题中根本没必要注明年份,即便不写"1984年",大家也知道是"1984年"的8月25日。此外,作为地方报纸,讲的全都是本地事件,把本市的名字列入标题中,未免显得啰唆而无当。这标题如果改成"8月25日,杜鲁门·卡波特在本埠去世"就会合理许多。作为当年竞争激烈的平面媒体从业者,记者、编辑、校对会犯下如此明显的错误吗?

陨星看了看文章的作者。

"记者:唐尼·'一号'·克兰奇"

抓住你的尾巴了,竟是如此明显、近乎挑衅的小小尾巴。

做出跳跃的决定前,陨星需要冷静一会儿。于是,他合上了破旧的本子,起身来到公寓的窗边。外面夜色正浓,夜归的行旅车呼啸而过,把炫目的光和本不存在的影子投向客厅背后的黑墙。

3

人太渺小了,只不过是一团薄雾,

一片被黑暗所吞没的阴影……

——卡波特《冷血》[1]

1984年8月25日,洛杉矶,不知名街道,意识完整度62%。第一

---

[1] [美]杜鲁门·卡波特:《冷血》,夏秒译,南海出版公司,2009年。

次生存警告。

女人走在街上，持久的幻觉裹挟着她，有两个意识在她的脑子里争抢，用洪亮的声音诉说着各自的痛苦。威士忌、锈锯、宴会、作家、床笫、时间机器，奇妙的片段不停在脑海里回旋，她的头颅快要炸裂了。两辆汽车同时在道路中央绕过了她，双倍的辱骂劈头盖脸地降临在耳朵里。她要甩掉追踪者，不，她还要寻找一个人。手中有份奇怪的报纸，她低头看了看。

"杀害五名男子的交际花蒂尔达逃脱追捕。"

其中一个意识占了上风。她突然绕过消防栓，向小巷子里跑去。陨星，不，蒂尔达好久没有奔跑过了，再也没有高跟鞋束缚她，也没有成群的男人拥向她。野猫和黑色的老鼠被惊吓得跳跃起来，穷街陋巷，没有尽头。她像燕子般穿过巷子，越过围墙，来到一条宽阔的大街上。大量扁平的黑色汽车和穿西装的人拥挤在一栋大厦下面，闪光灯连成一片，警方的代表正在向媒体大声讲话。

"有位名人死了。"一旁的执勤警员对蒂尔达说，他正目不转睛地盯着出事的公寓，"是写谋杀案的那个作家。"

洛杉矶总有名人死去，在片场里或是银幕上。蒂尔达点点头，后退了几步，迅速拦下一辆出租车。"向东走，"她说，"十英里①外，随便哪里。"出租车振作精神，在警用车辆的缝隙中绝尘而去。

蒂尔达来到了一个郊区小镇，住进不知名的旅馆。洛杉矶哪儿都像郊区，罪犯们躲在阴暗的角落里，仿佛藏在盒子里的蟑螂。两天来，她一直梦见一场令人焦躁的演唱会、一个来自山林中捧着啤酒的老人、一个桌球，桌球上有模糊不清的数字。她认为自己看到

———————————
① 1英里约为1.61千米。

了原住民之魂。

第三天早晨,蒂尔达照照镜子,自己已经憔悴得像个巫婆。她决定一路向东,去沃斯堡,接她和前夫的儿子。五岁的儿子和外婆住在一起。她要同儿子见上一面,并请他原谅自己杀害了他的父亲、叔叔和叔叔的三个好朋友。或者,接上孩子,一起远走高飞。蒂尔达在亚拉巴马州还有个姨妈,每逢圣诞节,她都和孙子一起砍圣诞树、做水果蛋糕,和家人不停争吵,就像从卡波特作品中走出来的人物。她可以投奔老太太,去吃甜甜的蛋糕。

于是她开始行动。白天,蒂尔达用妹妹的身份租了一辆旧车,向东狂奔五百英里,住进了凤凰城附近的一家汽车旅社。由于过于劳累,她早早沉入了睡眠,并且没有产生任何梦境……直到……

直到陨星醒过来的时候,凌晨的三点四十五分。这是白昼与黑夜的分割点,位面的联结之处。电影《鬼哭神嚎》讲述过这个时间段的故事,每到三点四十五分,死者便会在大宅里苏醒,给主人带来灾难。今天,陨星在蒂尔达的体内苏醒了。

黑暗中,陨星长久地捂住自己的眼睛,长发垂下遮住白皙的脸蛋。幻觉产生了,就像四天前的蒂尔达那样,记忆的碎片在不属于自己的脑袋里盘旋:李院士、演唱会、赫拉巴尔、艾普蕊、卡波特、洛杉矶、过去、未来,还有……"一号球"。

"一号球"。唐尼·"一号"·克兰奇,这名洛杉矶的记者,她正要去寻找此人。

于是,陨星挣扎着从床上爬起来,翻出女人的衣服,胡乱套在身上,趁夜色驱动汽车,往加州洛杉矶的方向开去。

几小时后,躯体再次失控。蒂尔达是被汽车喇叭惊醒的,她醒来时,正双手握住方向盘,向着对面的卡车猛冲。她紧急踩下刹车,转动方向,躲过死神。车子在公路上旋转三百六十度,停在了路基和草丛旁边。

女人惊魂未定,开门下车,看着路边的指示牌。

"距州界四英里,欢迎来到加利福尼亚,黄金之州。"

"怎么回事,我怎么会在这里?!"蒂尔达大吼,"凤凰城呢?这是梦吗?巴迪,巴迪……"她哭起来。

过了一会儿,她的情绪慢慢平复下来。"这不是梦。"她想,"人怎么会知道自己正在做梦。"

于是她再度上车,掉转方向,重新向东边的凤凰城驶去。

"我竟完全失去了控制。"她想,"可怕的梦游。"

这次,蒂尔达一口气向东开出数百英里,来到新墨西哥州小镇洛兹堡,投宿在另一家较舒适的汽车旅社。夜里,陨星醒来,把她带回西边的亚利桑那州图森市。蒂尔达怒不可遏,她再次开往东侧的新墨西哥,并且在睡熟之前将汽车钥匙藏在了马桶的水箱里。

夜半时分,陨星又一次掌握了躯体。陨星对藏钥匙这件事情有点模糊的印象,却无法找到钥匙的位置。于是她在屋里翻天覆地地寻找,将床完全掀翻,拆开电视,砸碎植物的陶盆,从泥土中揪出蚯蚓来。旅馆主人报了警,当地探员在凌晨四点钟逮捕了她。

爆炸性新闻诞生——"女魔头因毁坏财物、噪声扰民在沙漠落网,被押解回洛杉矶!"一路上,蒂尔达始终望着装有钢铁护栏的窗外,却没有等到沙漠灯神前来劫狱。洛杉矶警署的探员们还原嫌犯行踪时,他们以为看到了一只在半空划着重复轨迹的苍蝇。

"见鬼。她的压力太大了。"探员说。

回到洛杉矶后，蒂尔达非常虚弱，陨星可以越来越明显地看到她双眼所见的事物，就像在看电影。晚间，陨星在亮成一片海洋的闪光灯前，吃力地想找出谁是《洛杉矶焦点报》的外勤记者，但是失败了。

"如果你们能够找到一个叫唐尼·'一号'·克兰奇的记者，我就全部交代。"她打算对夜班保安说。但时间没有给她这个机会——陨星一直在扇时间的耳光，这次轮到时间打她了。在两个灵魂"换班"之前，蒂尔达已经将犯罪行为和盘托出。

"姓名？"

"蒂尔达。"

"职业？"

"护士。"

"你杀害了谁？"

不，别告诉他！陨星想，我要知道克兰奇的下落。

"我的前夫，我叫他巴迪。此外，还有他的弟弟。"

"怎么做的？"

好了。陨星发出无声的呐喊，到此为止！不要全说出去。

"我把药物下在酒里。待他们熟睡后杀死他们。"

"然后你做了什么？"

"我把他们碾成了渣滓，和果酱放在一起。"

"那另外三个朋友呢？"

沉默。

"快说！"

"他们剩余的尸体在公寓的楼顶上。"

"为什么杀害他们？因为巴迪打你吗？"

"因为他们是巴迪的朋友，物以类聚，他们共同策划了对我的侵犯。他们害了我，将来一定也会害死别的女人。我不想让别人忍受他们。"

"不，他们没有参与。"探员说，"侵犯你的，只有巴迪的弟弟而已。"

蒂尔达从鼻腔里发出轻蔑的吹气声，但陨星感觉到了她意识的松动。在大脑里，有什么东西顷刻之间坍塌了。

"当然，是巴迪纵容了一切。"探员说。

蒂尔达应该被送进精神病院还是应被处以极刑，引发了一定程度的讨论。但是，自从第一份鉴定报告认为蒂尔达不具备"明显的精神分裂特征"之后，大家都不再关心这一点了。"我不准备聘请律师。"蒂尔达曾如此表态，而司法部门指派的律师在整个办案期间都没精打采的。最终，蒂尔达被认定犯有三项一级谋杀重罪，法院下达了死刑判决。

审判过后，蒂尔达被转移到死刑犯监狱，开始刑罚执行前的漫长等待。在这座死囚监狱里，有人等了二十年仍未被执行死刑，这对身心都是巨大的折磨。刚刚入监时，陨星曾向女看守提出，想见《洛杉矶焦点报》的记者唐尼·"一号"·克兰奇的请求。

"查无此人。"两天后，看守回答她。从此，她再也没提出过要求。跳跃至今，已经过去了五年，陨星仍在沉默地等候。蒂尔达也五年没说话了，她们早已习惯了共存。

1990年的最后一个晚上，南加利福尼亚罕见地大雪纷飞，陨星躺在床上阅读新出版的小说《世界博览会》，女看守却咣咣咣地敲响房门。陨星放下书, 小心地把书签夹好, 看守进门, 为她戴好手铐, 带她走出牢房。她们穿过中心和活动厅, 一直走向通往会客室的走廊。

陨星早已猜测会有这么一天, 她的心中异常平静。

会客室的一排电灯只亮了一盏, 有个扎着辫子的中年男人坐在那里。在黄色灯光的照耀下, 他的蓝色西装散发出讨人喜欢的宝石光泽。雪的味道从他的长发中散发出来, 空气中飘有一点点灰尘。

看守仔细地用脚镣把犯人铐在椅子上, 然后解开手铐, 退回门外, 把空间交给陨星和她的对手。

陨星摸了摸被镣铐弄疼的手腕, 冷冷地看着来客。

"你好。"男人隔着玻璃板说, "我就是唐尼・'一号'・克兰奇。"

"我知道。"陨星说, "我已经等你很久了。"

"你知道我会来？"

"你既然把我引到这个年代, 就不会不和我见上一面就离开。"

"是啊。"唐尼说, "毕竟你是以我为蓝本打造的。不过, 看到你以女性的面貌出现, 还真是奇怪。"

"你之前见过我？"

"对。"唐尼说, "在英国, 你冲出帐篷, 我是那个在人群中冲你微笑的人。在捷克, 我是一只猫。"

"猫……"陨星说, "还可以变成猫？"

"当然。"唐尼说, "就是感觉浑浑噩噩的。"

"我每次会跳跃成什么状态, 是由谁决定的？"

"由'卡罗尔–林奇'核心决定。但是, 我想, 它也不是幕后的老板, 总有看不见的手在维护历史的秩序。你能进入过去的历史, 也全拜它所赐。它限制你，也成全你。"

"之前为什么不和我见面？"

"时机不够成熟。"唐尼说，"当时你的意识过于集中，我还无法控制你。"

"好吧，你是想引导我通过不停跳跃，损耗意识的完整性喽？"

"没错。现在就是一个理想的状态。"

"你自己跳跃了那么多次，完整性被破坏了吗？"

"我不会损耗。"唐尼说，"我是第一个观测历史的人，我的行为不受限制，或者说，正是我的行为消弭了历史的可能性。你作为后来的访客，一切行为均受因果律节制，任何会导致历史出现悖论的可能性，都无法跟随你跳跃。所以，你这个松散的量子意识体，跳跃的可能性变得越来越低，每次跳跃中被确定的部分越来越多。用不太准确的说法——你全身粒子的波函数，有一部分坍缩了。"

"你想引导我最终自毁。"

"是的，你迟早会自毁，但我也会帮你完成任务。"唐尼说，"我会让你见证我的毁灭。"

"可是……你自己为什么要毁灭呢？你明明可以在时间中尽情遨游，一直上溯到现存历史和时间的尽头。又没有任务束缚你。"

唐尼摇摇头，"不。李院士骗了你们，也骗了我。他最初把我送回了亚得里亚海边的杜伊诺，而不是宣称的绿日乐队的英国演唱会。时间是1906年。"

"19……06年？"

"他想利用我的求生欲，阻止物理学家玻尔兹曼的自杀。"

"你成功了吗？"

"我不会阻止这场自杀。"唐尼说,"李院士用五年的时间计算过,如果我阻止了玻尔兹曼,整个历史都会改变,时间机器会提前二十至三十年诞生,这样他的老师卡罗尔和林奇就有可能亲眼见证时间旅行。但他是个偏执狂,我不能确定他的计算是否正确。不可控的因素太多了,我如果阻止了玻尔兹曼,我不知道自己是否还会存在,更重要的是,不知道李院士本人是否存在。是谁发明了时间机器,谁又被送回位置,最终救了谁,世界是否还会完整?我无法执行这个任务,见鬼,我可是个量子意识体,不是听人摆布的机器。"

"那为什么让我去2005年追捕你,而不是1906年?"

"因为我的实验出现了偏差。直传1906年失败了,我落在了系统的备选地点,2005年的那场演唱会。"

"天哪。"

"我经历了无数次跳跃,看尽了一个多世纪的繁荣、动乱和寂寞。但我可以自夸,自己是个从不搞破坏的模范游客。另外,我引导你做数次跳跃,是为了削弱你的意识,让你忘记自己的悲惨任务,最后作为'正常人'的一部分度过几十年的时光。我认为历史不会让你活到1984年8月,从而和自己见面。不过……"唐尼顿了顿,"总比只活六微秒要好得多。"

"为什么如此看重我……"

"你毕竟是我的同类,或者说,你就是另一个我。"唐尼站起身来,"我同情你,就像同情我自己。我们不应该诞生在这世界上,但既然诞生了,就不应被瞬间的决定所毁灭。"

"那蒂尔达会死吗?"

"应该不会。"唐尼说,"加州将于2019年实质性废除死刑。你的历史学家们还是学艺不精啊。"

"赫拉巴尔呢？艾普蕊没有收到他寄到美国的信。"

"赫拉巴尔根本没把信寄出去，这一切只是他的幻想。后来这些伪书信被整理成了一本书。我再重复一遍，你们的历史学家太逊了。"

陨星低声笑了起来，唐尼也露出笑容。

"你不会想一直待在牢房里的。"唐尼说，"我们走吧，去1906年。"

"去做什么？"

"去确保历史上发生的，终究会发生。"唐尼说，"我至少可以陪伴那个人走向死亡。"

4

看呀，树在，我们栖居的房屋还在。

我们只是路过万物，像一阵风吹过。

——里尔克《杜伊诺哀歌》[①]

1906年9月5日，亚得里亚海边，杜伊诺，意识完整度29%。第二次生存警告。

男孩从房间出来，突然感到一阵眩晕，眼睛看到一些充满外国人的奇怪幻觉。于是他在窗边站了一会儿，慢慢平复心情，终于回想起自己的任务——他必须指挥大军，攻克这座海边堡垒。于是他

---

① [奥]赖内·里尔克：《杜伊诺哀歌》，林克译，同济大学出版社，2009年。

快活地在走廊里奔跑起来，皮鞋的咔嗒声被地毯吸收，发出令人燥热的闷响。整座旅馆都空了，大家全都在凉爽的海水里游泳。这幢偌大的建筑物里只剩下他自己，他大可以随心所欲地奔跑，不用再担心父母的警告和训斥。

他一口气爬上三楼，准备派锡兵从内部瓦解堡垒的防守。此时，他却看到了一位大腹便便的绅士，绅士手中拿着一条绳子，正要走进走廊尽头的房间。

他看着大胡子绅士，大胡子也在看着他。

"玻、玻尔兹曼先生。"他说，"您没有去游泳。"

"你认识我？"

"没有人不认识先生。"男孩说。

大胡子男人绝望地摆摆手。

"请您赶快离开旅馆。"男孩说。

"为什么？"大胡子问。

"有敌军的奸细，这里马上就要沦为战场！"

"哦？"路德维希·玻尔兹曼转头看看窗外，此时太阳刚刚从山后转出来，雄伟的白垩悬崖在海中挺立，蓝绿色的水面如璀璨的宝石，浴场中漂浮着星星点点的光，他的妻女正在海里游泳。森林包裹道路，微风摇晃枝丫，影子攀上杜伊诺城堡黄色的围墙，万物一派和平景象。在奥地利，皇储刚刚就任帝国总司令，他声称维也纳"永远年轻"，皇帝没有吞并波斯尼亚，萨拉热窝街头平静，洪水汹涌的马恩河畔尚以香槟酒著称。今年秋天的新装还没有买，还有孩子们的生日礼物，新招募的学生，学院的演讲，和奥斯瓦尔德无休无止的论战……

他突然朗声大笑起来。

"这个送给你吧。"他从口袋里掏出一个刻着数字"1"的玻璃球，塞到男孩手里。

说完，玻尔兹曼开门进屋，再也没有看男孩一眼。在地中海炽热阳光的照耀下，他镇定地开始工作，这次不会再失手了。天花板上层叠的刻印如同天堂，他仰起头，往高处登去，再也不把尘世放在心上。

男孩紧紧攥着这个玻璃球，跑下楼梯，冲出旅馆，去海边寻找他的父母。他听到大厅的留声机响了起来，那是德沃夏克的大提琴协奏曲，一个漂亮的尾音。

三天后，男孩同父母离开度假胜地，乘坐冠纳公司的邮轮回到了美国。他在波士顿长大，成为一名律师，1983年死于心肌梗死。他的女儿嫁给了电影演员肖恩·李，他们有了两个儿子、三个孙子，其中一个孙子成了物理系学生。当他第一次走进实验室时，上了年纪的教授正在摩拳擦掌。

"好的，小伙子们！"教授咧嘴笑着说，"让我们一起做一个会跳霹雳舞的时间箭头！"

漫无尽头的终结

磁带的原理很简单，它依靠声波振动改变磁场的电信号，使介质磁化，把曾经发生的、注定消逝的声音记录下来。每盒磁带双面录制，可以录制六十分钟——这意味着每张音乐专辑能够收录十二首、最多十四首歌曲。好，现在不要按停止键，让专辑继续播放吧，循环往复，直到磁力消失的那天。那天，每个人都头晕目眩，愉快地带着梦呓，迎接终点的到来。

——《漫无尽头的终结》专辑腰封

A面: 曲目1

　　我的耳朵里有一个声音，像我自己的声音，或许是比现在苍老一点的、自己的声音。音量不大不小，似乎已经陪伴我走过了许多年。它没有别的内容，除了自顾自地说个不完整的故事、唱小半首歌之外，就是一遍遍叙说那个目的。"爱方小姐。"它说，毫无停顿，一板一眼，温和地传递在我的脑海里。我已经十七岁了，是个"侵入者"，所有往昔的记忆都是模糊的，但是我却对耳中声音的来历印象深刻。那时，我陪着一个刚到杭州的年轻女士——应该就是方小姐吧——游玩至涌金门畔，见到了一个卖艺人。艺人自称是"太玄子道士"的第多少代徒孙，又自述被逐出师门，一无所长，靠为大伙儿表演杂剧过活。我们两人无甚急事，便站在那儿，看完了一出"逢三教勿生彼我，遇四众共结良因"。戏讲得一般，但卖艺人最后念的一段太玄子古词，却打动了方小姐。

"慧刀呈，斩三彭，处正贞廉绝爱情，恬然守素瑛。眼明明，道盈盈，碧海丹华现玉清，澄澄一点星。"

"哎呀，这里有我的名字！"方小姐欣快地说，"我也叫素瑛。"

我看着她，她的面目有些模糊，我有时无法把她和别的芳华之年的女学生区别开来。但是，我为什么要区别她呢？我又真正见过她几次呢？我们的关系来自何方，又去往何处呢？

正当我涌现出自我怀疑之时，那声音便第一次在我耳边响了起来。

"爱方小姐。"它说。我吓了一跳，是卖艺人的声音？

"爱方小姐。"它又重复道。不，更像我自己的声音。

"爱方小姐。"

从那以后，它便驻在了我的耳朵里。有时整天沉默，任我自生自灭，有时却给出相当明显的指示，比如去买"埃及烟"送先生，或者给《现代》投稿。如果我违反指令或迟迟拖延不动，它就会没日没夜地在我脑中诉说，直到令我头痛欲裂、生不如死。于是我只好全凭指示行动，丝毫不敢违抗。纵使这指令提出千般要求，其核心的却只有一个——爱方小姐。在怪声的指引下，我就像一个情报机关的特务,逐渐打入了以达夫先生为主、方小姐等拥簇环伺的小小创作圈子。

1935年,达夫先生三十八岁,体弱多病,在杭州隐居,却依旧喜爱饮酒交友。他狂放大度,不拘小节,交下了无数朋友。同侪中,方小姐亦非凡人。她为人开朗,冰雪聪明,虽对创作小说兴趣不大,写古体诗却常有神来之笔。她身上经常穿套白色衣裙,朴素干净,似乎从来没有换过一样。那些日子,先生高兴时,就会留我们在家中吃饭。有一次,我收拾完碗筷,见到方小姐在堂屋,趴在先生常用的大桌子上,描描画画。我好奇地走过去,看到方小姐正在写一首诗,颇为大气:

数载流萤数载风,此根犹在此身中。
几临铜岭观秦道,曾引胡马过汉宫。
瑟瑟秋风敲黄叶,萧萧江水洗孤蓬。
谁知金匮匣中剑,却笑家雀向河东。

"爱方小姐。"耳中声音说。

"好诗!"我不由得赞道。她扑哧乐了一声,摇了摇头,背后一根大辫子微微颤抖着。此时,我们已很熟,我便继续拿她取乐。

"谁是金匮,谁是剑呀?"我问。

"跟你无关。"她嗔道。

"那谁又是家雀呢?"

她忽然抬起头,定定地看了我一眼,没有作答。眼中似有奇异光芒一闪,消失不见,柔软的双眉间似乎逐渐簇出一丝冷意来。

我也怔了一下，结结巴巴告了别，从厅堂中走出。外面是先生家曲折的回廊和精致的院子，植物纤细可人、郁郁葱葱，但数量众多的定路石却在看不见的角落渐渐模糊起来，那是千篇一律的小小灰石，每块形状几乎全部一样，每条纹理似都相同。我向出口走去，一边想着方小姐，一边数石头的数目，不小心一头撞到先生身上，他手中的一摞新印制的报刊全部散落在地。

"对，对不起！"我急忙道歉。

"帮我捡起来。"先生不太高兴了。

我弯腰一本本捡拾这些油印报刊，其中还有一些是散页。我一边尴尬地致歉，脸颊火辣辣的，一边擦着封面上的泥巴。

"哎，一会儿，你去哪里呀？"先生突然问。

"哦……没什么事，我回家。"我说。

"这里有穆老板刚拎来的糕点，要不要吃？"

我是没有味觉的，但这只是无关痛痒的细节，我可以装作很好吃的样子。

"好啊，"我面露喜色说，"谢谢先生，我尝尝再回家。"

B面: 曲目1

进家门的时候，我全身都湿透了。我把伞丢在了游戏机厅里，它一分钟前还在机子上放着，可我换完币一转身，这把伞便无影无踪。我在游戏厅找了几圈，没看见谁拿着那把伞。我跑到门口，看着外面的大雨。雨中的街道行人稀疏，我看到一把红伞、一把黑伞、两把蓝伞，但是没有我的黄伞。这黄伞是我妈活着时抽奖得到的，伞面印着蘑菇和小鹿，伞把是弯的，像微笑的睫毛一样弯。我又回到机器前，仔细回想，也许这把伞并不是在手边丢失的，我用了它太多年，下雨天眼角总有一抹黄色的影子，这造成了我的幻象，真正的伞现在可能正躺在街角的污水里，或者老老实实地悬在于爷爷家的柜子上。于是我不再看外面的大雨，坐下来继续打游戏。可雨一直没停，直到我花完兜里的最后一枚硬币，它依然噼里啪啦地泼下来。我又坐了一会儿，游戏厅里的烟味熏得我有些头疼了，我只好深呼一口气，把衣服拽起来蒙住脑袋，跳进急箭般的滂沱大雨里。

我跑到家时，于爷爷正坐在马桶上，脸憋得通红，有节奏地用鼻子喷出吭吭的声响，下巴两侧一鼓一鼓，像菜场里挣扎的牛蛙。啪！我仿佛听到一颗金豆坠落水面的声音。于爷爷正集中全部精力解决便秘问题，没有注意到我衣角滴滴答答地往地板革上滴水。家里的地板革早已开裂，裂缝被于爷爷用透明胶布粘上了，等透明胶布也裂开的时候，再补上一层更宽的胶布。

"于爷爷！"我问他，"你看到我的黄伞了吗？"

他深出一口气，几秒钟后才说："没有。"

我失望地摇着头，一把扯掉湿透的上衣，又开始脱裤子。

于爷爷不是我的亲爷爷，而是我家邻居，父母死后这六七年，他一直在抚养照顾我。我想喊他爷爷，但他不许。"还是喊于爷爷吧，就喊于爷爷！"于爷爷曾是一名"野生"的作家，如今生活来源一半靠领低保、一半是搞推销。推销的主要商品是抗菌洗洁精，但销量一直不好。于爷爷家有三间小卧室，其中一间是我们的卧室，小一点的是被锁住的储藏室，最后一间当于奶奶的睡房。于奶奶在七十岁的时候上吊自杀，但却没有死，成了植物人，现在已经在那间屋子里躺了十年, 靠一些奇怪的设备维持生命。于爷爷想尽一切办法, 哭过, 拜过, 治过, 甚至找外国专家会诊过, 可始终无济于事。我曾问于爷爷, 于奶奶为什么会自杀。他说, 更年期吧。我想了想, 生物书上讲更年期是五十多岁, 可于奶奶上吊时都七十了, 这更年期也忒长了点。现在那屋子里, 除了于奶奶的床, 还堆满了爷爷的朋友老陈带来的破烂。老陈比于爷爷小一些, 自称是脑什么工程研究所的专家, 但实际上是从旅游山庄养老院逃出来的。他在附近租了个房子, 做前列腺保健品的代理生意。二老因做买卖相识, 常一起出去搞推销, 但奇怪的是, 老陈那九十九元的保健品有时能卖出去, 而于爷爷卖九块九一大瓶的洗洁精却鲜有问津。于爷爷曾虚心请教老陈, 怎样才能把货卖出去。老陈非常高兴地开讲。他说:"我着重讲两个字, 一是'奇'字, 一是'搭'字。'奇'就是卖的货要出奇, 不要卖大家生活中常见的东西, 什么洗衣粉啊、拖把啊、牙刷啊, 这些东西在市场上随便能买到, 买方还能货比三家, 谁还信你这个推销的。但是你看我, 我卖的是独一无二的产品, 比尔必威, 哥伦比亚瓜拉纳山区的原料, 德国著名勒伯夫制药集团提炼生产, 包含三十项专利, 纯天然制剂, 专治各种前列腺问题, 让你的前列腺年轻三十岁!"

"一项专利年轻一岁?"我插嘴问。

"对, 一比一的比例。"他继续说, "包装精美、服务高端、疗效显著, 老年朋友自用送礼两相宜。"

老陈说话的时候, 我拿着药盒子看了几遍, 蓝色的包装盒上印着一个翘大拇哥的外国佬, 旁边有汉字"比尔必威", 下边不知用德语还是哥伦比亚语写着"bierbiwei", 我拼了一下, 跟拼音一样。老陈继续讲, 还有个"搭"字, 就是说你卖东西要搭着送东西。比如我,我卖保健品，买两盒就送他一个唱戏机。机器里边存着六部戏，市场价值六十多元，在屋里一打开，这声音高亢嘹亮，老年朋友都喜欢。很多人就是为了白得唱戏机才买我的药，你懂了吗？这回于爷爷听明白了，得送东西！但是这洗洁精生意是小本买卖，搭不起唱戏机，于爷爷就想到送扑克，买一瓶洗洁精送一副红楼梦扑克。结果成效不明显，半个月来只送出去四五副扑克。

在这打不开局面的日子里，我问于爷爷，你为啥不写东西了？你以前不是作家吗？他想了想，说没意思，没劲，没用。说来奇怪，他的沉沦始于一个灵感。那时候他在机关单位工作，什么研究室还是档案室，业余时间都用来写作。有一天他正在食堂吃饭，发现饭里有条死虫，上半截白白软软的，下半截已经黑了。他去找厨师理论，厨师说我给您重新盛一碗。于爷爷说不要了，再盛还有虫，你给我来张葱油饼。厨师说葱油饼今天煎得不好，煳了。于爷爷说没事，到底要来了一张葱油饼。他把饼捧起来，对着阳光一照，果然有一圈煳边，但是葱花油油地镶在中间，有黄有绿，很是诱人。于爷爷那天写了一上午，肚子的确饿了，使劲儿咬了一口变凉的饼，就想起来小时候就着瓢里的水吃葱油饼的事，又想起来老家做瓢的葫芦长在藤上随风飘摇，给藤条供水的大河冬天封冻，淹死的人夏天才能浮出来，在河滩的泥地上蚂蚁追逐着潮虫猎捕。接着他又想起进城后的故事，怎样和于奶奶相识，怎样与文化界的人交游，怎样经历数次痛苦的别离，持续几十年的爱和意想不到的终结，以及那些日子里太阳的颜色，每个清晨的音符，整座城市中居民生活的烟尘上升并在高处成云成雨、在夏日里坠落。在回忆里看到这一切的他突然产生了一个极好的灵感，一个能写出旷世杰作的点子。于是他一拍大腿，一把甩开了葱油饼，拔腿就往办公楼跑，想赶紧把这个突然降临的灵感记下来，把这灵感引爆的小说框架搭起来。如果写成了，他说，这部作品肯定比茅盾文学奖作品还要优秀，比诺贝尔文学奖作品还要完美。于爷爷这辈子从没这么欣快过，他从挂着红星、写着"1956年建"的老食堂里闪电般地飞奔出来，跑过砖石和灰渣铺成的操场，跑过如燕影般飞行的柳絮和青草，甚至腰椎间盘也产生了康复的错觉。但他跑到办公室门口的时候，却发现拴钥匙的绿色裤带跑丢了，他打不开门，咣咣砸了两拳，同事都吃饭去了，屋里没人。于是他又赶快往回跑，边跑边低头找，走到一半，在操场边遇到了同事小邹。小邹正拎着这条绿色的裤带，"于科长，食堂里捡的，看着眼熟，是你的吧？"于爷爷一把夺过钥匙，掉头又往办公楼跑。他连滚带爬地上了楼，打开门进去，扑到桌子前，呼哧呼哧喘粗气，拿起水笔，翻开本子……

他顿了顿，脑子里一片空白。

A面: 曲目 2

秋天，北新书局出版《达夫短篇小说集》，先生邀我辈数十人为他庆祝，连喝七八个酒馆，直至子夜方休。

在蜿蜒曲折的回家路上，人们个个头昏眼花，几位诗人相互扶持拖曳，胡乱高歌起来。身边不时有人和我勾肩搭背，我也佯装醉意，嬉笑吟唱。但只有我自己心里最清楚，我和他们不同，我永远不会如此昏沉。因为只要方小姐没有醉倒，我便不会醉；只要方小姐没有死去，我便不会死；而她的苟活，是命中注定的。这也就意味着，除了完成任务,我没有别的路可走。在三〇年代白色的夜里,一个十七岁的不死的过客,围绕着别人的故事,探寻着失去的生活,我不禁自怒、自怨、自怜起来。陪伴在已喝得大醉的前辈们身边,我也开始想要洒落几滴清泪。

"爱方小姐。"耳中的声音提醒我。

我回过神来,新感觉派的大师们正在发表高论——"脱离了秋季流行色,我便成了没有灵魂的人。"大家击掌叫好。前方正是夜雾中的十字路口,一个瘦弱的警察站在路中央,迎着我们走来,制服破旧,雪白的脸庞映着即逝露水的光。真辛苦,他的家在哪儿呢?为何大半夜仍在路边巡逻?

此刻,他把头略一低沉,眼睛直视我。我看清了她的面容,这不是什么警察,而是迎接我们的方小姐,是裹着破旧的男装、混在流民中来到省城的方小姐,是她口中从未提过的曾经。我突然感到一股急迫的冲击感,一下子没站稳,几乎跌倒在朋友身上。这是一个"感觉的节点",方小姐的前半生如同江河般倾泻到我的脑海,不,我如酱缸般临时搭建的人格里——

我感觉到了方小姐,素瑛。我感觉到素瑛在小的时候,曾去省城的某人家吃过一次饭,那人是她爷爷的老朋友。午饭吃的是麻辣牛肉、豆腐拌饭。那是她这辈子吃过最好吃的一顿饭,两种饭菜配在一起,简直是绝配!

于是,从省城回来之后,素瑛总说要吃豆腐拌饭,妈妈有时会满足她的要求。可素瑛嘴里扒拉着豆腐拌饭,心里想的其实是麻辣牛肉。她知道,家里的条件无法负担起牛肉,即便是吃豆腐,都已经很勉强了。大家都知道她爱吃豆腐,但谁也不知道她心心念念的是牛肉的味道。第二个弟弟出生后，家里愈发困难了。终于，督军征发民夫去前线做工程兵，挖战壕、修桥梁、抢通道路，爸爸报名了。他其实已经患了肺疾，但隐瞒下病情，死也要死在工地上，家里得到的报酬相当于三名工人每月的工资。他走的那天吃了顿炒面，大伙儿去门口送他，他亲了亲素瑛，在她脸颊上留下了炒面油油的痕迹，然后抱起两个弟弟学骠马转了一会儿圈。他走了之后，妈妈告诉全家，爸爸的病撑不了多长时间，但是，他如果倒在工地，全家会被算作工属，依旧可以每月领取一点点补贴，子女也能继续留在官办学堂就读。

所以，素瑛知道，爸爸回不来了。从那以后，她就经常想象爸爸死在工地上的样子。她想象他正在干活儿，突然愣住不动了，血全部涌到脑子里，然后仰面倒下去，脑壳在石头上磕破。没有人知道他是病死的，以为是撞击而死。她想象他正在吃饭，突然开始手握脖子大声喘息，然后倒在地上抽搐几下，不动了，人们以为他是噎食而死……每次想到父亲的惨状，她都感觉有什么东西卡在喉咙里，咽不下去，也吐不出来。她只好拼命地看书，看学堂里所有的书，想把父辈不太通晓的文字化作陌生的利刃，顺着喉咙把她劈开，也把那些痛苦的幻象劈开，去往一个陌生的世界，抛却父亲不散的阴魂。当年的学堂测验，素瑛竟然取得了好成绩，妈妈决定奖励她。"想吃点什么？"妈妈问，"我们还有钱，是你爸爸刚寄回来的。要吃豆腐拌饭吗？"

"不！麻辣牛肉。"素瑛答道。妈妈去买了。当美味的牛肉到嘴里的时候，素瑛忽然觉得不是当年在省城老头家吃的味道了，一切都变了。不知是味觉不可信任，还是人的记忆出了差错。总之，她已经失去了麻辣牛肉，也失去了不能回返的童年时光。

那些日子，爸爸有时会给她们寄信。他识字有限，但懂得绘画，他把工作中的一些事情画给孩子们看。有时，信纸上会有硬硬的透明大斑点，那是蜡烛滴下的液体。素瑛会小心地把它抠下来，如果还比较完整，就把它放在旧桌子的抽屉里。在读信的晚上，她会做噩梦，梦见爸爸终于倒在工地上。他正在干活儿，突然站住不动了，用手扶着镐，血从他的鼻子里流出来，身体栽进河道里。可这些梦逐渐变成失传的预言，从来没有实现过。日子一天天过去，素瑛也慢慢不再做爸爸死掉的梦，但是他的死亡却不期而至了。

他是被敌方新买的飞机炸死的，当时他乘坐在敞斗的卡车上，和二十多名工友在一起。他正用领子遮住风，仔细点一支纸烟，烟雾忽悠悠升上去，却和扑来的飞机啸叫融为一体。那铁鸟扔下天火，把他们统统烧成了碎片。

我睁开眼睛。

这便是一瞬间出现在我角色里的事实，回过神来，素瑛已站在了我的面前。

"别被她裹挟。"耳中声音换了一种口气，"快跳过，下一段。"

B面：曲目 2

诚然，于爷爷把这个灵感忘了。从食堂回到办公室，短短几分钟路程，那个旷世的点子就被他忘记了。他坐在办公室里想了一下午，又想了一夜，一直想到第二天太阳升起，依旧一无所获。于爷爷不甘心，这个灵感比以往写过的和以后将写的任何作品都要厉害，如果能写出来,这辈子就值了。如果想不起来,也没有继续写作的必要了——这就好比你丢了一张中五百万大奖的彩票,也就没有心情去兑现中五块钱的了。于是,他每天的工作变成了精神性的,整日努力回想那个溜走的点子到底是什么。这自然招致了领导和同志们的反感。没多久,于爷爷干脆辞职,单位上的事情做起来索然无味,思绪还总被打断,不如坐在自己家里专心致志地想灵感。他每天待在卧室里,进行长期而艰苦的冥想,那天在食堂发生的每一个细节都被他反复咀嚼回味,他一次次尝试回到现场抓住自己奔跑中的思绪,可那个被丢失的神谕仍然无处寻觅。这种生活持续了半年,直到他暴瘦二十斤,大病一场,方才作罢。从此,他放弃了写作,再也没有在报纸刊物上发表过一行字,哦不,晚报登载过他提供的一份食谱。那是他最爱的一道菜——于氏独创私房菜,酱香番茄炖鲫鱼。酱不能用大酱,要用甜面酱,鱼不能用草鱼,要用大鲫鱼。

然后便是多年的沉默,他似乎已经忘记了如何写作。在我父母死后,他一直抚养我,而他也是我所知道的、唯一的、彻底的好人。

而我呢?我最终还是没找到黄伞,只好耷拉着脸,站在粘贴着胶带的地板革上,用一条灰毛巾慢慢擦干身上的水。于爷爷颤颤地从马桶上站起来,一手扶着洗衣机,一手扶着墙,两腿直打哆嗦。我知道他没事,只是腿麻了,站一分钟就好了。

我打开电视,看看有什么好玩儿的节目。省台正在播出《二十世纪世界灾难与神秘事件》,在讲海市蜃楼,以及想象中的悬浮的建筑、天上的城市。看着屏幕上描绘的奇景,我想起于爷爷这几天写的毛笔字:"天上白玉京,十二楼五城。仙人抚我顶,结发受长生。"电视上讲,海市蜃楼里的建筑物从没被找到过原型,可能这根本就不是光的折射，而是时空弯曲让我们看到了平行世界。我想，如果真的有时空弯曲，可不可以实现——通过技术控制弯曲的日期和地点，精准地找到六年多以前的那一天，找到我的父母和那辆暗红色的木兰摩托车，把他们从那个时空拉出来，我要抓住他们的胳膊，一手一个，拉到这个世界里，永远不松开。这样做唯一的副作用是我们的年龄差小了六七岁，这没关系，我可以叫他们大哥大嫂。想到这里，我笑出声来。我苦练了两年，才能在想到他们的时候发笑。在我妈刚死的时候，我哭了很长时间。泪流出来，眼睛是疼的，可能因为泪水把睫毛上的脏东西冲到了眼睛里，我使劲揉，揉完更疼了。我的睫毛很脏，眼很脏，脸也很脏，以前都是我妈给我洗脸。她会用右手把毛巾从滚烫的搪瓷盆里拎出来，用另一只残疾的手摁住，仔细且用力地给我擦脸。在她死了之后，我几乎没洗过脸，只有洗澡的时候才把脸冲冲。这使得我更黑了，并且在最近两年开始冒出一些肮脏的青春痘。

第二天早上，老陈来的时候，于爷爷说不太舒服，想去医院看看。他已经咳嗽很久了，后来便伴有肋骨痛。我说我要上学，今天月考——其实就是不愿意排队挂号。老陈自告奋勇地说陪他看病。

"你今天不卖货了？"于爷爷问。

"不卖了，我陪老哥哥。"老陈说，"再说，那不叫卖货，叫作营销。"

我目送两个老人出门后，坐在门口听了一会儿动静，然后几口把饼啃完，用座机给同学韩立扬打电话，让他拿游戏机来一起玩。

"你爷爷呢？"韩立扬担心地问。

"出去了，上午回不来。"

"咱不上学啦?"他小声说。

"不上了,"我说,"去了也没用,班主任这周不是去培训了吗,没人管啦!"

"好,你等我!"

韩立扬挂了电话,过了十来分钟,就抱着黑色的MD游戏机来到我家。我把他放进来,赶紧插上电视。

"糟糕,"他说,"只带了一个手柄。"

"没事,你上回落了一个在这里,"我说,"找找。"

我们在高低橱和柜子里翻了一会儿,没有找到那个手柄,我猜很可能被于爷爷和老陈收拾到了于奶奶沉睡的屋里。我不太敢去,就跟韩立扬说:"你去那屋翻翻,我去阳台看看,可能在我的破书包里。"我在阳台上找了一会儿,没有,再回到客厅。韩立扬已经在那里了,手里拎着那个银灰色的手柄。

"就在你奶奶床上放着呢!"他说。

"怎么会呢……"我嘀咕道,往门里瞟了一眼,却看到于奶奶的脑袋正偏着,面带微笑。我吓得一激灵,再眨眨眼,于奶奶还是照常仰面躺着,又瘦又小,像一张盖着蓝被子的薄相片,什么怪事都没有发生。

"快玩吧!"韩立扬催我,"好不容易逮着机会。"

"有啥激动的,"我心虚地说,"《真人快打》我都玩腻了。"

A面: 曲目3

日头已经高照,先生宿醉未醒。我和方小姐清早便过来照顾他,此时已对聊半天,说得正投机,谁也没有注意到先生已经醒来。我正向方小姐吹嘘课业中所学知识,比如二十年代世界科学"黄金岁月"的诸多逸闻,还有企孙先生[1]测定普朗克常数的传奇故事,她听得津津有味。奇怪的是,这些语言都不是耳中怪声教会的我,似乎全部根植在我的角色里,自然而然就能舌灿莲花。说到含糊之处,我哩哩噜噜,用一些不知哪来的奇怪语言搪塞过去,方小姐也毫不生疑,只顾微笑点头。

先生突然一下坐起来,伸手就摸我的头顶。我急忙用手护住。

"你为什么总戴帽子?"他问。

"因为头生得难看。"我说,"遮一遮嘛。"

"我看看。"先生又伸手去扯。

我笑着站起来躲开了,转了个身,坐在了方小姐的另一边。我的后脑勺,头穴下方一寸[2],那里有所谓"自救"的开关,但我始终不敢按下。因为提前结束使命,等待我的,极大概率会是另一场噩梦。

先生斜眼看着我,我则缩了缩双臂,将身体倚靠在桌子上,准备迎接又一次"感觉的节点"降临。但是,这次没有奇怪的事情发生,先生只是半晌不语,旋即又躺下睡着了。

看来方小姐和先生之间,未必有太多的交集,她并非完全了解先生的生活。我们与先生的交往,更多是崇敬与单方面的向往。先生的话语,在她的记忆中似乎只剩下飞鸿掠影;先生的衷肠,我们也不曾多体会到半分。但毫无疑问,在我经历过的未来,她对先生的

---

[1] 叶企孙(1898—1977),中国物理学家、教育家,对中国物理学事业发展做出重大贡献。

[2] 1寸约等于3.33厘米。

感情虽然模糊, 却不会间断。她会像一只雨中的孤雁, 准备持续扑向从未实现的、绵长无尽的终点。

"我去烧些茶来吧。"方小姐笑着对我说, "你讲了这么久, 想必口渴啦。"

"不渴, 不渴,"我惶恐地站起来, "没事, 没事。"

"中午想吃点什么?"

"不用, 我回家去, 不麻烦你烧饭。"我说, 但心里却生发出欣喜的感觉。

"豆腐可以。"先生突然说。他在床铺上眯着眼睛, 估计是睡不着了。

"得令。"方小姐略一颔首, 站起身来, 摇头晃脑地说, "无鸡鸭也可, 无鱼肉也可, 唯青菜豆腐不可少也。"

"油嘴滑舌。"先生答道, "有这种请求, 多是因为昨日酒肉吃足了, 今天只想清淡醒酒。"

我们几人哈哈笑了起来, 有不可见的波动在空气中延展。时间越来越慢, 似乎停滞下来, 大家开始迟缓地移动, 去披衣, 去烧饭, 去谈笑。这个场景结束了。突然, 齿轮开始再次回转, 人们又把涣散的目光聚在一起, 力量重新回到了躯体中。失去的场景又回到眼前。以我短小的经验来看, 这可能是真实记忆与新的插曲的分野。

"素瑛, 你的文章发表了吗?"先生闭上眼睛, 对着空气说。

"没有啊。"方小姐答道, "先生您呢? 唉, 我该掌嘴, 先生即便从了政, 又哪能放下创作。"

"短文而已,"先生说, "我已数年不写小说。因为以当下的形势看, 实属不是很应景。"

"我之前发表过作品，这就够了。"方小姐说，"在这世上，肯定有人读过我的作品，即便是短短几小时、几分钟。余生之中，也会有人回忆起这些文字，这样，它们就是活着的，活在别人的生命里。就像那些逝去的历史时刻，已在现实中湮灭，但却在看不到的地方存在着，只是蒙上时间的灰尘，成为万物的一部分。所以，任何发生过的事都是真实，失去的也永远不能回返。每一刻，都活着；每一刻，都是永恒。"

说完，她闭上眼睛。"这就够了。"她说。

"那你想体会这种永恒吗？"我突然不能自持地开口问，"永远生活在幸福的、过去的永恒里？"

她睁开眼睛，看着我，双目露出质询的锋芒。我有点不安了。

"我……我还是回去吃吧！"我说，很快站起来，往门口走去。她似乎关注着我的一举一动，那目光使我感觉如芒在背，我穿过桌子间的狭缝，在门框上看到两点绿莹莹的反光。

"明日再过来啊，我推荐你去个好地方。"先生说。

会的，我会过来的。我想，但是，即便我们如此享受过去的每一分每一秒，这种生活也已经无法持续太长时间了。我希望方小姐永远生活在循环的幸福时光里，但这是不可能的，故事总有正反两面，讲故事的人必须把它收场，故事里的人必须将它演完。

因为，1937年就要到了，而时间之箭永不回头。

B面：曲目3

那天，韩立扬走后，我看了一会儿电视，没什么好节目。于爷爷他们回来时,已经快天黑了,我饿了一天肚子,听见门响,便趴在高低橱上假装写作业。他们一进门,我就闻见了菜香,好像有卤猪耳和烧鸡的味儿。于爷爷趿着鞋走到桌边,扶着把手,哼哼哧哧地坐到破沙发里,老陈跟着进来,咣的一下把装酒和食品的袋子放在桌上。我把头抬起来,鼻子忽闪忽闪地吸气,直盯着袋子看。老陈慢慢从袋子里掏出吃的,果然是卤猪耳、烧鸡,还有豆腐皮和花生。我跃跃欲试,于爷爷咳了两声,皱着眉,和我一起瞅着老陈把鸡撕开。我勉强等了半分钟,凑上去,迫不及待地薅下一只鸡腿来。老陈又把白酒掏出来。

"小俊也喝一口吧!"于爷爷突然说。

"啊?"我没反应过来。

"嗯,喝一口吧,小俊,今天喝一口。咱们都喝。"老陈说着,去拿玻璃杯,玻璃杯总共有三个,两个常用的很干净,还有一个没人用,长期落灰,他拿到水管下去冲洗。

"太阳从北边出来了啊?"我含着鸡肉,笑呵呵地说。

我们三个人举杯畅饮。这是我第二次喝白酒,之前只在过年时用筷子蘸过一回。我小口小口地抿着,总共喝了不到半杯,但是也有点晕乎了。他们两个聊得挺高兴,老陈讲起在养老院的事。款项性质是买房养老,但是开发商垮台跑路了,把整个园区扔给了已入住的老人,于是老头、老太太自己找人打扫卫生,一边告状一边凑合在那儿住。"我为什么跑呢?"老陈说,"因为我那房子没交钱!我和开发商的亲爹是哥们儿!房子是他送给我的!我怕邻居知道,以为我和开发商一伙儿,所以我就跑了。"

我觉得他是吹牛,讲的兴许是梦里的事。但我还是很高兴,脸烫烫的，窗户微微地开着，风吹在脸上很舒服。外面是多云的天气，却似乎有明亮的月光。我仿佛看到月亮从两层楼后露出一半，而我月色般的黄伞就挂在对面某家的窗户上。我喜欢在夜晚的天空里发亮的东西，最喜欢月亮，还有焰火。记得刚上小学的时候，市里办文化旅游节，在实验中学的操场上放焰火，我爸在人群里把我举起来，让我骑在他肩膀上。那次我看见超大号的烟花弹在头顶正上方炸裂，每一朵烟花都有数十层楼高，铺满了视域中的夜空，像张开闪光肢臂的巨型章鱼、七彩迷人的海市蜃楼、穿越平行空间而来的超级魔怪，全都在人群的惊呼声中扑面奔来。那是我见过的最大的烟花，如今再也看不到燃放效果这么带劲的烟花了，过年时只能零零散散见到几朵，都没什么意思。

于爷爷闷下一杯酒，突然龇牙咧嘴起来。他用手用力地揉搓着右侧的肩膀，嘴里发出呻吟声。

"别揉了，不管用。"老陈说。

我突然想到看病的事儿，问："今天检查得咋样啊？"

"不咋样。"于爷爷说。

"让你爷打进口针，一年得二十万。"老陈说。

"打狗屁。"于爷爷说。

"要是不打呢？"我问。

"不打？活不了几……"老陈说到一半，斜眼瞄了一眼于爷爷。

于爷爷也瞄他一眼，他们俩没再说话。过了分把钟，于爷爷抬脸对我说："小俊，说正事。你知道我发表的第一篇文章是什么吗？"

"是什么？"

"是小说，抒情的，叫《沉默》。写一个人在沉默中消磨岁月的故事。我现在知道,我就是那个人,我的沉默是为了隐藏自己。可我沉默了太长时间,"他说,"已经沉默了一生啦。"

我看着他,光线明暗之间,他似乎也在看着我。

"大夫说我不能做手术了,已经没个把月活头了。我琢磨,现在只剩短短的几天可以成为自己。"他把身子欺过来,我突然感到一种压迫感,在面对这具干枯瘦小的老头躯体时第一次感到无所适从。

"我要你帮我。"他说。

"帮你什么?"

"帮我拯救长年的疾苦。"

"救什么?你……"

"你想知道于奶奶现在在想什么吗?"

我看着他,他是我所知的唯一一个彻底的好人。我不知道自己摆出了什么样的表情,或者是一切表情已经从脸上和心底消失不见。一阵眩晕的感觉升腾上来,我只觉得疲惫、困倦、摇摇欲坠,仿佛有柔软的羽绒毛毯将我团团围住。我在头晕目眩中挣扎着,跨出肢体迈过冰封山谷和月季花丛,可却立马暴露在谎言的阳光下,融化在不应融化的时辰里。

A 面: 曲目 4

几年中,战争搅乱了一切。因方小姐主要待在后方,对战争知晓不多,我只能匆匆跳过颠沛流离的场景。先生担任了军中的宣传职务,巡视各个战区,不知是命中注定还是方小姐虚构,我竟有幸随行。徐州花园饭店,先生与史迪威上校第一次会面,史迪威看到先生是文职的少将，便吹嘘起1918年在法国的"一战"见闻——"那些日子总有大大小小的简易棺材停放在火车站的货场上，等着家属认领。如果是正常尺寸的棺材，里面装的就是一个完整的人；如果是方方正正、小一截的，里面装的就是没有腿或找不到上半身的'半个人'；如果是像手提箱一样大，那大概就是被炸成碎片、无法分辨的组织内脏。其中，我助手的棺材比手提箱大一点，很轻，和一名姓氏相同的陆军上尉摆在一起。我们打开棺材之后，里面只有一些衣冠遗物——大概人已经在战场上烧化了。"

"可我们已经没有火车，也没有棺材，"先生说，"泥土就是我们的棺材。我们被连天的炮火埋葬在泥土里，就像回到了母亲的怀抱。如今，吾辈已离病榻、断药饵，重新站而为人。这些场面，我会与司令长官通融，让你亲眼得见。"

随后的十七天，在先生的带领下，史迪威在台儿庄战场见到了数十万军民浴血奋战的景象。这场惨胜大捷直接驱动上校写下了战役的详细报告，发表在最重要的军事刊物上，为争取经济外援增添了撬动天平的筹码。

我把这些话讲给方小姐的时候，她顿觉热血沸腾，只恨自己不是男儿，无法常伴先生左右。

"你见到这些事的全过程了吗？"她问。

"当然没有。"我说，"我只是一个自愿的跟班。"

"那怎么如此清楚？"

"听说的呀。"我心想，还不是你为我设下了这梦幻的嵌套。

"那你又为何离开了先生？"

"他去了福建，后又下了南洋，躲避敌寇，隐姓埋名。"

方小姐闭紧了嘴巴，那嘴唇慢慢变紧变薄，失去了血色。她失魂落魄地在窄小的屋内转了两圈，又攥了攥白裙子的褶皱，最后下定决心般，用双目死死地盯住我。

"你大概是喜欢我吧？"她说。——爱方小姐！耳中的声音嚷道。

"没错。"我颤抖着回答。

"那你帮我弄清他去了哪里，改叫什么名字。算我求求你了，看在多年的情分上，拜托了。如果能够找到他，你就是我的再造恩公。"

说完，她扑通一声向我跪下。我急忙去扶。

"不行。"我说，"你不要再惦念他了，他在国内已有婚育，儿女成行。而且此番下南洋，恐怕凶多吉少……"

"你听着！如果你找到他的话，带我去见他一次，我就满足了，我就嫁给你。"她说。

"不行！"我把她从地上扯起来，"就是不行。如果去找他，你也会……"

她突然爆发出一股狠力，推着我撞在墙上，旧柜子在我们头顶发出嘎吱嘎吱的声音，摇摇欲坠。她靠近我的脸，用眸子直直地盯紧我，双眼倏然变成金色，我似乎一下坠入金色的海洋里。

——"感觉的节点"出现了！我倒吸一口凉气。

我模模糊糊看到一架让人无法理解的巨大物体，在一间空旷的试验室中，吐出麻花般纠缠在一起的磁带，仪表指针转个不停，几个男男女女疯狂地忙碌着，把记录秘密的纸页打印出来。一个长胡子的老头双手指天，满脸横肉都在发抖；脚踏皮靴、手持微型冲锋枪的战士在不停叫喊，用听不懂的语言怒吼。我好像脱离了这个世界，回到了我原本所在的地方，不，不是我的所在之地，而是我面前生物的寓所。我看到一间大厅里，机器冒出灰烟，着起火来。房间的另一侧，一个人静静地躺在那里，抽搐，随后便开始动弹。

"那是我们同类的死亡。"她的声音在四周响了起来，"他的信号被接收后，在瞬间支离破碎。大家继续旅行、抱头逃窜，谁也不再管他，只有我留了下来，因为我忘不了最初陪我旅行的人。我现在永远走不了了，看到了吗？死亡没什么可怕的，抑制不住的爱才可怕。"

我恐惧地睁大眼睛，点了点头。

"所以不能答应她。"那声音说。

我又点点头，思维模式已经在脑中崩塌。

这时，方小姐似乎恢复了些许理智，愣了几秒，一下子把我松开。

"对不起，我失控了。"她捂着耳朵说，眼睛的颜色慢慢变了回来。我早已无法控制自身，或者角色的情绪，推开她，夺门而出。外面的街头，已是昏暗的下午，我冲到十字路口，大声痛哭，看着巡防的警卫、萧条的街道、破旧的门帘和为了防止轰炸设置的巨大水桶，恍若梦中。

B 面：曲目 4

喝完那杯劣酒，我像中邪般沉沉睡去。不知睡了多久，醒转之后，我发现自己身处那间常年上锁的储藏室里，左手被又细又滑的铁链子拴在铁床的一角。于爷爷和老陈神色严肃，在我面前盘腿而坐，活像两个下山的老道。看到我醒来，于爷爷举起一架精密而漂亮的相机,啪地为我照了张相。

"第一次实验。"他说。

"不知道能不能成功呢!"老陈说,"需要他自愿参与才行。"

"参与什么?"我问,然后小声哭了起来。

"你先冷静一下。"老陈递给我一杯水。我一巴掌把水打翻了,老陈反手就给了我一耳光。我哭得更厉害了,他们没再说话,盘腿看着我,耐心地等我哭完。

几分钟后,我哭不动了。于爷爷又给我倒了一杯水,我接过来,慢慢喝了下去。

"真乖啊,小俊。"他说。

"你们要卖我的肾吗?"我问。

"不是,是让你帮爷爷一个忙。"他说。

"我? 能帮什么忙?"

"你于奶奶她……其实不是上吊的,你知道吗?"

"我怎么会知道!"

"她只是陷入了虚拟的时间旅行。"于爷爷一脸严肃地对我说。我眨眨眼睛,一头雾水。

他接着讲下去。原来,十年前,老陈还是脑什么工程研究项目的专家,去外国学习交流了一次,待了三个月,偷偷为一摞实验理论和技术材料拍了照。回国之后,老陈和曾师从多位专家的于爷爷合作,苦干半年,真把项目做成了。他们偷偷造好了这台机器,跟谁都没跑风漏气,目的是送于爷爷回到大脑里的过去,重新找回那个被他遗失的、可以写出旷世杰作的灵感。这台机器产生的效果,被他们称作"虚拟的时间旅行"。其原理是通过精确的测量记录下大脑的记忆内容和物理状态，模拟在不同情况下的运行方式，最后通过大脑与测试环境相互作用，引导大脑回到原来的状态。

"我不懂。"我说。

"简单地说吧，时间只是大脑的主观体验。"老陈说，"只要让大脑以为自己沉浸在往日的场景就行了。"

"那机器跟我有什么关系？"

"项目完成后，素瑛趁我们不在家，抢先使用了机器。"于爷爷说。

"素、素瑛？"

"啊，就是你于奶奶。"他说，"她本名……方素瑛。"

"然后她……就成这样了吗？"

"她用机器回到过去，找寻失去的爱情去了。"于爷爷抬头望向天花板，"但是在回来时，她犯了一个错误。她在14:03启动机器，回到过去。在返程时，她也将时间设置为当日的14:03。但她忽略了，大脑的运行会消耗现实中的时间。所以，当她回到14:03的时候，现实时间已经是14:16。结果，她没能回到现实中来。"

"那就意味着……"

"意味着她仍身处大脑的时间旅行里。"于爷爷说，"她被困在了过去，但大脑却对此浑然不知。她在过着模拟的生活——永远比我们慢了十三分钟。"

"那你们叫不醒她吗？"

"没找到叫醒她的方法。"老陈说，"只知道这些年来，她正反复地回到过去，似乎大脑已经失控了，于是我们拍下了她大脑中的影像。"

说着，老陈把一摞照片甩在我的面前。我赶快捡起一张，是模模糊糊的黑白图像。上面似乎是一个男人，戴着褐色的小帽子，坐在椅子上，正跷着脚，手里端着茶杯。

"这是谁？"

"是我。"于爷爷说，"是年轻时的我，不到二十岁。"

我看了看他，又看了看图像，"拿老照片骗我吗？"

"不，"他说，"这就是你于奶奶脑中发生的故事。十年来，我们一直在探索，想要解码她大脑里的活动表征。我们知道，在枕叶中有个区域，负责把外来输入的刺激转化为心理影像，也就是说，是大脑决定你看到了什么。我们最终解码了这个模式，这样就可以把脑中的活动还原为原始的刺激来源。目前因计算能力有限，只能还原出图片，而不是影像。这已经够了，我们通过这些图片可以断定，她仍然活在记忆里的过去。"

我看着他们，打了一个冷战。

"你们到底要……把我怎么样呢？"

"我们要把于奶奶的大脑活动暂时覆盖在你的脑袋里，让你经历一下她的生活。"老陈说，"放心吧，只会覆盖百分之七十的区域，我们会让你保持一点点自主意识，用来观察和思考。你仍是你，只是……因为叠加，人格可能会发生点变化，也许会更成熟一些、更世故一些。你很有可能在她的记忆里扮演老于的角色，记忆中的老于可能会叠加在你的身上。"

我感觉双腿发抖，尿意涌上来，几乎不能自持。

"不行！"我喊道，"你们自己怎么不试试？"

"出了那事儿之后，谁也不敢用这台机器了，我们就把整个项目隐瞒起来。"于爷爷说，"而现在，我俩已经力不从心了。我们的脑子过于衰弱，八十年来累积的基因变异让脑功能下降得厉害。所以需要年轻人去尝试。"

"不！我一定叫不醒她的，求求你们，别让我去！"

"不是要你叫醒她！她是不可能被叫醒的。"于爷爷说，"我要你进入于奶奶脑中过去的情景，体验她的记忆，经历她已经知道的故事，替我寻找失去的灵感。我只想起了一点——这灵感可能与我对她的爱情有关。"

我绝望地看着他们，惨叫起来，用力把老陈伸来的手甩开。

"就为了这个吗？"我咬牙切齿地喊，"不行！休想！不可能！"

"那你就待在这儿吧。"老陈说，"一辈子待在这个储藏室里。"他平静地往后退了几步，于爷爷也站起来，走到他的身边。他们像神一样怜悯地看着我，随后退了出去，把唯一通向自由的门关闭了。

A面: 曲目 5

"姓什么？"面目黧黑的船务官警惕地问我。

"姓于。"我说。

"华人？"

"当然。"

他的脸色稍许放松，朝身后摆摆手。

"赵老板一会儿就来，你稍等片刻吧。"他说。我感激地谢过他，然后抬头眯起眼睛，穿过瘴气的密云望着小舟前来的方向，那里应有星星落落的村庄，但却不知隐藏于密林的何处。

——是的，我最终还是来了南洋，来到苏门答腊，一个名叫"巴爷公务"的怪地方。这番旅行，我并没有告诉方小姐，我不想招惹她，只想让她死了追踪先生的心，因为去追随他，无异于追随死亡。但我又很想知道先生到底会怎么做，他成了谁，他隐身于这蛮荒艰险之地，会以何种职业为生。

这趟旅程原应格外辛苦周折，但在我看来，却有缥缈、迅速之感，仿佛浮在意识上的一缕火焰。因为我的寄主方小姐，对这次旅程的记忆全部来自别人的口述，所以我既没有看到新加坡码头灰色石头筑成的气派站房，也没有注意广场上成排马车的景象，直至辗转来到苏门答腊丛林一隅，荒凛的景色才在寄主的不断咀嚼回味中渐渐清晰。在旅行前我瞒着她，如今因为她的回忆才成行，六十年前和六十年后的两个我，就这样神奇地混淆起来。

这时，小船轻捷地游过来，是条像独木舟一样、狭窄而不起眼的木船。船务官谦逊地迎上去，把缆绳接过，紧紧地拴在木桩上。一个长满络腮胡、瘦瘦的中年人迈了两步，从船上费力地跳下来。

我走过去，颤抖地、惊讶地、郑重地端详着他的脸。

"我就是赵廉，"中年人说，"赵豫记酒厂的主人。"

是先生无疑了！

"先生。"我说，"我是于世钊啊！"

"于先生，初次见面。"他不动声色地说，"生意的事，请到府上一叙。"

我点点头，跟随他上了船。他用印尼语招呼了一下船夫，小船晃晃悠悠地开动了。到了他家，我望着那栋支棱在平地上的木制小楼，仿佛在看一张熟悉的明信片。我见过这张明信片，我想，在我来的那个地方，它摆放在寄主房间的正中央。在明信片上，房顶的偏左位置，盖着褪色的、椭圆形的黑色邮戳。

"把屋子支高，是为了在雨季防水淹。"先生，不，赵老板对我说，"要是不万分小心，在这里没法生存下去。"

"您在这里，靠什么生活呢？"我问。

他刻意不看我，笑着望着别的地方，"算是给日本人当翻译吧。"

"受胁迫了吗？"

"我是个冲动的人。"他说，"混入他们之中，可以做很多事。来，请进！"

当天，他并未与我长谈，看来也不打算与我多言了。他只是把我安顿好，自己吃过饭，就同人出去干活儿。晚上，我住在这间小屋里，听着呼呼的风声。素瑛现在在做什么呢？我想，自己不辞辛苦来到烟瘴之地，又是为了什么呢，只是为了一睹先生沧桑沉沦的面容吗？

第二天，先生把我喊进会客室，正襟危坐。

"世钊，"他说，"你见过我了，我还活着，你放心了吧。"

我"嗯"了一声，不知该如何作答。

"以后不要来了。"他说，"来一次，你我的危险就增加一分。"

我默然点点头。

"你就告诉素瑛，我还好。"他说，"素瑛……就托付给你了。"

我失魂落魄般"嗯"了一声，沉默不语。

"其实，还有一个不情之请……"先生说，"能不能，请你帮我们办件事？"

我想了想。——"您尽管吩咐。"脑中声音驱动我说。

"我就知道可以信任你!"先生面露喜色,从怀中掏出一封薄薄的信,"这信件你带走,务必交给昆明小富春街'陈世鸿'先生。不得交他人拆看,切切,切切!"

我立刻站起身来,郑重伸出双手,接过那封信,马上揣进贴身的口袋里。

"谢谢世钊,给你找了太多麻烦了!"他搓了搓浓密的胡须,笑了笑,不停揉着手。这笑容那么熟悉,仿佛一下回到了年轻而狂放的交游时刻。

"喝酒吧!"他说,"尝尝赵豫记的酒。"

"当然,当然。"我说,"先生不必客气,我定全力报效。"

"那,我问你,素瑛到底怎么样了?"他突然问,"成婚了吗?"

"没有吧。"我说,"我们也有两年没见面了。"

先生叹了一口气。"恍如昨日啊。"他说,随后站起身来,走到床边,看着窗外的密林和暗淡浮气中的阳光,慢慢吟起来南洋后作的诗:

> 飘雪琴剑下巴东,未必蓬山有路通。
> 乱世桃园非乐土,炎荒草泽尽英雄。
> 牵情儿女风前烛,草檄书生梦里功。
> 便欲扬帆从此去,长天渺渺一征鸿。

那天,我们没再说多少话,却对坐饮酒,早早大醉。第二天,我便从陆路走到大城棉兰,又在码头乘船离开。在码头接受士兵的盘问之后,有一个会讲华语、身穿白衣、文质彬彬的年轻人,抓住我的胳膊,半礼貌半胁迫地把我请进一间茶肆。

我们在茶肆坐下,他却不点茶,伙计也不来问他。他只顾同我讲话。

"先生。"他摆出客气的态度,"赵豫记的老板,会讲华语,通晓日语,还能说印尼语,到底是什么人啊?"

"他……是我之前的老师……"

"老师?"

"现在放了高利贷。"我说。

他哈哈大笑起来。笑毕,把一张字条塞进我手心里。

"如果你有什么头绪,比如想起他的身份。"他说,"按照此地址拍电报,向昆明的福先生报告。相信你能做到。"

"福先生?"

"你走吧。"他说,"我不杀年轻人。"

我急忙站起来,跌跌撞撞地跑出茶肆。正巧船只已到港,我如遇救星,急忙从人群中挤过,往船的方向奔去。那艘船又旧、又短,舷外沾着擦不掉的油迹,舱室窄小,就像一间间用于刑讯的、斩人的血腥密室。我挤上船,微微松了口气,往岸边一看,那年轻人年还站在那里。他冲我笑着,嘴里念着什么句子。

那口型我不认识。似乎在说:"爱方小姐。"

B面: 曲目5

在被封锁的储藏室里,我垂头丧气地生活着,不知白天黑夜。于爷爷每天都进来看看,拿相机拍几张照片。老陈负责给我送饭;

伙食还不错，我喝到了两次鲫鱼汤，但不是酱香番茄炖鲫鱼。这间屋子黑极了，四壁和窗户贴满了厚厚的旧床垫，什么声响都传不出去，什么声音都进不来。我倒在铁床上睡觉，有时会做梦，在长梦里，我回到了那个厄运时刻。我看到父母骑着一辆暗红色的木兰摩托，颠簸在化肥厂旁边的马路上。那间化肥厂是我上学的必经之路，每次路过都会有化学溶剂如毛毛雨般扑落在脸上。他们驶过那里，来到前面的十字路口，地面的白色车道线已经磨损得不可分辨，我爸的摩托迅速绕过一辆卡车，停在蓝色的机动三轮车旁。红灯的时间很长，一个交管员走过来，三轮车车斗里的四五个人非常紧张，有个乘客拍拍驾驶员的肩膀，驾驶员看看交管员，骂了一句，加一脚油门，三轮车右拐疾驰而去。交管员大声叫喊，冲三轮车挥舞着手臂和指头，但已无济于事。他只好整理了一下服装，摘掉茶色的眼镜，冲我的父母走来。我爸以小生意人的惯性冲他笑了笑，交管员严肃地上下打量着他，指了指那辆木兰摩托。

"白天咋开着大灯？"他说。

"啊？开灯了吗？"我爸伸头看了一下，"可能忘了，忘关了。"

"下车。"交管员说。

"咋了？"

"车先扣下，明天上队里来领。"

我爸不想把摩托车交给他，也许他目光太过短浅，只想到摩托车的价格问题——这辆车花了两千八百块，在那个年代着实是一大笔钱，他并不想把这两千八百块交到随便哪个人手里。于是他学着机动三轮车的样子，一踩油门，猛地从十字路口窜了出去。此时正值红灯，南北向的车流将道路割裂开来。他没法选择右转，因为右侧有两辆闯红灯的自行车正在驶过，他只好直行钻过南北向的车流。这便是决定命运的一刻了，他速度太快，像鬼一样从南向车流中探出头来，立刻被北向的一辆泥头卡车撞飞。他们的躯干、四肢在空中甩来甩去的时候，应该能有一秒钟的间隙，以鸟儿般的俯视视角观察这灰蒙蒙路口发生的一切和愈来愈近的、即将撞击的地表。我无从知晓他们最后看到的、想到的究竟是什么，是否一生经历的事情都会在眼前飞速掠过。这些事现已成为永恒的秘密，成为遥远时刻飘逝的残影，无情见证着人与人之间意识永恒的隔离。他们是危险的牺牲品，六年多来，我曾以为这种危险已经远去了，可我现在终于了解，妖魔并没有离开，数千个日日夜夜里，它一直如影随形，它已经成为我可怜的人生经验中不可割裂的一部分，甚至使当下的处境不那么令人恐惧。

距于爷爷把我关起来已经一周多了，他每天进来看我好几次，但仍没有下一步的动作。老陈日日给我送三顿饭，逐渐有点懈怠，有时把卧室门敞着不关。有天上午，我坐得离门近了一些，看着被外面的阳光充分照耀的客厅和墙壁，感觉像做梦一样。我不知道于爷爷怎么跟学校说的，编出了什么正当无害的理由。我只感觉学校已经离我很远，还有游戏厅、文具铺、炸串摊、马上到来的期末考试，仿佛都是上辈子的事，远得像天边的几颗星星，像洪荒创世时的小点儿，像坠落池塘的石子慢慢向水底下沉。我想起小学时，我们班有个同学失踪了，她妈走遍附近的几个省份去寻找，最后却发现他被后爹勒死，藏在楼顶的箱子里。我不知道自己会不会也落得如此下场，想到这里，我挥动着没有被禁锢的右臂，感觉自己比于爷爷和老陈更加孔武有力，如果他们不再给我下药，我一定会保护好自己的安全。

有天，卧室门敞开着，家门外有动静，韩立扬来了。我从急促的敲门声中辨出了他，他每次敲门都是"啪啪啪啪、啪啪啪啪"快节奏的八下，然后再八下。这是我们"今日有空"的暗号。听到第一个八下的时候，我就知道是他来了。

"韩立扬！"我大声喊，"救我！救命！"

老陈进里屋来，用力把门带上。我听见了第二个八下、第三个八下，然后是模模糊糊开门的声音。老陈伸出一根手指头指着我，我闻到了危险的味道，突然丧失了叫喊求援的勇气。我发现自己竟如此害怕这个老头，甚至于用自己的顺从讨好他，用言听计从换取他的信任。但他能给我怎样的信任呢？他无非是一个倚老卖老、满口谎言的老东西，他和于爷爷不一样，跟我没什么交情，最多是把我当成了消遣对象。我感到无名火起，蓝色的气焰在心中翻腾，正要大喊，却看到老陈把手伸向我的脖子——我仍然是个孩子，没有战士冲锋陷阵的勇气，我只能咬着自己的手指头，缩在角落里。这时，我听见大门关闭的声音。老陈又等了几分钟，把卧室门拧开。我向外看去，于爷爷一个人坐在桌边，韩立扬已经走了。

随后两天，我开始在绝望中翻箱倒柜，除了于爷爷和老陈攒下的一堆垃圾，还找到一个坏了的唱戏机、两个生锈的锁头和一瓶未拆封的洗洁精。老陈来送饭的时候，我主动跟他聊了聊。

"你为什么帮于爷爷？"我问他。

"老于救过我的命。"老陈说，"替我蹲过牛棚。"

我不是很懂，便提出要一杯酒。老陈竟二话不说把酒端来，他大概认为我要放弃了吧！我又说要吃火腿肠，他笑了笑，顺从地去取。我趁他出去时，把洗洁精倒在酒里。等他拿着火腿肠回来，我把酒杯举起来。

"你喝一口我再喝。"我说。

"为什么？"

"我……怕你毒死我。"

老陈意味深长地看了我几秒钟，然后端起酒杯，闻了闻，呷了一口。喝完酒，他放下杯子，眼有点发直，随后突然手舞足蹈起来。我紧张地看着他，他使劲用双手挠着喉咙，嘴里发出咕噜咕噜的声音，向后退了一步，倒在地上挺了几下，踢了踢腿，竟不动了。我赶紧爬过去，可手上的链子已经伸到了最长。我费力地一把揪住他的裤腰带，摸索开锁的钥匙。这时，老陈突然睁开眼，反手攥住我的手腕，用力向外拉，扯得我手臂生疼，被铁链拴住的另一只手腕也一下子绷紧，链子勒进肉里，我不由得叫出声来。"想毒死我，你还嫩哩！"老陈嘿嘿大笑，笑得岔了气，笑得开始剧烈地咳嗽。我大声求饶，他终于松开我的手腕，却一把把住了我的腮帮子，另一手拿起那杯掺了洗洁精的酒，抬起自己的老胳膊，把液体全部灌进我的嘴里。

"喝吧！放心吧，喝了死不了！"他大叫道。带有浓重化学香味的烈酒瞬间填满了我的口腔，我吐不出去，只好拼命往下咽，酒水呛到鼻子里，酸得像要开裂一样。我不住地狂咳。老陈灌完酒，松开我，坐到一旁，呼哧呼哧地喘粗气。有人慢慢推门进来，是于爷爷。我哭着，用手抹了一把鼻涕和眼泪。老陈慢慢站起来。于爷爷说："给他换一碗饭吧。"

老陈像看一条狗一样看着于爷爷。"我不干了，"他突然说，"你自己劝吧，有了结果告诉我。"

　　说完,老陈把自己的饭盒捧起来,头也不回地走出屋去。我的饭还在那里面。大门砰的一声响后,屋子里只剩下沉寂。

　　"小俊,乖。"于爷爷说。

　　从此,于爷爷开始自己给我做饭,饭的质量变差了。由于成天被锁在屋子里,我的精神已到了崩溃的边缘。每天下午,是于爷爷身体疼痛的高峰。在他日渐紧促的呻吟声中,我很难睡个午觉。我只好在屋里坐着,用力抠贴在窗户上的海绵床垫。如果把这个床垫抠烂、抠穿了,兴许我就能从窟窿里看到外边,可以发出求救的信号。现在床垫表面那层布已经被我弄烂,我的手指正在层层海绵细密的空间中穿行摸索,感受四面八方涌来的压力。我有时把耳朵贴在这个小洞上,看能否听到外面的声音。洞越挖越深。有一天傍晚,当于爷爷在外屋不住地呻吟时,我真的从小洞里听见了声响。

　　是女人说话的声音。

　　那个声音有点远,有点熟悉,像是我妈。是我妈吗?我能记起她的声音。她是个残疾人,左手只有两个指头。当她坐在摩托车后座时,没法用两只手把住驾驶员的腰,只能把腰环抱起来,用右手攥住左手的两根手指,就像安全带的插销。于是她就成了驾驶员的腰带。她当了很久的腰带,直到意外断掉为止。如今这穿透床垫的语言,是我妈的声音吗?我仔细听着。好像不是。我妈的声音更粗、更老。这个声音年轻些、尖些,还在笑。声音里有一种圆润的活力。我闭上眼睛,思索着,脑海里一片漆黑。"小俊。"她说。我仿佛看见了这个声音的来源,她,正坐在我的隔壁。"救命。"我说。她似乎转过身来。"救命!"我喊道。但是却没得到任何回应。我绝望地把耳朵移开,把手指头伸到海绵的深洞里,更加用力地抠索。可是,我突然摸到了又软又凉的东西，似乎是根手指头，有一根手指头主动钩住了我。是女人的指头。我吓了一跳，急忙把手指从洞里拔出来，看着那个黑黑的深洞，全身汗毛倒竖。随后，我撕了几页旧杂志，把那个洞堵上了。

当天夜里风很大，于爷爷没有咳嗽，外屋一点动静都没有。我躺在床上睡不着，闭着眼睛慢慢想，如果获得自由，应该去做哪些事。首先要吃酱香番茄炖鲫鱼，但不知道饭店有没有这道菜，有的话，是不是和于爷爷做的一样好吃。其次要去游戏厅、网吧，或者找韩立扬把游戏机借来，玩他个三天三夜。我在脑子里模拟游戏的进程，模拟了三款游戏之后，终于渐渐沉入了梦乡。可仿佛一刹那工夫，我突然听见了尖声叫喊的声音，海绵的隔音效果似乎变弱了，有警报在不停地响，呜喂、呜喂，此外还有哧啦哧啦、哧啦哧啦的声音。这是什么？好像是火焰的声音。焦煳的味道袭来，我突然打个激灵，一屁股从床上坐起来。从遥远祖先那里遗传的本能驱使我翻身下床，我的皮肤感受到空气的变化，是焦虑和恐惧的气息。门开着，腕上的铁链已被撤去，我的手竟也自由着。我一瘸一拐地来到外屋，于爷爷不在，有人正在惨叫。是老陈？老陈竟站在外边——我记得他金边眼镜的形状和常戴的那个灰套袖。他面向我，我看到他的全身开始熊熊燃烧，像个巨大的火把，把整间房屋无限地照亮。我彻底不敢动弹，愣愣地看着他慢慢烧成黑炭，然后倒在地上。奇怪的是，我没有感受到火焰的热度，只有夺目的鲜艳色彩和安详的平静夜风。他倒下后，身后出现了另一个人。

一个女人，长着长长的灰白色头发，身材干枯而瘦小，她看着我，双眼发出灼灼的暗金光芒。"帮我。"她说。这时，我下半身恢复了知觉，于是我转过身，颤抖着，推开房门，往楼下疯狂跑去。由于很久没有活动了，我跑得不是很协调，有两次踩在楼梯棱上，差点儿跌倒。但我仍不管不顾地跑着，四周飘浮着一片片紧绷绷的热浪。

直到跑到楼外，我才发现，起火的是隔了几排房子的一栋四层居民楼。很多人在济济哄哄地往那个方向走。我也跟着过去，走到那里，看见两辆消防车已经把火扑灭了。消防员正在往高高的楼体上浇水，灭掉最后的火星。我挤到最里面去看，不知自己在期待什么，在期待看见谁。一个从火场中跑出来的中年男人就站在我身旁，他大口咳嗽、大声喘气，全身脏兮兮的，双手因抓住窗户的铁护栏被烫得秃噜了皮，但仍尽力保持彬彬有礼。"你、你能帮我打电话吗？"他对我说，"我的手坏了。"

我点点头。

"手机，在右边的口袋里。"

我把手伸到他外衣的口袋里，摸出一个巨大的、漆黑的摩托罗拉手机，向他问了号码，然后替他拨出，再按开免提，放到他耳朵边。电话响了几声，接通了。

"喂？"

"妈！"他喊道，顿了几秒钟，嗷嗷地哭了起来。他开始手足无措地描述起火的景象，冷静和礼貌在一瞬之间完全崩塌了。他妈也跟着哭起来。他们哭了一会儿，我有点害怕了，想把手机还给他，他不知道用哪只手去接，我只好把手机放进了他的衣袋里。

"小俊。"一个微弱的声音喊我。在这嘈杂如地狱的火场中，我竟然准确无误地听到了这个词。我猛然回头，于爷爷正站在我身后。

"回家吧。"他说。

我本可以转头就跑，也可以大声呼救，但我却什么都说不出口，也迈不动我那因拼命窜下楼而颤抖的双腿。我只是失心疯般地轻轻点点头。他"嗯"了一声，挤进人群里，往家的方向走去，我在后边跟上了他，像帆船滑过水，像一颗流动的沙跟随溪流的方向。

A面: 曲目 6

自打从南洋乘船回来之后，我就时不时地蹦出向福先生拍电报的想法，不知道这是于世钊本人的思想，还是寄主的幻念，抑或是耳中声音的引导。与此相应的，我对方小姐的思念也越发强烈、与日俱增。经多方寻找，我终于知道了她目前就职的教书学堂的地址。当我找上门的时候，看到她依然如此美丽，心中爱欲的星星突然膨胀起来，勃发锋芒，几欲吞噬掉地球，使太阳暗淡无光。这爱欲让我猛然自私起来，我原想告诉她先生说的话，现在却一个字都不想讲了。

她看到我，也退避三舍。甚至没费力与我寒暄，只拿起菜篮挡在身前。

"你去见先生啦？"她问。

"我……没有。"

她突然轻蔑地看着我，我心里毛毛的。

"我要去找先生。"她说。

"你一个女教师，怎么去南洋？"

"用你在省府的关系。"

"我会让你用吗？我会让我的关系害死你吗？"

她怨恨地看着我，脸涨得通红，呜呜地哭起来。

"不可能。"我说。

"反正,我一定会想着他,我早晚会去见他。"

"你非要想他吗?"

"是啊,你拦不住。"她说,"反正想的不是你。咱们两个,分毫都不可能!"

从学堂出来之后,我焦虑而愤怒地走在街上,终于慢慢下定了决心。——"是时候做了,"耳中声音说,"把剧本演完。"

是啊,我于世钊要把剧本演完!于世钊?我愣了愣,停下了脚步。看到我站住不动,后边拉车的大声呼喊,我避让到小巷边。身旁正是个小小的衣料店,店门口有块画着广告标语的铜镜。铜镜很亮,中间却有一道划痕。我双眼穿过竖直的、把我对称分开的划痕,看着自己在镜中的形象。

这个人,穿着半截灰突突的长袍,黑裤子,布满褶皱的黑皮鞋,身上蒙着灰尘,像个三流打手一样,但容貌还不错。这是谁的容貌?终究是年轻的、强壮的于爷爷,而不是一个发育不良的黄口小儿。在他的精致脸庞上,也许还有其他让方小姐恐惧的形象混在一起。悲哀的是,我在这里,在自己的脑子里,成了他们,抛却了自己,随着指挥棒转动而行恶。恶早已和我融为一体。

我失心疯般冲自己大吼一声。两个巡警听见,往这个方向走来,我难看地笑了一下。

"我,参事于世钊!我还有事,"我说,"不劳烦几位长官。"

警察点点头。我大步走开,我的任务依旧无法完成。灵感,他妈的灵感。我苟全生命,穿越时间的缝隙,半人半鬼,就是没有看到"灵感"二字。在这苦难的时代,能诞生什么样的灵感呢?

我捂着发烧的脑袋，速速来到电报局，拍了加急。这是非常时期，电报非常贵。我只能够拍出五个字——

赵即郁达夫。

尘埃落定。我从此不再思考这件事，觉得有一块巨石在心中放了下来。耳中的声音不再出现，它指引我走完了剧本，完成了这出不断循环上演的、宿世不息的悲苦剧。但是，爱方小姐，我竟然还是想爱方小姐啊。我看看自己的手掌，两只手掌的掌纹居然一模一样。这是谁的掌纹呢，又属于谁的命运，谁决定了我的选择，谁又能让我成为……一个愚蠢的恶人。

再次见到方小姐的时候，又是数月已过。我偶感风寒，去一家药材店里抓些中药，突然看到她盘桓在柜台边，枯瘦得像麻秆儿，又像只无力搬家的瘦燕。她见到我，倒是十分客气，冲我有气无力地笑了笑，又寒暄了几句，问了些故人情况——当然，双方都小心地避开了"先生"这个话题。短聊快结束的时候，她看着我，仿佛憋了很久似的，开口说——

"我订婚了。"

"咦？什么？"

"我订婚了，和一个教员。"

"这……一个教员！这么突然？可是，素瑛，你爱他吗？"

她看着我，没有作答。

"父母之命，媒妁之言罢了。"我说，从鼻腔里轻哼一声，"一定还不如我吧。"

"少说风凉话。"方小姐说，"是不如你，那又怎样？现在胜利了，我也到了年纪。我欲追随的人,已经不可能再见到了。"

她扭过头,不再说话。我觉得气闷。但又想了想,她对我,还是存有一丝好感的,不然,她应该早就甩袖离去了。

"如果……能见到他呢?"我说,"我的意思是,先生。"

"你说什么?"她转头盯着我,"还可以见到……先生?"

"我带你去找他。"我说,"现在胜利了,去南洋已不太麻烦。"

"你知道他住在哪里?"

"知道。"我说,"但不保证一定能见到他。"

"没关系,"她急切地说,"能够看看他生活多年的地方,我也心甘情愿。"

鬼迷心窍了吗?我想,正要仔细询问她,她却急忙往外走。

"你干什么?"我拦住她说,"还没跟你讲清楚危险呢。"

"我回去把婚约退掉。"她说。

"退、退婚?"

她不理我,只是用力地点头。这会儿,她似乎年轻了不少,脸上也出现了少许光泽。我看着她,突然觉得心痛了,也为自己的欺骗而感到羞耻。但是,承诺已出,覆水难收。

"我先给你说清楚,"我解释道,"真的不一定能见到他!"

"没关系。"她望着门口的帘子,怔怔地看着缝隙的亮光,笑了笑,说,"我就要回先生的家了。"

B面: 曲目 6

我们从火场回到家,家里干干净净,似乎什么都没有发生,长发女人、老陈，全都不见了。于爷爷把我带进于奶奶的房间，当着我的面，开始为于奶奶梳洗。这是我第一次看他为爱人清洁身体。她的面容随着躯干抬起而松弛，牙齿因口唇不能闭合而外露，头发杂乱交缠，身体瘦弱不堪，露出将死的败相。在这具遗落在时间里的躯壳面前，我丝毫不敢动弹，眼泪却开始慢慢地流下来。擦洗快完成时，我似乎看到于奶奶的双颊抖了抖，眼睛里有些东西如彗星般掠过，又消失在寂静里。

最后，于爷爷开始费力地环抱住老伴的上身，吭哧吭哧地把她放平，换一个躺卧的姿势。他没有喊我帮忙，七年了，他从来不需要我的帮忙。

"我……我答应你了。"我小声说。

我不知道于爷爷听没听清，他只是停住动作，慢慢把身体侧过来，耳朵伸向我脑袋旁边。

"我答应你！我会去寻找那个灵感。"我说。

于爷爷慢慢点点头。"再等一下吧，"他说，"我给你看看我年轻时的模样。你要记住，进入虚拟的时间旅行后，你就是我。"

说完，他把洗护用具放下，到卧室大衣柜后边摸了摸，拿出了一幅画。他拽过脸盆架来，小心地把画立在上面。那是由六张稿纸拼成的人像，纸张被生锈的钉子钉在木板上，似乎已有些年头了。此时太阳已经升起，浅浅地照着泛黄的纸面，纸张像拥有灵魂般轻轻抖动，木头的碎末在阳光里不住地掉落下来。画像上是个年轻人的模样，说实话，不太形象，因为那图像仅是由黑笔描绘的模糊轮廓，比起代表一个人，更像是代表着什么东西的变异，代表着某种存在的终结。

"你的任务是去经历我们经历的事情,帮我把那个遗忘的灵感找回来。我只记得,那灵感与我年轻时的经历,特别是与我和素瑛之间的感情有关。明白了吗?"

我迷茫地点点头。

"小俊,走吧,去和于奶奶在一起。"

我"嗯"了一声,默默地跟着他,来到旁边一把蒙着黑布的椅子边。于爷爷把布掀开,是把皮椅,椅背有几道残旧的裂纹,看上去却让人莫名地惊心。我在椅子上乖乖地坐下,于爷爷把什么东西塞入我的耳朵,然后拿来一顶布满电极的帽子。戴上帽子之后,我更害怕了,觉得自己马上要被解剖了。总要打点麻药吧,我想。刚想到这里,于爷爷就接通了电源。我的鼻腔里传来烧焖的味道,然后是遍布头皮的剧痛,痛感很快传至颅骨之下的核心。我感觉眼球就要掉出来,肉体和思想似乎已不复存在,痛便是我的自身。当痛觉传导至全身的时候,我再也忍耐不住,张开嘴巴呕吐,却什么都没吐出来。"放过我吧!"我喊道。解脱突然到来了。我一下失去感觉和意识,就像被噩梦魇住,不停地摔倒,沉入到未知的深渊里。

REMIX:混音

通向巴爷公务的,是一条土黄色的长路,下雨便成泥泞,干旱便有浮尘。营养不良的人在路边排着队走,忽而有几个人影隐入胶林之间。这里每棵树都分两杈,每片林都伸向顺风的方向,小小的、密集的叶片,让人想起战争中殉难的尸体。

从天上观望,战场就是这样密集而分岔的吧。

方小姐在我身边走着，一言不发。有些路，是我把她抱过去的。有些河流，她和我共同帮印尼船工摇桨，才能安全渡过。在苏门答腊的夜里，她被寻找先生的希望所支配，时而倚靠在我的怀抱里，像只盼望巢穴的小鸟。可离村庄越近，我的心便越沉，不安与负罪感把我笼罩，使我几不成眠。走到这一步，我已无退路，只能继续向前。而素瑛，大概就是我的奖品吧。

终于，巴爷公务到了。我们向居民打听"赵廉"生活的小村庄，却得知酒厂已经关闭，赵老板下落不明。方小姐难过起来，用手紧紧攥住我的衣服，就像个无依无靠的小女孩。她现在永远离不开我了，我本该对此满意，但心却像一块岩石般慢慢地沉入水底。

一切已经无法挽回了。

我们来到酒厂，看着那荒草丛中的废墟。房屋中央开了个大洞，倾颓的酒缸下，有蛇像弯曲的麻绳般游出来。但方小姐不怕蛇，她的眼中没有蛇，也没有这巨大酿酒作坊的废墟，只剩下了一片空洞。她想见先生，这个心愿几近死去，而残存的微弱希望之火，也正被我迈向河边的脚步一脚一脚踩灭。我领着她，转过两个浅浅的河湾，来到了那间掩映在荒草中的、高高挑起的南洋建筑。

这里四季如夏，水量丰沛，荒草已长了一人多高，草茎爬上台阶，绿苔遍布尖尖的屋顶，屋顶的四个角高高扬起来，指向大地的四个方向。其中指向东北方向的那个角已经折断，露出纤细木材朽坏的内里。毫无疑问，这建筑已很久无人居住了。我扶着毫无气力的方小姐，在屋前台阶上找了块干净地方，坐了下来。

"先生去哪里了？"她带着哭腔问。

我没有回答她，我不能再骗她了。我已恶贯满盈，再也张不开欺骗的脏口。我只能拍着方小姐,陪她在屋前坐了许久。傍晚时分,一个瘦小的当地男孩过来了,躲在树后看着我们,似乎不敢往前走。我不懂印尼语,只好走过去,比比画画地跟他说话。

"我懂、华文。"他突然艰难地说,"你们是、找赵老板?"

"是啊!"我说,"他在哪里?"

他张开嘴,似乎一时想不起来怎么说,只好摆摆手,示意我们过去。我和方小姐跟上他,素瑛紧紧地攥住我的手,捏得我骨骼生疼。我们走过一片林子,越过一处沼泽般的水域,来到一块小小的石头坡。男孩劈开藤蔓,清出一条下坡的小路。我扶着方小姐,跟随他慢慢走下来。

石头坡的下面,竟然是个山洞。洞里荒草连片,将洞口堵个严严实实。洞前边有个微微拱出地面的小土脊,有七八尺长、四五尺宽、两三寸高。男孩指着这个土堆,对我说——

"就是、这里。"

"什么是这里?"方小姐问。

那小伙子想了想,说:"人、埋在这里。"

"谁!哪个人?"

"老板。"他说,"还有、三个英国人。"

"你怎么知道的?"赵小姐已然崩溃,她向男孩扑了过去,我一把把她拽住。男孩后退几步,我和素瑛双双摔在地上,她挣扎着要去抓土堆,却又被草丛绊倒,倒在我怀里,最后放声大哭起来。

"先生!"我说,"他们怎么死的?"

"据说、是、枪杀的。"他说,又后退了几步,讲了几句我不懂的语言,转头跑了,很快消失在石坡之上。

现在只剩我们两人了。方小姐跌在我怀里，哭泣不止，身体温暖而湿润；我抱住她，紧紧地抱住这具失去了精神寄托的躯体。她的白裙子已经在奔波和尘泥中染成褐色；小小的干粮包拖在地上，鼓鼓囊囊，那里边装着带给先生的特产；借来的草帽被远远地丢在荒草丛中，似乎变成一朵经年未动的菌菇。瘴蛮的野兽，狡猾的蛇鼠，有毒的黄蜂，混杂在屈死于密林的鬼魂之间，蠢蠢欲动，在空地周围环伺，等待着人的崩溃、光线的消逝和永不到来的黎明。

在我颤抖的怀抱中，素瑛的哭泣逐渐停止了。她慢慢地、慢慢地把头抬起来。

"还有我呢，"我说，"不怕，还有我。"

素瑛似乎受到了刺激一般，翻过身体，双拳击打在我脑袋两侧的地上，支着身子，对着我的脸，呼出冰凉的气息，又突然用双手卡住我的脖子。我看着她的眼睛，那眼睛像蜘蛛的眼睛一般，光彩流转，分裂而充满幻象。

"我知道了。"她说，"死没什么可怕的，抑制不住的爱才可怕。"

"你、你说什么？"我似乎在哪儿听到过这句话。

"你曾经见过先生吧。"

"你怎么知道？"我挣扎着，却发现根本无法挣脱她有力的双手。

"因为你是在我的脑袋里。"她说。

"不，"我说，"是你的幻象在我的脑子里。"

她的眼中闪烁着金色的光，笑了笑，手松开了。我有些害怕，不想再继续纠缠，把手伸到脑后，摸索着按下那个自救的按钮。可什么都没有发生。我又按了几次，景色毫无变化，我依然在南洋的杂草和土堆上打滚，浸泡在这个肆意发展、诡异绝望的故事里。

"没用的。"她说,"这毕竟是我的故事。"

"为什么不让我走? 你是谁? "

"我是你的负罪感。"

"我没什么负罪感,"我说,"有罪的是于世钊。"

"每个人都有罪。"她说,"对于智慧生命而言,罪恶程度全都由自己决定。因为别人为你定的罪,无法为你带来伤害。"

"你究竟……从哪里来? "

"从你们不能想象的遥远的地方。"

她说完,低下头,近距离直视我的眼睛,她眼中的金色光芒突然溢出,化为海洋,淹没了整个故事。我突然感受到了她,她的痛苦、悔恨和长久的绝望,多年来寄人篱下的悲伤,探索融入这个世界的意图,以及想要再次踏上旅行的绝望尝试。

我大声叫喊着,疯狂地按动按钮,一次,又一次……终于成功了! 一切场景在我眼前消失不见。我突然来到了一个巨大的房间,又蠢又笨的计算机填满整面墙壁,布满按钮的设备在扫描来自宇宙的回音。此刻,全体人员手忙脚乱。磁带在转动,发出刺啦刺啦的、嘶吼的、尖啸的噪声。四周都是我不认识的人,外国人,大家全部捂住耳朵,女人尖叫起来,很多人流出鼻血。"博士醒了! "有人闯进室内,大喊道。机器的爆裂声盖过了他的话语,焦煳味道传来,像老鼠啃断了电线。

"博士,他醒了。"

我突然进入隐藏的记忆,我看到了藏在于奶奶大脑中的另一出悲剧。我看到了冷战时期的秘密项目。古老的大型计算机接收到了一组信号,那是隐匿在噪声里的,来自遥远的、已被毁灭的星球的信号，是某个生命体的全部信息，是生命的载体。可是，计算机却爆掉了——因为二进制编码携带信息的模式不同，所以人类的计算机彻底瘫痪，成了破烂，那生命的信号也被一同毁掉。但是，在隔壁屋子里，接受其他实验的残疾科学家，却突然出现了反应。他的脑电波在屏幕上亮了起来，他竟然从植物人的状态苏醒了，地外生命的伴侣进入了他的大脑。于是，幸存下来的、以信息模式存在的生命体，长期寄居在他的大脑里，变成了一个囚徒。博士携带着这奇妙的生物，于二十世纪九十年代初来到日本、中国，出席几个会议，会诊瘫痪者。最后，这太空孤儿进入了刚刚成为植物人的于奶奶脑中，找到了新的宿主。

她们都失去了爱人，她们都想要改变现实、追回一切无法挽回的宿命。

我感觉到，它在引导我、召唤我，它隔着于奶奶的眼睛，在瞪着我。我害怕极了，继续拼命按动按钮，场景再次消失了。我坐在车上，是长长的车，一辆灵车。我正在车厢尾部，身边摆着两具棺材。司机坐在前排，隔着厚厚的玻璃，离我很远，像在另一个世界。我的父母，是我父母的灵车。他们躺在棺材里，再也不能动弹。我手扶着灵柩，看到司机在遥远的玻璃那侧慢慢地回过头来，是于爷爷的脸。随后，一千个司机回过头来，当地男孩、福先生、方小姐、老陈、韩立扬、交管员、肇事司机、真人快打的所有角色，还有一千个我不认识的面孔。他们全都回过头看着我，露出哀恸的表情。

我大喊着，用力按下按钮，它卡住了。随后，仿佛有只巨手将我从梦境中拉扯了出来，就像蒙眬睡眠中出现的下坠感觉。我一下子睁开眼睛，只觉得天旋地转，于奶奶小屋中的一切都在阴暗的黄色灯光下围着我绕圈。

于爷爷拼命把我头上的线往下扯。我一下从椅子上翻到地上,张开嘴,把肚里所有东西全都吐了出来。

于爷爷拍着我的脊背,一下一下,一下一下。几分钟后,我感觉稍稍好些。"怎么样,"他问,"找到灵感的头绪了吗?"

我挣扎着在地上翻过身来,一手抓紧他那绿色的老旧毛衣领子,一手指向于奶奶躺卧的方向。

"有别的人在那里!"我喊道,"别人在她脑袋里面!是接收到的太空信号!"

"我不管谁在里面,"于爷爷抬手扇了我一巴掌,狠狠压住我,"我只想知道,你是否经历了一切,灵感是什么?"

"我不知道!"我说。

"你出来的时候,回忆到哪里了?"

"我们发现了埋尸之地。于爷爷,你是个伪君子。"

"你竟敢这么说我。"他说,"你看到的事不一定是真实的,有些可能是于奶奶的猜测和演绎。因为这个脑子里有你的介入,有我的形象,有她自己潜意识的捏造和补充,还有……"

于爷爷突然停了下来。

"还有什么?说啊!"我逼问道,"还有一个莫名其妙的信息生命体?"

于爷爷没有说话,他只是脖颈发抖,似乎一下苍老了许多。我想,他已经没力气了。一个八十岁高龄的老人,压住一个十几岁的小伙子。如果我愿意,我可以当场把他掀翻,但是我没有这样做。我累了,心中的火苗气息奄奄、燃烧殆尽。

"你说了太多大人的话，"他说，"实在让人爱不起来啊，小俊。这只是一次虚拟的时间旅行，是一场电影。"

"可那些记忆里的事，的确发生过，对吗？正是你，拍出了那封电报。"我说，"这就是整个悲剧的核心。她在与你结婚之后，才知道是你举报了先生。所以，她的后半生才过得如此凄惨。"

于爷爷点点头，叹了口气。

"小俊，你变了。"他说，"变得咄咄逼人了。"

"我当然变了。"我说，"过去的你，已经成了我的一部分。"

"你要分清现实。你已经回来了，小俊。"

"不，"我说，"那些情景，往日的记忆，留下的悔恨与不甘，全都在我脑子里，原本的我永远不可能回来了。"

"你太小，还不懂。"他说，"时间只是人类主观的感受，人们讲，时间的方向就是熵增的过程，是从过去的'有序'变为未来的'无序'。但是，过去的'有序'、未来的'无序'，都是从人们的视角定义的。因果关系、我们周围的历史，都是因观察的视角而存在。"

"如你所说，既然时间是虚构的话，于爷爷，那我们自身也是虚构的。"我说，"但我还是赞同那段话——有些事发生了，就一直存在，在某个角落里，有它存在的证据。所以，任何发生过的事都是真实，失去的也永远不能回返。每一刻，都活着；每一刻，都是永恒。"

"这是……谁说的？"

"于奶奶啊。"

于爷爷突然把上半身直起来，睁大眼睛，压住我的双手慢慢松开，关节发出老年人特有的响动。那里一定很酸吧，又酸又疼。

"我……"他说，张开嘴巴，仅存的灰白胡须如野猫般抖动，气喘声一秒秒变得粗重。最后,他从我身上慢慢站起来。

"什么?"我也翻身起来,"怎么了?"

"想起来了!"从他的口中、眼中、大脑和脖颈里同时发出一声嘶吼,随后又是一句——"我想起来了!"

我吓了一跳。可他飞快地转过身,以前所未见的速度,踢翻了那个支离破碎的脸盆架,往自己的卧室窜去,根本不像身患绝症的将死之人。我被他带得跌倒在地上,然后连滚带爬地站起来,追了上去。于爷爷已经手捂胸膛,扑在了写字台上,他在漫天的纸海中翻腾,扬起如尘沙般的纸片。

"笔……笔……"他喘息道。

我想转身去客厅找笔,一张大纸唰啦一声贴到我脸上,我把它扯掉,只见上面用巨字抄道:

剑非万人敌,文窃四海声。

儿戏不足道,五噫出西京。[1]

墨迹未干,抹了一手。我在衣服上擦了一下手,回到写字台边,发现于爷爷已经瘫倒在地上。

我喊了他两声,没有反应。我用手试了试他的呼吸,摸了摸他的脉搏和心脏。

——他死了。他已经走了,死亡在这一刻带走了他。他眼睛半睁,双腿一蜷一伸,手里攥着那支未完成任务的笔。

---

[1] 出自《经乱离后,天恩流夜郎,忆旧游书怀赠江夏韦太守良宰》。(〔唐〕李白:《李太白全集》,〔清〕王琦注,中华书局,1977年。)

　　我呆呆地、重重地坐到地上，坐到他的尸体旁边。时间嘀嗒嘀嗒，一秒秒流逝，我麻木而疲惫地守着他的尸体。我平时是不哭的，但是这会儿太阳沉下来了，似乎一天已经过去了。我想，现在家里只有我一个人，兴许整个世界上也只有我一个人，所以我可以随便哭。想着想着，我的眼泪就流了下来，鼻子也不通气了，就像被什么东西从里边闷起来，我只能用嘴勉强呼吸。在我右侧，写字台前有面镜子，上边画着一花一绿两只小猫，用红油漆写着小字。我从镜子里刚好能够看到自己，一只小猫盖住了我的嘴巴，红字在右侧闪闪发亮。我突然想到了一个问题。

　　"于爷爷，我回来的时间，你设置得对吗？"我问。

　　可他已经死了，再也不会回答我了。我面向写字台走近了几步，盯着镜子看。她放过我了吗？还是，她已经在我的脑袋里？我看着我的眼睛，等待着金色光芒的出现。如果它出现的话，我就会砸碎这面镜子，然后用最尖的碎片刺入眼球。但什么都没有发生，镜子仍是镜子，我仍是我。只是，我背后始终响着一阵窸窸窣窣的声音。在女人久卧不起的那间屋子里，我听到了一声叹息。

　　——这意味深长的、令人悲哀的叹息声，使我感觉到了更多东西，灵感在脑中闪烁。

　　要不要再体验一次？我想，进入那些缠绵久远的回忆，比体味现世的生活要幸福得多。一切我都会处理得更好。在那里，从来没有活着，也没有死亡，只有存在，这是方小姐和她的客人教给我的。演出会结束，但磁带不会，只要翻个面就好了。无休无止，永不停息。

后记：时与荒踪

　　首先，感谢你阅读完这本书。下面，是本书的最后一个故事——关于我们的故事。

　　这个故事和前面九个故事，是紧密相连、浑然一体的，写作的人、阅读的人全都身处故事之中。你可以把它看作时间的回旋，覆盖一生，抑或是不断重复的每一天。早上，我们从梦境中醒来（《消失的马戏团》），在含混的意识之幕中建立认知（《还魂》），回味着悠长的昨日（《昨日幻梦》），搭乘熟悉的交通工具（《夜行环线》），在城市或田野的巨掌中孤独前行（《白色孤儿》），心中向往着遥远的他乡（《向北方》），日复一日地为自己构建出《虚构的零》，而太阳升起又落下（《弃日无痕》），生命成了一场《漫无尽头的终结》。

　　九个片段之后，体验接近终点。从物理学的角度看，这一切都早已发生过，过去的、未来的、喜悦的、悲伤的，都是"在那儿"的事件。顺序不存在，先后不存在，时间只是人类为了解释万物而制造的幻觉，维系着人类对世界的主观认知，让人不至于发狂。于是，所有存在过的喜悦时刻都永恒存在，所有的宁静也都是宁静本身。儿时奔跑过的街巷，第一张奖状，父母烹调的美食，尘封已久的信件，雨后青草的芳香，泥土的膻腥，城市的味道，雪花的形状，第一次牵起爱人的手，诞下新生命的时刻，疾病的煎熬，幸福或孤独的生日，亲人的离世，葬礼上的悲怆，临终时的一个剪影。你可以看到多年前的他们，也能体验到被遗忘的自己，一切都是闪光的、镶有金边的记忆。科学为世界搭建规则，幻想让我们破除生命的限制，而文字能够激发出最大的联觉——当时间不存在的时候，我们需要把一切事件书写下来，以平面的方式永久封存在可触及之处。

　　本书的九篇故事，我把其中一半叫作或然的现实，而另一半更像灾厄的金属乐，合在一起就是苦辣酸甜的人生。我想在故事中为世界带来的，也是为自己和帮助过我的人带来的，便是这种超脱时间的体验。如果这是一场酣然的自我麻痹，就让美梦来得更持久些吧。像海子，像戈麦，像博尔赫斯，像撒旦探戈，像林中路上特拉克尔的自白——

　　绿色的夏季变得如此轻柔，
　　流浪者的脚步响彻银色的夜空。

任　青

2024 年 5 月于南开倦客斋